有一种力量，叫文学；
有一种美好，叫回忆；
有一种感动，叫青春；
有一种生命，在鲁院！

鲁迅文学院·百草园文集

无证之罪

杨 红 ◎著

WUZHENG ZHIZUI

知藏出版社

主人公大多是普通人,有最底层的小警察,也有机关里的小职员,他们经历着生活的苦难和坎坷,人生阴暗的一面在他们面前展现了出来,但他们总会从黑暗走向光明。

图书在版编目（CIP）数据

无证之罪/杨红著. --北京：知识出版社，2017.1
（鲁迅文学院百草园文集）
ISBN 978-7-5015-8588-5

Ⅰ.①无… Ⅱ.①杨… Ⅲ.①中篇小说-小说集-中国-当代②短篇小说-小说集-中国-当代 Ⅳ.①I247.7

中国版本图书馆 CIP 数据核字（2017）第 009464 号

无证之罪

出 版 人	姜钦云
责任编辑	易晓燕
装帧设计	游梽渲
出版发行	知识出版社
地　　址	北京市西城区阜成门北大街 17 号
邮　　编	100037
电　　话	010-88390659
印　　刷	北京一鑫印务有限责任公司
开　　本	787mm×1092mm　1/16
印　　张	15
字　　数	280 千字
版　　次	2017 年 2 月第 1 版
印　　次	2020 年 2 月第 2 次印刷
书　　号	ISBN 978-7-5015-8588-5
定　　价	39.00 元

版权所有　翻印必究

目录 Contents

好大的风 …………………………………… 1

太阳晃了谁的眼 …………………………… 14

天边飘过 …………………………………… 33

无证之罪 …………………………………… 46

新的百合 …………………………………… 59

二次发力 …………………………………… 73

片儿警 ……………………………………… 86

二十厘米 …………………………………… 100

尖　叫 ……………………………………… 122

雪　藏 ……………………………………… 156

好大的风

王晓阳穿上厚厚的绒线帽衫外套,对所长老李说我下村了。

好,多跟群众联系啥时都没错。没他们看着,咱们这几个人当什么用。有些足不出户的女村民就不用联系了吧,农村女人除了家长里短还能知道些啥?

他站住了,唔摸了一下,决定不理会,因为有些事越描越黑,何况农村人,有些事能懂吗?

所长是城市户口,可他成年在这沙丘子里待着,一年都进不了一回城,都要待成木乃伊了。

阿尔乡与科尔沁沙地接壤。基本没啥植被,只有几丛矮矮的松树点缀着一望无际的沙土地。这里一年刮两次风,一次六个月。风力小的时候高粱米粒大小的石子飞快地打到脸上;风力大的时候,砖头大的石块都能迎风起舞。风沙毫无遮挡地从沙漠呼啸而来,飞沙走石,刮得不见天日。像西游记中妖怪要出现一样。尤其是下王村的村口,那是人进村的必经之路,也是风最喜欢的地方。那里的风都欢快地打着旋,吸走能吸走的一切。

阿尔乡下辖十多个村庄,村庄与村庄之间隔得好远,就像天上的星星一样,都属一个系,但实际上远着呢!远到你从一个村子出来,走啊走啊,走得直绝望,怀疑自己是不是走错方向了,要走到天尽头了,才会看到另一座同样破败的毫无生气的村庄。村子里的青壮男人们大多到外面打工去了。只有在过年的时候,打工的人们陆续出现在村子里，这些村子才会有些生气。下王村是这些村庄里离乡上最远的。

刚来阿尔乡派出所的时候王晓阳不愿意下管区。因为骑着摩托车一天只能走两三个村子，回来身上、脸上、头发里满是沙土，简直像秦王陵里的兵马俑活过来一样。沙土地坑坑洼洼，都能把人颠散架。

阿尔乡派出所正式在编警察只有三名，一名所长，一名指导员，还有自己这个副所长，连一个大头兵都没有。这地方可跟围城不一样，里面的人盼星星、盼月亮似的想出去，外面的人打死也不想进来。每当阿尔乡派出所的一员使出浑身解数跳出这地界，局里有些人就紧张：又轮到哪个倒霉蛋去填窟窿了？结果今年年初，人员调动，自己中了大奖。还美其名曰：提拔使用，是从科员当了副所长。这里很多人宁愿不当副所长也要回城去。

刚来那阵，所长大老李用粗糙的大手使劲地拍他的肩膀，大声笑着说："小伙子，慢慢来，谁都是打这过来的。这样吧，这几天你先跟着我"。

那一阵，王晓阳骑着冒烟的破摩托跟大老李跑遍了村子。村里人看见大老李都热情地打招呼，大老李也不见外，谁家都要进去坐坐。盘腿坐在人家炕头上，屁股还沉，坐下就唠起来没完没了。主人家也对他们不见外，大声招呼着："老李呐！抽点烟不？"大老李更干脆："抽，再给我们沏点浓茶。"他叭哒、叭哒猛抽几口烟，又喝口酽浓的红茶，才打开了话匣子，跟主人家谈东谈西，儿子现在干什么呢，孙子干什么呢，打听完主人家的情况，又打听四邻的情况，谁家小子又在外面干什么活计呢，谁家儿媳又跟老婆婆吵嘴了，最近谁家的日子过得比较好，谁家又添什么大件了。

所长带着他跑了一遍，就放手让他去管了。奇怪的是村人们跟他就没那么多话，木讷地瞅着他。他也不耐烦像所长那样跟他们说话。看见他们，他心里就纠结着，堵得慌。这里人们不论男女，脸上、衣服上总是盖着厚厚的一层沙土。以前在城里的时候觉得农村人朴实。接触了才知道并不是所有沉默都是金。村子里的人们大多如千年不动的石头一样沉默寡言。那不是朴实，而是木讷，是不知如何表达，或是他们的生活中没有什么可表达的事物。

不知是被风沙堵住了嘴，还是寂寞吓住了他。他懒得说话，就像村子里的狗一样，看见来人了，还是懒懒地躺在地上，顶多睁开眼看一下。

本来他就有点消极怠工，再加上十里八村的案子就是丢点鸡鸭，丢头牛就算惊天大案了，实在是提不起劲头来。可所长大老李就像瘟神一样，不错眼珠地盯着他。只要他在那个破败的，像久没有香火的小庙般派出所一出现，晓阳啊，晓阳啊就叫个不停。他有时真想用块破布把那张嘴堵上，当然只是想罢了。他还想调回县城呢，可不想得罪这座瘟神。

自己还没到这派出所，就已经听过这位所长的英名了。据说这位所长占这个坑已经快二十年了，都吃了近二十年的风沙了。民警、指导员走马灯似地换，就不见他动。虽说是走马灯，但只有掉进这个坑里的人才知道，想从这个坑里出来，难，不掉几层皮，是出不来的。

为了避开这座瘟神，手头的活处理完了，他就骑上那辆破旧的野狼125到处转悠。他每天晚上都和妻子通话，问她怎么样，工作顺不顺。乡上离县城太远了，有时他就周末回去一次，赶上有活，周末也回不去。可妻子说孩子的事不要操心，倒是你一个人在外可要管得住自己。

他听了暗暗苦笑。唉，这种境况没法跟包括妻子在内的人说，他算知道了什么叫暗无天日、水深火热、度日如年。在这几乎十里不见人烟的地儿，别说艳遇了，就是想见着一个活物都难。

就真的没想到那么快见到一美女，在麻杆家。有人报告，自家磨豆腐的电机不见了，有人看见麻杆刚卖给收废品的一部电机。麻杆是下王村村长张富贵的儿子，虽然在城里村长不算干部，可在村里百十来户人家面前村长可是有能耐、见过大场面的人。他认识乡长，还在乡里开过会。麻杆叫张小宝，平时就惯得不像样。原以为只有富二代和官二代才会到处给老子惹是生非，没想到，村长的儿子也拿自己当官二代了。至少在村里是这样。这麻杆瘦的皮包骨，走路直晃悠。不知自己几斤几两，遇事还要出头。每次，他那老爹老着脸跑到所里点头哈腰，弄得所里人都不好意思深说什么，村长兼着村治保主任呢，村里有啥风吹草动都瞒不过这只老狐狸。

村里缺了张富贵这样的人是不行的。表面看是这样的，实际上，包括所长大老李在内都不想得罪这位在村里、乡上颇有活动能量的人。这样的人，保不齐在乡上、镇上认识什么人，说了什么话，让你不得领导喜欢还不知怎么回事，王晓阳是吃过这亏的。

以前在刑警队的时候他是年年的先进。每到年底，领导都会拍着他的肩膀说干得不错，小伙子，要继续努力。头一两次，他还有受宠若惊的感觉，后来觉得拍在肩上的手轻飘飘的没力道。再后来，那手也不在他肩上拍了。再后来，他就高升到阿尔乡派出所任副所长了。

麻杆和村长都不在家，出来的是一袅袅婷婷的女孩，就像满目荒凉的山上开着一朵含苞欲放的牡丹一样，美则美矣，可感觉那么不真实。你想想，周围别说花，连个树木小草都没有的地方，突兀地开出一朵牡丹花，能是真的吗？十里八村的女人在他看来都不是女人，只能称做女性。她们从生到死天天见到的只是那几个人，有时连脸都不屑于好好洗，说不定都没洗。脸上的皮肤晦暗无光，眼睛永远是浑浊无神，面部没有表情。厚厚的嘴唇你是轻易听不到话语的。但你听到的话有可能更后悔，那是她们在丢了鸡、鸭，或是一捆柴的时候，粗粝的谩骂让你怀疑是不是自己身上发生了穿越，回到了远古时代。

连同这里的村庄一样，她们简直是被这个世界抛弃的人，所幸的是她们并不知道。她们最幸福的事就是逢三六九到乡上去赶集。她们有的会写自己的名字，虽然七扭八歪。他看着她们两眼冒光地在集上串来串去，他更为自己悲哀。

所以他在看见一张白净光滑的脸时以为自己在做梦。纯净而满是忧伤的眼神，轻盈的腰肢让他一下找到了久违的感觉。他又活过来了，看见面前的这个女孩才知道自己回来了，回到了当下，平时那些灰蒙蒙的一切才是做梦呢！

听说她在城里姑姑家上的学，后来在城里找了份临时工。说是想家了，回到了村里。想这里无穷无尽的风和沙？骗骗村里人还行。小姑娘一定是在外面遇到事了，也许是想让这里的风带走点什么。风平浪静后还是要离开的，她不属于这里，跟他一样，他才跟她有话说。

跟她说话不费劲。其他的村民尤其是跟女人和上了年纪的男人说话是说不通的，你说东、他说西，到了阿尔乡才知道与人说话是多么累的一件事。每到村里，办完该办的事，他都会拐到她家，跟她唠上一阵。什么都说，把这些天攒下的话全说出来，更多的时候他说，她听。他说自己的郁闷，自己的寂寞，说自己带着巡逻队员夜里拿着强光手电筒，在只有闪亮的星星陪伴下行走在空旷的山野中。昼夜温差极大，中午都能晒得冒油，晚上就能冷得让你打冷颤。她有时也说点自己的事，在县城读书、工作的事。他知道了她与一男孩子相恋，男孩的父母不同意她就回乡里来了。后来还知道城里有一个老男人喜欢她，总是到她工作的地方跟她没话找话，那个男人胖胖的，是个有媳妇的人，她就辞了工作回乡了。

看她说话时忧郁的样子他就想笑：真是单纯的孩子，现在城里的女孩子谁还会把小男孩、老男人什么的放在心里？她们坚信神马都是浮云。她们不会因得到而珍惜，更不会因得到不该得到的东西而惴惴不安。

能把肚子里的话倒出去就是一种幸福。每次下管区的时候，下王村都是必到的地方。别看村民们表面上木讷，心思可活泛得很，有些人已经议论了。明着说是下王村的治安这么好是王公安的功劳，总到下王村来指导工作；暗的肯定不好听。连所长大老李都听到一耳朵，才有刚才这么一出。

本来还有些兴致，现在他跨上摩托车后有些茫然，一时不知该往哪个方向走。向右一拐把，先去红帽子村。摩托车在沙土路上上下颠簸，他的思绪也起伏不定。什么名，红帽子村，怎么不叫绿帽子村。

在村里跟几位积极分子唠唠嗑。有一句套话他竟然问了两遍，那几位也看出他有些心不在焉，他自己都不好意思再说下去了。站在红帽子村村口，四下望着，接下来去哪里呢？这时辰回所里还早。他发动了摩托。

等到回过味来已经快到下王村的村口了。

还是进去了。

两人还没说上几句话，所长大老李的电话就来了。说是梨树村有人报案，让他去一趟。没办法，骑上野狼摩托，像野狼一样孤独地上路了。

他坚信自己和她都是不属于这里的。同自己一样，这里找不到她的归宿，哪怕只是身体上的。这里的男人她一个都不喜欢，因为这里没有一张干净的脸。自打调来他就托人想回去。人不能有念想，一有念想，尤其是不能尽快实现的念想，就能把人折磨得死去活来。

随着一次次的失望，他也打听明白了，原来是所长大老李不放。大老李跟局长说：我这里本来就缺人，刚来就走，我这儿成什么了？怎么的也得把工作抓起来再说。哥们说了：要想回来，也得把你们所长哄好。

哄好？怎么哄？那老家伙就像个木乃伊似的，食古不化、油盐不进，说什么好话、屁话都不会给你个笑模样。只有你替他处理家长里短的纠纷，把那些告状的都哄家去他才会呲一下牙。黑黑的脸上呲出来两排颜色比较浅的东西怪瘆得慌的，还不如闭上那张嘴让人看着舒服。

没办法，不想成木乃伊，只好努力干活博得那个木乃伊的好感。

麻杆又惹祸了，这次他是被卖日用品的一家扭送到派出所的。到派出所的时候还没表现出特别来。今天是三号，逢三六九是乡上赶集的日子。乡政府前面的小土路上你就看吧，尘土飞扬，叫声、笑声、吆喝声、喊孩子声和各种畜生的叫声搅到一起也分不出个数来。十里八村没事的闲人都出来逛了，即使只买点针头线脑，甚至什么都不买也要出来逛。刚来的时候他还不理解，就集上卖那点陈旧的东西有什么好看的，人们兴致勃勃地拿着块干粮能从头看到尾。时间长了他明白了，人们只想在人堆里呆着，听听人的声音。

人多了就容易出事。这不，在集上麻杆拿起一个花花绿绿的塑料盆就走，卖主就在后面追。

他冲着麻杆一顿大喊。果然，卖日用品的没那么气愤了，只要求赔偿损失就好。农村人就是实在，一个塑料盆能有多大的损失？他给张富贵打电话，让他来送钱。那边忙不迭地答应着。其实他自己先掏钱把卖货的打发走了。让张富贵来主要是想让他搭自己一个情，也给麻杆一点教训。现在他把麻杆铐在沙发扶手上，等着张富贵。

半个多小时吧，那小子顶不住了，带着哭声开始求他了。一概不理，很快那家伙开始泪流满面了。所长大老李听到动静过来看，这时，那家伙狼般地嚎叫，扭曲着身子用头撞着沙发背。大老李冲过去冲着那团蜷缩在一起的身体就是两脚：就这怂样你还他妈的惹什么祸！再闹拘了你，让你到里面作去。没成想，没什么反应，该嚎还是嚎，该撞头还是撞头。老所长一把揪住正要撞向地面的头，往上一抬，看见一张泪流满面扭曲的脸。

老所长愣在那里，王晓阳一下就明白了，在刑警队抓到过那么多人，刚才怎么没反应过来呢！也许是这里的沙子钝化了自己的思维，在这兔子不拉屎的地儿没想到还有人干这事。

老所长也反应过来了，只说了句：带到县局去。

还没到县局呢，麻杆就挺不住了。问如果现在交待算不算自首。

紧赶慢赶还是漏网一个，一个狠角色。那些哥们安慰他：取得这么大战果已经不错了，月亮脸上还有麻子呢！

张小花来所里找他，这么远是走来的，本来挺白净的脸上沾了层尘土。一看就知道哭过，眼睛下面一道一道的。不用她开口也知道她的来意。村长跟所长求情，想给麻杆办取保。没想到所长说什么也不看情面，就是不同意。他想所长怎么了，可不像以往的风格啊。难道所长觉得平时的小恩小惠不足以开这么大恩？想借机……

王晓阳给她倒了杯水，她两手来回地抚摸着杯子就是不开口。他也不问，就想看看她如何开这个口。

终于，她低着头红着脸把来意说了，还一再说明是妈妈逼着她来的。那个老女人别看在人前说不出啥话来，逼自己的女儿还有一套。

他想麻杆有自首情节，况且案子是自己主办的，自己去说所长应该答应。没想到，所长回绝他比回绝村长还痛快。

事没办成，看着张小花失落的背影，更难受的是他自己。他恨自己怎么落到这步田地。一个一点事都办不了的人在男人堆里还能混吗？现在总算理解了为什么那么多男人摧眉折腰事权贵，不就是为了有朝一日自己也能说了算，让下属干啥就得干啥。就三个正式民警，所长还感觉良好呢，要是能管着一二百人那感觉好得不得了吧。像局长那样，从来说话都是说一不二的。

他如期立功受奖。在领奖台上看着底下的人给他鼓掌，忽地觉得这个奖杯太轻了，轻得没有任何分量。

呆瓜还没抓住。呆瓜不呆，精得很，他就是麻杆吸毒案的货主。跑路也是需要智慧的，为啥小喽啰当不上大头领，智慧不行。搜集呆瓜的线索现在成了王晓阳的一大心病。

他跟所长大老李没嗑，工作上的事都是能不谈就不谈。

日子在寂寞的风声中呼啸而过。

张小花出事了，王晓阳接到电话开上所里唯一的微型面包车就往城里赶。在县城的一家派出所里，见她额头青紫，脸上和手上全是血道子。一个警察问你是张小花的亲属吗？他左右看了一下，确认是在跟自己讲话。"我……是"

那就好，张小花与人发生争端，被人打伤。我们给双方调解好了，打人那家愿意付医疗费和一些补偿金，张小花不要。我们只好找家人了。

不要赔偿，脑子被打坏了？他仔细端详了一下她的伤口，除了额头青紫，嘴唇也出血了，衣服好像也被撕扯得不像样子。

他把办案的警察拽到外面。原来她跟一个有妇之夫乱搞，被那家女主人抓住一顿乱打，邻居报了警。

看见她缩在椅子上的样子，显得比平时还小许多。他深呼一口气，"不管因为什么，对方打人就不对，医药费还是要付的。"

"我不要。"没有扭捏，只有坚定。

办手续的时候，他见到那个惹祸的中年胖男人，挺个大肚子，脸咕嘟嘟的，像个大猪头。她喜欢他什么？原以为她是不同的，她还是见过些世面的。唉，还是见得少。

一路上，谁也不说话。王晓阳把车开得都要蹦起来。眼看到村口了，"求你不要跟我家里人说。"她低声说。

沉默了好半晌。"你俩以前就有事？"他眼前出现第一次见到她时的样子，那清纯的笑容。

"没，绝没有。"

"他答应娶你了？"

"不。"

"不，是什么意思？是他不肯娶你还是不嫁他？你不嫁他这么做图他啥？他给你钱了？"

"我不会要他钱！"她大喊，一副神圣不可侵犯的样子。头一次听见她这么大声，这也是王晓阳喜欢和她说话的缘故。村里的女人说话都能吓到天。

她已经进村子看不见人影了，他还没动。突然猛地调转车头，直接又进了城。他记住了那个地址。

他狠狠地抓起一把沙子向遥远的天空扔去，沙子随风而起飘落在远方。他哭了，刚才。在这四处不见人的茫茫旷野里，泪水肆意滂沱，他为自己哭，为张小花哭，为像自己和张小花的所有人哭。他狠扁了那个猪头一顿，让他拥有一个城里人的身份就可以欺骗人。哭得他觉得自己已经像一粒沙子飘出好远了。他低头看，却发现自己刚打过滚、流过泪的沙土地一如以往，了无痕迹。自己的身体没重量，灵魂没重量，眼泪也同样没重量。滔滔的泪水摔进地里连个痕迹都没有，自己都不如远处那几棵矮小、粗壮的树。

"我要为张小宝办保外就医。"他向所长宣布，郑重的，不容置疑的。所长大老李眨了几下不大的眼睛，没回话。

走出派出所，迎着风，他长出一口气，随着这口气出去的还有消化不良的感觉。现在自己呼吸顺畅，腹内空空，该吃东西了。无欲则刚，自己刚实践了一把感觉就这么好。自己告诉所长这事，也是置气的成分多。因为保外就医已经不归派出所管了，自己就想在他面前表现一下态度。妈的，我就做个小松树在这里扎根了咋的，我就不回县城了，看你大老李还有什么办法治我？

事情办得异常顺利。麻杆出来了，晃晃悠悠的。走到村口的时候，他想要是这时吹一阵强风，能不能把这人吹到山沟里去。他从心里第一次盼着风再刮大点就好了。看着那根东倒西歪的杆子要走进村子，"站住"，他大喝一声，那根杆子差点摔倒。"回家去什么都不要说，问你咋出来的就说不知道，尤其是对你妹妹，听明白了吗？"

杆子硬邦邦地点着头，脸上还挂着"明白了一切"的猥琐笑容。他一阵恶心，真想冲上去把那个笑容打个稀巴烂。

一天快到中午的时候，王晓阳正在办公室里犯困。所长大老李不是好声地喊，快，快，到下王村。吓得他一激灵，从没见大老李这么着急过。指导员看家，所长和他带着几个联防队员就出发了。车开得快，长安微型小面包车在坑坑洼洼的路上颠簸得厉害。在路上才知是呆瓜出现了。王晓阳的汗毛孔都竖了起来。麻杆贩毒团伙就这一人漏了网。团伙作案，有时斩断多少手足都没用，只要头脑不死就有再生的能力。

他正合计怎么安排人手呢，就到了下王村村头了。越有事的时候时间过得越快。所长吩咐把车停到村委会藏起来。下王村背靠大山，只有一条进山的路，在村头隐蔽地方留下两个联防队员，让他们盯紧进村的陌生人。在村子中部一家杂货店还留下一个人，前后呼应，最后剩下所长和王晓阳到了村子底部麻杆家。按两人分工，王晓阳留在屋外，所长进了屋。王晓阳隔着门看见张小花的头在窗上闪了一下。

在麻杆家破败的后院里，王晓阳选了一栋矮墙，坐下，不能让人看见有人在院子里走动。麻杆家是土墙，有的地方掉下一块，留有豁口。正好，他坐地上，通过豁口看外面的情况，又不暴露。

看着太阳还高高地挂在头顶，早上只吃了口面条，刚才由于紧张没觉得什么，现在觉得又饿又晒，瘫坐在地上一点劲都没有。大老李也真能啊，竟然这么大的事都有线报了。

麻杆家的烟囱冒烟有一阵了，大老李肯定在屋里吃上了。现在有口饭吃哪怕是大饼子、高粱米饭也是好的。等了一阵也没人叫他吃饭。他忍不住打电话给所长："线报怎么说的，在下王村看见他了？"

"没有，是有人在镇上看见他了。"

什么？王晓阳的身子一下子松下来，两眼发花，眼前群星闪耀。

"没有准信要来下王村,为什么在这里蹲着?这里隐蔽适合蹲坑?在镇上看见为什么不到镇上去抓?"

"人家只在镇上看见一眼,知道到哪里去抓?我估摸着,既然他能在镇上出现,就一定能来这里,其实就是他不来这里,咱也不损失啥不是?"

天,要不是力气不足,王晓阳一定冲天大喊。敢情把所里掏空了跑到这里,是因为传说中兔子能来这儿撞树。外行领导内行就是这结果。他生不起这个气,只是对电话说,"我要吃饭。"

呵呵,张小花根本就没做外面几个人的饭。因为老所长说了,即使做了他们的饭,也没法进来吃。王晓阳这个气呀,给在杂货店守着的那个联防队员打电话,叫他准备点吃的。那家伙吭吭哧哧的也说不出啥来,气得他亲自到杂货店一趟。原来杂货店里多是油盐酱醋,能马上吃到嘴的东西少得可怜。剩两包饼干还是过期的,最低档的那种。方便面是小孩嚼着玩的干脆面。店里还没热水,王晓阳拿着那包干巴巴的方便面不知怎样处理。

一声尖叫撕裂了村子寂静的帷幕,接着就是两声枪响。外人也许听不出来那是枪声,可那是王晓阳魂牵梦绕的声音。他一哆嗦,方便面掉在了地上。冲出去,正看见一个人影疯狂地向村头奔去。回头看,老所长步履艰难地跟在百米之外,再后面是张小花的身影。

不用思考,他的身体就子弹般地射出去了。奇怪的是他浑身充满力量,刚才浑身的虚汗现在化作清凉剂,跑起来清凉无比。他紧紧盯住前面逃跑的身影,就是他,真的是他。那个他做梦都想抓住的人。距离越来越近了,这是向村外跑的路。他是怎么进村的?难道村头那两名联防队员已经……他不敢想下去了。

快追出村子的时候,他拔出枪对着天空就是两枪。前面那小子听到枪声,就像刘翔听到发令枪一样,猛地一震,跑得更欢实了。

今天他一定要把前面跑的这家伙追到,他咬着牙追,追,追得胸膛发闷,嗓口发甜。看见前面的身影也慢了下来。出了村子,小路崎岖点,好在没有大的障碍物,这小子没跑出视线外。他又冲天开了一枪,前面那人这次不加速了,扑通一声瘫倒在地。

他也是好半天才喘过点匀乎气。一个联防队员赶过来,告诉他,所长大老李受伤了。原来这家伙没从村口进村子,贼有贼道,竟然从后山爬上来。从山头下来就到了麻杆家。

他冲进去的时候谁也没防备,他也没想到屋子里还有别人。所长大老李掏枪的时候慢了一步,被他一枪打中,本是打的左胸,幸亏大老李向后一挺身,打在了左肋上。

王晓阳不停地捶着自己的脑袋。为什么非得那时候去吃饭。再等一会儿能饿死吗?自己要是在那里,那小子从山顶上一露头就能看见了,可现在……

手术室外,他一眼看到了所长的老婆,一个企业下岗女工。平时是见人没话说的人,眼睛哭得肿肿的。见他进来,就直奔过来了。完了,完了。他想,无论她怎么骂甚至打,不能有一丝的反抗。"老李说是你们俩发现了他,发生了搏斗,老李受伤了,你追了出去。"

……

"就是这样的。老李说的还能有错?他们几个也都是这样说的。"那几个联防队员都郑重地点头。

他愣在那里。

他守在大老李的病床前,看着这个有些瘦瘦弱弱的老男人,真不敢相信平时他有那么多精力又喊又叫的。

好多人带着营养品、鲜花都涌到医院看大老李,都是县局各警种部门的,多是领导,竟然还有市局刑警支队的支队长。刑警支队长是从县局刑警队走的,是县局的骄傲。没想到,大老李人缘会这么好,在偏远的山区当一个派出所所长都会交下这么多朋友吗?他把疑问说给指导员听。指导员诧异道:"难道你不知道?这些都是老李带过的兵,咱阿尔乡派出所走出去的人。"

他张大了嘴巴,头一次听说支队长也是从这个所里出去的。而且在派出所一干就是三年,用的就是现在自己的办公室。

人家形容名师桃李满天下,所长的兵也可以说遍布市局、县局,只要他说一声,哪个逍遥自在的地方去不上,非得在这儿吃一嘴沙?老李能说话了,他就问这事。老李一撇嘴:"到别的地方去我能这么威风吗？我指使别人好使吗？你不知道，当领导是有瘾的。我后台又不硬，调出去就过不着这瘾了。"说完还冲他得意的笑。

这什么人啊。大老李还告诉他，自打张小宝保外就医那天起，他就在呆瓜身上下足了力量。他知道，呆瓜是不会允许出卖他的人舒服地活着的。那也是他不同意张小宝取保候审的原因，呆在里面比外面安全，最起码抓到呆瓜前是那样。

他跟着一个来看老李的县局民警到外面。"听说你们走的时候都挺恨他，可现在……"

那人瞅瞅他，点上一根烟，慢慢吸完。"下雨天，没有伞怎么办？只有竭尽全力的奔跑，要不你就只能永远浇在雨中。我们都是些下雨天没有伞的人，老李就是那个让我们跑起来的人。从阿尔乡派出所出去的人你听说过有孬种吗？哪里不需要能干活的人呢！"

他又站在风口上。一阵大风吹来，他的帽子欢快地顺着山风翻滚到崖底下去了。跟他同来的一个小警察，刚刚被分到派出所的，见他的狼狈样笑出了声。"笑什么笑，村里丢鸡那家还等着取材料呢！"

他回头望了一眼跟他高贵头颅做了几年伴的帽子，"妈的，要是这么大风，有伞顶个屁用！"

太阳晃了谁的眼

1

　　太阳明晃晃地挂在上面，一切都是那么明亮，亮得什么东西都无所遁形。王晓阳懒洋洋地侧躺在枯草地上，厚厚的枯草暖暖的。突地，干草的香味不知怎么的就钻进了鼻孔里、肺里。闻着这香味，他突然心一皱，鼻子就酸了。用手遮住眼睛，把明晃晃的太阳挡在外面。透过指缝看着牛子在不远处来来回回的瘦小身影，感觉那么不真实。

　　今天他是特意来看牛子的，说带他出去玩，问他去城里好不好。牛子使劲摇头，说就到后山打鸟。

　　带牛子去过一回城里。到城里，牛子对新鲜事物只露出一丝惊讶，马上绷起小脸，一副满不在乎的样子。越是这样，王晓阳越想带他尽可能去更多的地方，见更多的东西。领他和儿子一起吃肯德基，儿子兴奋地点这点那，看什么都好吃。还兴奋地问："爸爸，你不说肯德基是垃圾食品吗？为什么今天可以随便点餐？是牛子来的原因吗？"王晓阳没回答。肯德基对于儿子来说是垃圾食品，当然少接触为妙。可对于牛子来说，长这么大头一次进肯德基，垃圾就垃圾吧。

　　牛子安静地坐在那里，眼睛四处飞快地看一下，马上就目视桌子。吃的时候，看得出牛子很满意肯德基的口味，却不像儿子吃得飞快。儿子很快就吃完了自己那份。牛子还剩个蛋挞，他把那个蛋挞小心翼翼地装进随身带的小书包里。王晓阳装做没看见。

带着两个小家伙到儿童乐园里玩了一圈。临走，儿子拉着牛子的手要他再到城里玩。儿子也实在是寂寞，那些玩具也玩够了，电脑上游戏王晓阳控制得厉害，所以小家伙还是挺寂寞的。

牛子瞅着儿子堆在地上的玩具，没回答。王晓阳给牛子也准备了两套新玩具，让他带回家里。

王晓阳没接儿子的茬，小东西懂什么，牛子本身就是城里人，牛子的户口现在还在城里呢，而且根据政策还吃着为数不多的低保。这里就应该是他的家，要不是……

王晓阳开车送他回家，不远，三十多里地。靠近城市的村子，但没紧要事，村里人也不到城里去。

牛子喜欢打鸟。自从王晓阳给他做了弹弓，并教会他发射这原始武器后，他就对它不离不弃了。每次王晓阳来看他，这是必玩的一个项目。

枪支管制是好事，但肆意地打猎也不能了。这也是中国男人成长史上的一个悲哀，少了一项男人必修的项目。男人们越来越娘气也跟这有关吧。没在林子里、草地上追逐过鹿甚至兔子什么的，连只鸟都没打过，没尝过在野地里奔跑的感觉，对男性的养成也是种缺憾。

牛子打的很准了，臂力也越来越大。随着嗖的一声，应声而落的东西越来越多。可是牛子越来越内向，跟谁也不愿意说话。消融人和事物间的抵触相对容易，让他们多接触多看到就好；人和人之间的抵触就没那么容易消融了。王晓阳也不知该怎么办才好，实际上他自己也是个沉默至极的人。干的虽然是接触人的活儿，对人的心思看得也挺透。怎么说呢，用同事的话讲，他是个一天都冒不出两句话的主儿。

最早，他不是这样的，也是个开朗的人。师兄也就是牛子的爸爸出了事以后，他就再也不愿意说话了，仿佛语言是这个世界上多余的东西。

王晓阳自从毕业就和师兄做搭档。师兄的师傅是个老同志，本来也应该是王晓阳的师傅。但人老了，就不愿意说太多话，就把带徒弟的重任交给自己的徒弟了。刚开始，王晓阳觉得什么都新鲜，跟在师兄屁股后问这问那，连师兄说话的语气都学。师兄领着他大街小巷的走，看见各色人等。说着不一样的话，唠着不一样的家常。他们熟悉辖区中的每一张面孔，知道每一扇门背后的故事。知道脚下的青砖路下雨天哪地方会汪水。

两人管的辖区就是普通居民区，很少见达官贵人，多是贩夫走卒。因房租便宜，交通也算便利，那些外来人口都愿意在这儿扎堆。常住人口才两万，暂住人口和流动人口就达到三万。常住人口好管理，左邻右舍晚饭吃的什么都知道。暂住人口和流动人口才不好管理。做生意的、打工的，甚至躲债、躲祸的……隔几天他们就会看到新面孔在管区里出现。

师兄的妻子是个美人，很朴实的美。当时在一家当保姆，师兄下管区走访，一来二去就认识了，渐渐地两人竟成了恋人关系。当时引起的震动绝不比现在的明星造出的绯闻动静小。大家都不理解师兄，虽然家庭条件差点，可考上警校的男孩子都精神、帅气，为人再机灵点，那是没比的。局里好多小伙都钓到了金龟老丈人，用有些家伙的话说那叫少奋斗二十年。其实，细算起来二十年都不止。

结婚就有车有房，还有钱。老丈人都是地方上有头有脸的人物，跟局里的头头们酒场、会场上常见。那升起官来，让你都来不及仰头瞅。昨天还是科员呢，今天就是副科级领导了。打个盹的功夫人家就是正科级领导了。再借着点人脉关系，干些买空卖空的事。那活的叫个滋润。

师兄的选择叫大家很是不解，不过也没挡住两人热恋的脚步。两人买了套小一居室，结婚了，有孩子了。师兄没能像别人一样快速地从科员跳到副科，但他总是一副笑眯眯的样子，乐在其中。

王晓阳也结婚了。两家没事的时候总在一起。

辖区里每天的吵吵闹闹是跟太阳一起冒起来的，月亮升上来还是热热闹闹。胡同里有早市，因为不用交摊位钱，卖的菜要比菜市场上水灵些、便宜些，住在附近的居民就起早来买。八点钟过后，就剩下一地菜帮子、破塑料袋、烂了的瓜果梨桃。辖区里居民的日子就跟这地下剩的东西一样，无聊，不新鲜，日复一日，就是些鸡毛蒜皮的事。

　　这跟王晓阳的理想差得太远。他的理想是当个福尔摩斯式的警探，现在却一直在基层派出所当社区民警，每天跟大爷、大妈们天长地短地聊。"现实总是与理想差得太远。"这话是师兄听了他几次牢骚、抱怨后，老气横秋地对他说的。那一霎那，总是笑眯眯的师兄像个历经沧桑的老人。

　　他琢磨来琢磨去，好像是这样。比如他老婆玉，本来是冲着警察这个职业的神秘和英勇来的。嫁后才发现，警察也是一普通男人，钱挣得不多，越到该放假的时候越不着家。脏衣服、臭袜子满天飞，混到老就是一正科级，商品房和私家车离他们太遥远。比如，他们所长，一心想当局长。不过，以他的水平和能力看，除非他离婚再娶，娶的是市委书记的女儿。不过这更不可能，市委书记有女儿的话，除非被天外飞仙摄了魂魄，否则是轮不到他的。还比如，辖区里二姐饭店的老板李二姐一直想当明星，打王晓阳认识她那天就没断了这美梦。在店里择菜、算账的当儿都打扮停当，一副随时出场的架势。实在闲的时候，还要唱上几段，什么《贵妃醉酒》之类的。那身段，那飞扬的眼神，使她的小店里总是断不了男人，也说不清是喜欢她的家常菜还是喜欢挠得人心痒痒的眼神和唱腔。他们愿意捧着这个烟火贵妃。

　　既然人人的理想和现实都差那么远，王晓阳也就没什么抱怨的。跟着师兄带着协勤每天走在大街小巷，遇到什么人都唠唠。

　　牛子打掉枝头上的一只麻雀后，坐在了他身边。低头摆弄他早已摆弄纯熟的弹弓。动作是那么老练和苍凉，眼里也没有这个年龄段的孩子该有的稚气。"叔叔，你是不是要出远门？"这是打鸟近一个小时以来他说的第一句话。

　　王晓阳一愣。

　　"你放心走吧，我没事的。"

妈的，这小子。自己要出远门？也不知道为啥想突然来看看牛子，经牛子这么一说，自己才恍然大悟，原来是要出门。每次出门也没这样啊，难道冥冥之中真的有什么东西在左右自己？这次出门真的会与以往不同？也该到了断的时候了。结果能是怎么样呢？自己发过誓，再也不会出现那样的局面，哪怕最糟糕的是玉石俱碎。太阳有些晃眼，他揉揉眼睛。师兄出事那天，太阳也这么好，晃得眼睛都睁不开。加之那道白光，眼睛更睁不开了，要不也不会……

2

这些年出门成了家常便饭。想走的时候，跟单位请假说老家有点急事。电话告诉老婆一声，老婆已经习惯了，也不跟他唠叨，也不磨叽。好像有他没他这人都行。同事们对一个什么都不争不抢的人很有宽容心。领导嘛，虽说不太高兴，可王晓阳这人还有点利用价值，也就睁一只眼闭一只眼了。

用同事们的话说，王晓阳那个蔫小子是有些神道的。

在一次搜查一个出租屋的时候，检查房客的身份证，人和身份证上的照片一致，同去的警察没看出什么毛病，网上比对也没毛病，但他的目光就是在房客和身份证之间来来回回，几个回合，那人就有些毛躁。刚想有什么动作，被他一脚踹翻在地。

回到所里，给发证当地打个电话，很快就水落石出了。这小子是冒用他人的身份证，一切信息是别人的，只有照片是他自己的，犯了故意伤害。

跟他同去的警察有些后怕，无根无据的就给人踹翻在地，要是查不出什么毛病咋办？

他就笑笑，你没听出他的口音和身份证上的地址所在地的口音不同吗？

同事后来考证，所谓的口音不同，绝对不是东北和天津的区别，两地离得非常近，只是在尾音上稍稍不同，隔着二百里地的人都绝对听不出来。王晓阳离着上千里，还能分辨得出？是不是神？

警察巡逻，夜战，活琐碎还累，但他们最不愿意干的就是到外地抓捕逃犯。有时线报准，少费些周折，也少受点罪。多数的时候，碰到模棱两可的线报，不信吧，不甘心；信吧，那就瞧吧，大海里捞针，人家吃饭，你在外面守着。手里有面包、饼干将就一下，没有就只好咽吐沫。有时走得急，连换洗的衣服都没带，夏天一身汗，冬天冻得脚开始疼，后来都没感觉了。还有所谓案子破了就是指案情明朗，知道犯罪嫌疑人就完事。大多数警察认为人迟早都会抓到的，就没人瞧得上外出抓捕的活了。

王晓阳愿意去，虽说他是社区民警，抓逃犯轮不到他，可碰上这事他就自愿请战，而且还颇有绝活。不多言不多语，行动迅速。尤其是抓捕人犯的时候，他眼中的精光就像一道利剑把人刺在当场，动弹不得。他轻易不说话，好像全部的精力都集中到眼睛和手上，不说不动的他，动如脱兔，逃犯敢有些许动作，飞起一脚，就被踹翻在地。而且是越干越麻利，一点也不像他日常慢吞吞的样子。

让人不能理解的是他抓住那些逃犯总是一遍遍地问：看见警察抓你时害怕不害怕。十个有九个说，看见有人不顾一切地向他们冲来，第一个感觉就是害怕，就是想逃走，跑得越快越好，压根就忘了手里还有武器。剩下那个说当时彻底吓呆了，根本想不起来跑的事。每次得到这样的回答，他就颓丧几天，把自己喝得酩酊大醉。

别人暗地里嘀咕：难道他想听到逃犯不怕警察？摇摇头，也就各干各活去了。大家已经习惯了他的怪异。

在同事们眼里他是个不打折扣的怪人，另类。一天也说不上一句话，像活化石一样。他的办公室里有一张中国地图，上面密密麻麻的红色、绿色、黄色的小点子。一有时间，他就站在地图前琢磨，拿个笔点点画画，要不就沉思。每次请假外出回来，他都在地图前站半天，有时兴奋，有时苦恼。大家已经习以为常、见怪不怪了。有狭促的家伙笑着说王晓阳等第三次世界大战爆发准备组织百团大战和平原游击战呢！

他有了外号，叫猎狗。他凭着气味就能追踪逃犯。一次、两次，别人认为他有好运气，可十次、八次都让他赶上，光是运气就说不过去了。难道他背后有不可思议的力量？有大仙、神棍在帮忙？

有些新警察沉不住气，总在他身后讨教窍门。用他对一个新警察的话讲一个人最远能跑到哪儿去呢，现在整个地球就像一个小村落一样，人和人最远的距离是心。只要把人琢磨透了，他就跑不出去。说这话的时候，在别人眼里他就像一代宗师一样充满自信。

师兄走了，师兄的妻子带着牛子回到村子里。隔上一段时间，他就要去看一次。长时间不去，就觉得自己有啥事没办似的，难受得很。每次去，他都带上老婆玉，每次从村子里回来，玉都说她再也不要去了。她说即使在经济上她一无所有，在地位上也处于社会最底层、食物链里的最低级，可在师兄媳妇面前还像个富翁。我到她跟前去就是为了炫耀：我有老公，而你没有，就是为了到她跟前去晒我的幸福。这种事我真的做不了了。说归说，每次王晓阳要求她一起去，她都会去，她说受不了王晓阳恳求的眼神，一个心如枯木的人做出那样的眼神，让人心疼，真的是心，疼。

牛子母亲的户口在村子里，因为舍不得村里分的地，结婚就没把户口迁到城里。牛子随父户口落在城里。师兄出事那年，牛子才两岁，王晓阳也是刚和玉结婚。如今，牛子已经十二岁了，王晓阳的儿子都九岁了。可师兄抱着儿子牛子那兴高采烈的样儿还在他眼前晃呢！师兄得意地说，看吧，我儿子多像我，像个马驹子似的。牛子小时候真的像师兄，尤其是性格上，调皮，好动。才两岁的他，恨不得耗子洞都掏两把。迈着两条小肥腿在院子里追着大孩子玩，看见人就笑，甜甜地叫他叔叔。

王晓阳跟在师兄后面一天天地在辖区里转，竟然暗暗渴望出点大案、要案好让自己也有大显身手的机会。听师兄讲这片也发生过大案，不过王晓阳没赶上。那是他参加工作以前的事了，就发生在这片早市上。

早市上摆摊的和逛早市的人们大多不是有钱人。人要是没钱就容易活得急，看什么都有火。

　　早市上有个卖肉的，人长得跟排骨似的，脾气却火爆的很。虽说生意不错，可家里接二连三地总有不顺心的事。他媳妇找个大仙算，说他家祖坟风水不好，要想了事，必须得把祖坟挪了，按大仙说的方法重新安葬。他媳妇就嘀咕他，让他快办此事。卖肉的烦透了，骂老婆败家玩意儿，挣点钱全送给跳大神的了。卖肉的带着一股火出的早市，偏赶上平时就矫情的一个娘们买肉。前槽肉，绞馅。差两毛钱到整，卖肉的就随手扔上一块。那娘们不干了，添肉还不给添块好的，弄块血脖肉糊弄谁呢？你以为占这点便宜你就能发家致富啊，挣这点钱也不得好花，最多也就买点烧纸！

　　卖肉的正憋着一股子气，上去就是一巴掌。

　　两家人开始混战。混乱中，卖肉的抄起刀捅了出去，然后跑掉再也没回来。

　　被捅的刀扎在左胸上，离心脏还有两厘米。经抢救活过来了。

　　所里领导和局里领导都做卖肉媳妇的工作，想办法和卖肉的联系上，没死罪，要是赔偿积极的话还能轻判些。卖肉媳妇哭丧脸：他也没跟我联系呀！

　　鬼才信她的话。把他能逃到的地方重点监守，有几次都摸着他的尾巴了，结果让他跑掉了，窝里甚至还留有他的余温。

　　师兄给他说这事的时候表情淡淡的。本来嘛，刑事案子就不归社区民警管了。王晓阳有些蠢蠢欲动，幻想着自己要是跟那个卖猪肉的狭路相逢会怎么样，自己一定会很英武，想象一下就会热血沸腾。

　　理想和现实差得远，想象和现实差得也一样远。

　　那天，天出奇的好，一丝风都没有。太阳就明晃晃地挂在头顶，晃得人有点睁不开眼。天一暖，人就有些懒洋洋的。师兄带着他和几个联防队员在辖区慢悠悠地走着，走过王老三的水果店，老曲家的杂货店，李二姐的小吃店，老张家的粮油店，一切是那么熟悉，熟悉得有些熟视无睹，后来到了任嫂的房屋中介所停了下来。从玻璃窗望进去，任嫂坐在小桌子后晃荡着腿，嘴唇翻飞嗑着瓜子，眼睛则狠狠地盯着窗外，恨不得用眼神将外面走动的人拽进来，租她的房子。当然买她的房子更好了,不过买卖房屋的业务像晴天下大雨一样稀少。

"怎么样?最近赚了多少银子啊?"师兄开着玩笑带着几个人进到小屋里。五六平米的小屋只有一张桌子、两把椅子,墙上四周贴着房屋信息。

"挣啥挣啊,架不住有截和的。那个没爷们日子就过不下去的家伙,以为逮着个唐僧呢,怕我们知道给抢来炖着吃?还偷偷摸摸的,针眼大的地方,偷偷摸摸就能瞒住人了?"后一句任嫂瞪着快要冒出来的眼珠子提高了声调冲外面的一个方向喊道。

顺着她的目光大家找到了目标:李二姐的小吃店。

原来李二姐越过她这个中介招个租房的,几十块的中介费没挣到恨得她牙根痒痒。那人没办暂住证也没登记呢,几个人快速地来到李二姐的小吃店。

唱戏的李二姐用社区里老人的话讲,也是个魔魔障障的人。四十多岁,过着没老公没孩子、一个人吃饱全家不饿的生活。据她自己对别人说离婚了,孩子也给了男人。

从店门进去,李二姐正在厨房择菜,说明来意,李二姐合着韵的腔调就出来了:"呦,鼻子可真够灵的。"说完,打开后门的一道锁。她家有个后院,后院单独开门,平时把厨房连着后院的门一锁,就成了两个互不干扰的天地了。后院用于出租,李二姐带着服务员就住在挨着厨房的一间屋子里。

推开门,里面是个天井式的小院子。唰啦一下,正午的阳光像从一个漏斗中倾泻而下的钻石一样散发着灼人眼的光芒。据李二姐的描述,穿过院子里的天井才是两间住房。在这刺眼的光芒中王晓阳恍惚见到一个瘦高的男人正在院里溜达。男人身上的某样东西白光一闪,也像钻石一样闪了他的眼睛。他刚揉了揉眼睛,就听到师兄大叫一声。那个瘦高的人影已经窜到后屋去了,师兄却趴在了地上。血流了出来,王晓阳从来没看过人流血可以流得这么快这么急,汩汩的,带着声音,带着温度。太阳直直地照在那摊血上。王晓阳有些晕了,晃了几晃,没倒下。他又狠狠地揉了几下眼睛,刚才是自己看花了眼?

没错。他看过很多惨烈的现场,却从来没想过自己身边人会这样流血，会这样匍匐在地上。

　　随着汩汩流走的还有王晓阳的心、气力和语言。他突然一下子就老了。老得走不动道了，甚至连做爱都没力气了。妻子玉总是暗暗想，幸亏自己怀孕了，否则以他的状态能不能生出孩子来还真不好说。在所里，他也变得沉默寡言了。以前跟同事总说笑话，拿这个开开玩笑，拿那个开开玩笑。现在就像个木头疙瘩。开始，所里人以为他是受了那个刺激，反应有些迟钝，过一阵子就好了。可没好起来，还越来越严重了，甚至连走路都有些老态了，低头、驼背，就瞅眼前一两米。所里人暗地里说哪是牺牲一个人，咱们是没了两个好兄弟呀！

3

　　他还是管着那片社区，每经过李二姐的小吃店都以少有的速度快速走过。之后大口喘着气，好像跑了百米似的。坐在隔壁店铺门前那块大石头上，茫然四顾。领导看他这样不行，说给他调刑警队去，他以前不一直想当刑警吗。他说什么也不干，就要管这片。领导费劲巴力才问出理由：他要抓住那个家伙才可以走。人们都暗暗担心，以他这种状态怎么抓住这家伙？再说了，这家伙本来就是流窜在外的杀人犯，偶尔在这里落脚，现在杀了警察，难道还敢回来不成？在这地儿等，不比守株待兔的概率大。

　　任凭别人怎么说，他都不为所动。每天就是在辖区里走啊走，在太阳地里，眯着眼走。师兄出事以后，他落下一个毛病，惧怕天上的太阳，有太阳的天，就睁不开眼。

　　所领导让他带了几个新民警，也是当师傅的人了。他像师兄当年带他那样，带着几个新民警天天走在管区里。走过豆腐店、猪肉店、李二姐的小吃店、粮油店，再到那家介绍房屋出租的中介所，问一问最近有没有外地人租房子的。房屋中介的主人已经换了，自打师兄出事，那个任嫂没法面对周围人的目光，尤其是王晓阳还来中介所询问有没有外来人租房的时候，更让她受不了，结果转让了。

　　李二姐的饭店萧条了好一阵。李二姐像个犯人似的龟缩在小店里，不敢发出任何声息。人们都绕着小吃店走，仿佛里面有瘟疫、不祥之物。渐渐地，有声音从店里传出，开始听不清，一天比一天清楚，原来李二姐关起门来在里面唱贵妃醉酒，幽怨得让人心颤的唱腔，穿透小饭馆薄薄的墙壁，拐着弯在小街上空扫荡，听着就让人打颤、哆嗦。

　　人们愤怒了。真是戏子无情，在她家出那么大事她竟然还在唱。可是愤怒没能持续太久。随着秋风渐起，街道两旁树木的叶子在秋风中起舞、不甘心地落地，人们的愤怒也仿佛随着叶子起舞了一阵落下了。人们是健忘的，李二姐的小店发生血案的事也被遗忘了。因为血案发生在后院，小吃店并没见到血腥。何况唱着贵妃醉酒的李二姐是那么媚，女人的媚是很招男人心痒的，醉了酒的女人更媚，醉眼朦胧间能让男人酥到骨子里。

　　她的小店里又开始人来人往了。社区里的女人气愤地说李二姐那狐狸精专会勾引男人，连石头警官也动情了。也怪，每当王晓阳听到李二姐的吱吱哑哑唱腔一响，就忘了要去干什么，就坐在隔壁门口的石头上那么听下去，像个入定的老僧。渐渐地，李二姐的街坊四邻就传出王警官喜欢李二姐的说法。

　　像一块石子轻轻地扔入池塘，开始激起一圈涟漪，慢慢地扩散，范围越来越广。所里人都听到这风声了，连他的老婆小玉也听到了。

　　小玉听说不怒反笑，说如果有女人能治得了他的病，她感激还来不及呢！她总嘟囔：不知道是和一个人过日子呢，还是和一块木头、一块石头过日子呢。

　　他像师兄那样带着几个新民警巡逻在管区里。唯一不同的是他要求在盘查流动人口的时候绝不可以掉以轻心，"绝不是查查身份证、登下记那么简单。"他厉声说。习惯了他的沉默的人被这大声的话吓一跳。多数的时候他都慢条斯理的，慢慢走慢慢说："犯罪分子没什么好怕的，只要咱们自己的阵脚不乱，害怕的是犯罪分子才对。"

　　这话大家信。从他抓捕人犯就看得出来。

日子就在李二姐依依呀呀的唱腔中，在人们买菜的讨价还价中慢慢流走了。

清网行动开始了，因为是全国统一行动，以前哪个地方风声紧就躲开的方法不好使了。行动一开始，就像黑龙江冬天下网捞鱼一样，大大小小忙着喘口新鲜空气的鱼全沾在了网上。乐得王晓阳和他的战友们一个劲地拣鱼。什么整容的、更名的通通在他手里露了馅。

这些逃犯有的潜逃十几年，有的彻底变成另外的人了。有当官的，有放下屠刀当了学者的，还有可能出些别的状况。像那个卖肉的终于有消息了，不过是死了的消息。原来他逃到一个黑煤窑，受尽气，也不敢暴露自己的身份，结果被一起在煤窑里打工的家伙砸死在煤窑里，被冒领了丧葬费。外地警方破了那起案子，才找到卖肉的下落。

卖肉的媳妇哭得死去活来，她后悔死了，本来她是知道一点信的，后来丈夫没信了，她也不敢去找。卖肉媳妇的嚎啕就像李二姐换了个唱腔，周围人无动于衷。人死了，对于不相干的人来说，就像一阵风刮走了地上的一粒尘沙，或是清洁工扫走一袋垃圾，毫无意义。对于失去至亲的人，太阳即使明晃晃地挂在那里，天却永远暗了。像牛子与年龄不相称的内向，师兄的妻子永远失去了明艳，像他自己，失去了说话的功能，好像话都跟师兄说尽了。

王晓阳在清网行动中可是大大地出了风头。

有一个重伤害逃犯，近十年了，偶尔有外地电话联系，查起来还是没有头绪，到那个地方蹲守也毫无结果。受害者家属年年都会到所里、局里找。近几年，他家的外地电话多起来，但都不是一个地方，偶尔还有来自不同地方的汇款。查来查去，还是劳而无功。王晓阳把这些年林林种种的线索汇拢在一起，眉头紧锁又舒展的很多次后，他说这个人出家当了和尚，到这几个城市的寺庙找找看。

虽说玄乎点，还是有人去查了。真的查到了，就在寺庙里。

行动越到最后就越不顺利了。有些逃犯真的像泥牛入海一样，杳无音讯。像那个刘老怪，清网行动开展这么长时间，也没听说他在哪个地方出现。

刘老怪三个字成了他心头的病，在他面前不能提这三字。他心心念念的就想抓住这个人，哪怕和他以前抓住的所有逃犯换，他也愿意。可不知怎的，他就没抓住这个人。

李二姐出事了。那天她正哼哼唧唧地："那冰轮离海岛，乾坤分外明……"王晓阳就带着几个人冲进了店里，动作麻利地给李二姐上了手铐，推进外面的警车里。人被带走，周围的人们才反应过来，围在她的小店前，互相探问着。

几天后，人们才知道答案。原来李二姐是个潜逃多年的逃犯。

每个人对于别人来说都是个迷，尽管你和他天天见面，甚至吃在一起，睡在一起，也不见得你就知道他的内心。用歌声调剂着众人单调、枯燥生活的李二姐是个有故事的人。用她哥的话说，她是个从小就不安分的人，按她哥的理解，安分就是认命，干命里注定的事。最起码也是别人干啥你干啥。李二姐偏不，她的不安分表现在想拥有一份爱情，灰姑娘式的爱情。男方家不同意，男方的父母自诩身份高，不屑于李二姐一家。李二姐的母亲没工作，父亲在单位的食堂当大师傅。

越是阻拦的爱情越有动力，两人偷偷地离家出走了。美好的爱情只存在了不到一年，就因为现实的困顿，散了。吃饱饭的时候，才觉得爱情是至高无上的。吃了上顿，就得赶紧出去找下顿的日子没有别的念想。这是那个男孩，如今保养得不错的中年男人说的。

两人没跑远，就在两百多里地外的一个小城镇。男孩子认清了现实走了。那天，失爱的女孩子在小镇上走来走去，不知道走了多少个来回，天、地、人什么都不存在，就是走啊走，甚至自己都不存在。自己都不知怎么跟那个丑陋的老男人到了一个村里。

每当老男人想讨好女人，得到的都是轻蔑。男人想热起来的心又冷了下去，也硬了起来。锋利不带温度的碰撞，越来越升级。

终于有一天，女人趁着男人熟睡，打残了男人一条腿，跑了出来。残了腿的男人再也追不上女人了，女人逃出了牢笼。

那些平时对李二姐恨得咬牙切齿的女人们出奇地沉默，知道了真相后集体闭上了嘴。再见到王晓阳都摔摔打打、斜眼瞪视。她们背地里说别看姓王的那警官不吭不响的，心里的恨憋着呢！他是忘不了李二姐家发生的事，记着李二姐的仇呢。岂止是她们，整条街道闭上了嘴，整个社区闭上了嘴。甚至人们热热闹闹的生活都闭上了嘴。李二姐的京腔京韵间歇地出现在一些喝醉酒的男人的梦里。

那几个新警察纷纷说，任谁也没想到李二姐会是逃犯，要咱常人的理解，逃犯躲着咱走还来不及呢，李二姐对任何人都没躲闪的意思，而且扎根这么多年了……

"整个社会就是一张大网，每个人都是这个网上的一个节点，都会向外辐射的。有的能量大些，辐射的范围就广些。像扔进池塘里的石头，用力大，引起的涟漪就一圈圈扩大，找到跟他有关的节点就可以了。每一个人，就处于自己所结的网中心。像蜘蛛结的网一样，最近的一圈是自己的亲人、老婆、孩子、父母，外一层是亲戚、朋友，再外一层就是自己生意伙伴、同事。就算他改名换姓，他的亲戚、朋友可以不联系，血浓于水的亲人能彻底抛下吗？这些能抛下，他生长的烙印能抹得掉吗？一个人灵魂里的东西是抠不掉的，只要用心，没有抓不到的逃犯。李二姐这么多年有亲人来看她吗？说是离婚扔下个孩子，算起来孩子也挺大了，没见出现过。我打听李二姐的兄弟住得并不远，可很少走动，难道这里没问题吗？她的小店发生血案，按理说不应该再开下去了，可她不走，因为她无处可去，到一个新地方还不如这里安稳呢。"庆功的酒后王晓阳对几个新警察破天荒地说了这么多话。

4

刘老怪出现了，在大西北一带，这次是警察突查歌厅，他正在里面欣赏歌舞呢。警察本是想查歌厅里卖违禁品的事，一个警察多瞅了他两眼，又跟同来的警察嘀咕了几句，他就窜起来往外跑，一个反应快的警察去拦他，结果被他刺伤。他又一次逃跑了。

每当有这消息传来，知道当年内情的同事都会说怨不得他能从最厉害的两人手里逃脱，他们是想让他从中解脱出来。听到这样的话，他都会更难过一阵子。

他已跟外地警方两次正面遭遇了。王晓阳跟那些与刘老怪正面遭遇的警察细细谈过，知道这个人是不慌不忙的，不是那种强作镇定，而是真的镇定。他知道这个人像自己一样越来越厉害了，多年的逃亡生涯给了他实战演练。

他把能找到的那个人的资料仔细研究过多遍。那个人在单位原是个很尽职的人，工作完成得非常好。只不过晋职晋升都没他的份。同事的嘲笑他忍了，领导的无视他也忍了。他没能忍住局长领来的一个临时工的嘲弄，连那临时工在内，锋利的刀子划过五个人的喉咙。

他没跟家人告别就走了。王晓阳所在的城市是他逃出来隐藏的第一个城市。好几次，王晓阳觉得就要抓住他了，可没有。他闻到他的气息了，等他到跟前的时候，他就像稀释在空气里一样。他闻得到，却抓不到，简直让他抓狂。可他真的狂躁的时候，他的气息就没了。

时间长了，他学会了平心静气，绝不是放弃。

从牛子那儿回来，他站在办公室的地图前足足两个小时。后来拿起一只红色的笔狠狠地戳在一个地方，戳出个窟窿来。

他又一次请假。

店主瞅着那个奇怪的客人。他已经在这个店里连吃三天了，每顿饭，就是一碗米饭，一盘菜——尖椒干豆腐，不喝酒。吃完，就眯着眼坐在那儿，偶尔喝口茶水。他就这样在店里连呆三天，晚上很晚了，没人来吃饭，他才会走。每天来，就坐在店里靠旮旯儿的一张桌前，店里的客人要是不留意，都会忽略他。他也不说话。

第四天的晚上，他的眼睛睁开了，是在听到一个叫着来盘尖椒干豆腐的声音后。他睁开了眼睛，走了过去，跟那人坐在一张桌上。他背对着店门，还隔开了那人和邻桌的联系。

那人看他一眼，吃起面前的尖椒干豆腐。"这个县城里，只有这家的尖椒干豆腐最好吃。"那人一震，又接着吃。每吃一口，都慢慢咀嚼，好像在回味。吃完，喝了茶。后进来那人说了声，走吧。店主心想这傻子终于等到人了。

　　天已经黑了。出租车速度不慢，这里离王晓阳所在的城市也就二百多公里，要是顺利的话午夜就能赶回。自己是请事假出来的，在外带着逃犯万一有什么意外，他决定连夜赶回去。他打电话通知所里，电话那边听到这消息半天没说话。后来，所长又打给他，说他们和局里派来的人接应他，让他多加小心。

　　夜，寂静。只有点点星光，看不见参照物，只有听见车轮擦地的声音还能感觉到车子一直在前行，速度不慢。那个家伙到车上就睡着了，脑袋就像鸡啄米似的，一下一下，差点扎到车座下。他的一只手跟王晓阳铐在一起，把王晓阳拽得一趔斜一趔斜的。王晓阳就猛地往回拖手铐，自己也感觉到了疼痛，只要让那个人感到疼痛他就高兴。那个家伙却沉得住气，感觉疼顶多就是皱一下眉。不与他对视，这让他的怒火无处可发。

　　原想抓住这个人会跟他搏斗，甚至会流血、乃至……现在他感觉到有些不真实。听着那个人轻轻发出鼾声，他更生气了。

　　雨不知什么时候下起来了，没有声音，要不是车前的雨刷器不住地摆动，他都看不出下雨来。雨可能是越下越大了，尽管雨刷器不停的摆动，在车前灯的朦胧下，还是有雨残留在车窗上。那个人一直没瞅他，但他感觉到即使在睡中也在瞄着他。干嘛，想找机会逃跑吗？想都不用想，再也没那个机会了。

　　接应的人快到了吧。感觉外面越来越黑，开始在路上还能遇见车辆，开着昏黄的车灯出现在对面，现在开车好长时间才能遇见一辆车。这条路刚大修不长时间，路面平整、宽敞。即使出租车这样的低档车行驶在上面，也不颠簸。那么静，真是睡觉的好环境，就像身边这个人。隔个半小时，他还要和司机师傅说句话，问到哪里了，他怕这么静，司机单调地做一个动作，有睡意就惨了。

　　车轮搅起水来的声音更大了些，更添了寂静。王晓阳看见师兄笑盈盈地向自己走来，后面牛子迈着肥胖的小腿追着。忽地，眼前是师兄倒在地上的场景，好大的一片血呀，他喊着不对，师兄倒地上的时候是出血了，地上没那么多。太吓人了。他猛地睁开眼睛，看见一双冒着绿光的眼睛盯着自己，睁眼的一霎那，绿光消失了。他都怀疑自己看没看到那抹绿光。心脏突突地跳了一阵。暗暗地骂自己，都多少年凌晨一两点前没睡过觉了，是睡不着。为什么现在困？他又仔细检查手铐。

哐当，他的脑袋磕在车顶上，身子往外一甩。司机倒吸的那口气他听得清清楚楚，借着车灯的光，看见前面一辆高大的运煤的大翻斗车。司机猛打方向盘……

醒来的时候他就感觉疼，却说不上哪里疼，还喘不上气来。雨淅淅沥沥的，掉在脸上，流进嘴里，冰凉还有丝甜甜的感觉，是雨叫醒了自己吧。好半天，他才看清是一个脑袋压在他的右胸上。灰白的头发，额头上满是皱纹。一瞬间，他以为看到了镜子中的自己。

司机一点动静没有。胸前的脑袋慢慢地抬了起来，曾经满是凶光的眼睛充满了迷茫，很快就明白了眼前的处境。他开始使劲地掰手铐，掰了一阵，没掰动。他的眼睛落在倒在地上的王晓阳身上，停留了一会儿。王晓阳没动，他很想动，可不知伤到哪里了，连坐起来的力气都没有。那双眼里射出一道凶光。他伸出那只没手铐的手，在王晓阳的身上摸索起来。王晓阳一下就明白了，这小子在找手铐的钥匙。王晓阳用尽胸部的力气把这小子从自己身上掀下去。钥匙放在右手边的裤兜里。王晓阳把自己的左手和那小子的右手铐在一起。那小子要想拿到钥匙就得翻身骑在王晓阳身上才行。说起来简单的动作现在做起来是那么难，不过那小子真有股横劲，有几次差一点点就可以摸到王晓阳的裤兜了。

又一次把他掀翻下去，王晓阳呼呼地喘着粗气。那个家伙也不比他强哪儿，气喘如牛。

那家伙改变了战略，用没戴手铐的左手猛地击打王晓阳的面部、头部，可能是想把他打晕再拿钥匙吧。王晓阳用没戴手铐的右手还击，谁也没占了上风。可能是都有点晕。

又喘息了好一阵。王晓阳把右手伸进右边裤兜里，那把小小的钥匙还在。握在手里，摩挲了几下，那个人又有动静了。王晓阳笑了：别费心了。一扬手，当啷一声，金属物落地的声音。在黑夜里听起来格外清脆。

"你怎么能这样？你怎么能这样。"那简直是困兽的嚎叫，一声比一声低沉而悲哀。

雨还在下，四周一片静寂，也不知什么时候才有人能发现他们。一辆过路的车都没有，也看不见哪里受了伤，就是没力气。两个人并排躺在黑暗里。

很久，那个人说："你要是这样死了，跟我死在一起，值吗？"

"我不知值不值，我知道我要是抓不到你，我早就死了。"

切，一声轻笑。

"在那个小饭店里，你为什么没反抗？"

又是一阵小雨。

"我看见你的眼睛，就知道我跑不了。再也不是我第一次看见的那双眼睛了。在车上我是真的睡着了。"

"我真后悔十多年前没冲过去。那天，太阳那么足，晃得我眼都睁不开……其实，主要，是我看见了那道白光……你本来是害怕的吧？可你看见了我的恐惧，不是吗？是我的恐惧鼓舞了你，给了你反抗的勇气。这时在我身旁的师兄冲了上去，结果……"

"你知道这些年我都干过什么吗？工地上搬砖，推水泥沙子。我明白一个理儿，多高的楼都是一层层盖起来的。"

雨流的声音，夹杂着也许有血流的声音。

"我看见阳光下的刀子的光芒，是我错过了最好时机，也就是我把师兄送上了死亡。"

"真奇怪，要跟你死在一起。你是怎么找到我的？"

"你跟家人不联系，人藏在哪里最保险？就像一个最不起眼的中国人，走在国外的大街上也是显眼的。你不会那么傻，这些年发现你的地方都是离你故乡很近的地方，以故乡为圆心，很小的半径。只有混在其中才是最保险的。李二姐的尖椒干豆腐可是很有特色的。"

夜真黑，只剩下了雨声，更静了。

5

刘老怪被带进了审讯室。好像多年失修的水闸，一旦修好，洪水就会滔滔不绝地奔涌而出。刘老怪说了个痛快，包括这些年走过什么地方，干过什么活计。

做完笔录的一位侦查员走进王晓阳的办公室，给自己倒水喝，看见了那幅花花绿绿的地图。

中间戳出个窟窿的地方正是这次抓住刘老怪的地方。红窟窿仔细看隐约有黄色的印记。他又仔细瞧，圈圈点点的地名是那么熟悉。好像刚听谁说过的。

午休的时候，所里几个人去医院看王晓阳。病房没人，在住院部后院里，一个穿着病号服的中年男人坐在长椅上，身子后仰，抬着头望着天。两鬓偶尔发出银子的光芒。大家顺着他的目光望，天空洁净得很，一片云都没有，只有白晃晃的太阳挂在那儿。

"太阳根本不晃眼。"声音很低，离他近的同事还是听清了这句话。

天边飘过

泡在露天温泉里是那么惬意。仲秋天气，不冷不热，还没风。蓝蓝的天，悠然飘过几朵白云。把浴巾蒙在头上，只把头露在外面，身子全泡在水中。浑身的毛孔都是张开的、松弛的，温热的水流顺着张开的毛孔流向身体里的每一个地方，心里、肺里、手指、脚趾里，舒缓着四肢百骸。

好久没这样放松了，就像久久端着的四肢，一旦放下就酸痛，不活血的感觉，非常累。过了好一阵，身体才放松起来。身体放松的时候，精神也会松懈，久久绷紧的那根弦突然放松下来，就像大脑缺氧一样，昏昏欲睡。她就这样放任自己的身体和灵魂一起飘着飘着，什么都不想，就像天上的云一样，舒缓、自在。

可惜的是这种舒缓、自在实在是太难得了。以前是生活得紧张、忙碌，睡觉都恨不得睁着眼睛，生怕自己一个疏忽，就跌进万劫不复之地。或是怕错过什么，能错过什么呢？一场会议？一个内涵丰富的眼神？那时自己忙得团团转，从一个会场赶往另一个会场，陪完一桌客人还会有另一桌客人。小心谨慎，千小心，万小心，这些还是失去了。没了会议，没了没完没了的饭局，没了含义不清的眼神。以前围着自己的一切都没了。没了这一切之后，才发现，缺了自己，世界还是按部就班地运转着。原以为自己很重要，其实自己的忙碌丝毫没有意义。真亏，搞不懂为什么自己活得那么紧张，比自己位置高的人活得自在，有些比她位置低得多、一无所求的人活得也挺自在。

那时她就想藏在一个让别人找不到的地方，一天也好，就静静地呆在那里。这种日子突然就来临了。现在把自己封闭在一个暂时无人找到的空间里，想干什么就干什么，或者说什么都不干。连自己的名字和身体一起消失于那个熟悉她的世界。可梦想中美好的感觉却没出现，现在她整个人像一辆疯狂疾奔的马车，突然受到外力，想稳当地停下来，只能是人仰车翻。对，就是人仰车翻。不仅没有自己想象的那样轻松，而是陷入了另一种紧张。她惴惴不安，像个受惊的兔子，任何风吹草动，都让她心跳半天。那种无处躲、无处藏的感觉就像人漂浮在热气球上，突然失去了控制，不知自己会掉在哪里的感觉一样。受惊之余，她恨不得全身的汗毛孔都变成耳朵，捕捉着风中吹来的断断续续的信息。一点消息就足够她震惊一阵子的了。

反正也是这样了，早就知道发昏当不了死。虽然轮到自己头上，还是挣扎了一阵子。实在闲得慌，她开始看书。以前看过的一些书，因为匆忙，反思的东西不多。现在重新看起来，竟然懂了许多。她常想，如果以前能懂得这样多，还会不会走同样的人生呢？这个问题她想了好久，其实她自己也明白，道理是道理，做事是做事。就像人们到了离别人世的时刻，才后悔自己做过的一些事。其实，真的给她机会重来一次，估计活得也差不多。

即使自己以前懂得这些道理，恐怕也没时间细想。她都怀疑以前的那些事真的是自己做的？就像有一只无形的力大无穷的手推搡着自己在漩涡中转来转去，停下来与否不是自己说了算。真的，就像泡温泉，除非是到下属地市开会，饭后主办方安排的活动，自己是没有时间主动安排这个项目的。可以说，以前一天24小时中除了睡觉其余的时间都不属于自己，说着秘书写好的稿子，开着计划好的会议。会议上的调子都是提前订好的，不可能有别的声音出现。好在多数时候定调子的是自己，才让自己的身心舒畅一些。

停下来的时间长了，觉得生命如此静美也挺好。以前觉得耽误一分钟天就要塌下来的事情，现在能想起来的没几件。都不知那些年自己到底干了些什么事。其实有些上传下达的事让秘书通知一下也可以，那时自己却一天天开会，强调某些事必须完成。其实很多事，完不完成真的无关紧要，不影响民生，不影响政局。

读书、思考，就这样过了一个半月后，她突然受不了这种静了。头一次，觉得时间是如此漫长，书几分钟换一本，哪本也没看进去。电视摇来摇去，可看的频道只有那么几个。无聊透顶。自己的英语算好的，可看电视节目还是有些力不从心。电视中的语速都太快了，一些综艺节目的语言也不规范，所以只能看着节目中的男女老少乐。这就是自己想要的生活吗？像在荒岛上一样，看不到同类，听不到熟悉的语言，偶尔听到熟悉的语言还要飞快地跑掉。自己的后半生就这样隐姓埋名、胆战心惊地过吗？陌生人飘过来的一个眼神，一个响动，就足以让她的肾上腺激素分泌过多，出身冷汗。

这种紧张让她凭空添了头痛病。每天小心谨慎，怕稍有不慎就会引来杀身之祸。自己目前就是那种状态。好在自己不用出去工作，不用面对那种探询的、刨根问底的目光。周围邻居的好奇心都不那么强，没人问你从哪里来，为何而来。除非面对那些与自己拥有一个语言系统的人们，但她轻易不让自己陷入那种环境中，代价就是无边的寂寞和恐惧。

出于寂寞，她开始出门逛街。以前自己是不屑于逛街的。东走西看，看市井百态也是人生的一大享受。工作的时候，总是穿那种正统的套装，虽然价格不菲，但看起来呆板、毫无生气。现在反正也没人认识自己，也不想让别人认出自己，在服装的选择上就大胆了些。惹得邻居那个单身汉总是向自己送秋波。她可不想给他进一步的机会。

烦恼的是尽管自己想低调，可还是挺显眼的。这里的商业区无论是工作日还是休息日，逛街的人不多，都是需要什么买什么，很少悠然自得地逛。在国内，不管什么时间，只要你到商业街上，永远人挨人、人挤人，不断堵车，连偏远的小县城都那样。隐藏在人海中，才会自在。人少就总觉得自己是别人注意的目标。她总是在家里实在憋不住了，才跑到外面逛逛，买点生活必需品，顺便到餐馆吃个饭。

人毕竟是社会的产物，离群索居太久，还是希望回归人群。本来她是从不去一家餐馆吃两次的，无奈这家的杭帮菜做得最地道，来吃饭的多是家乡的口音，听到那吴侬细语，她的眼就发潮。即使不想吃饭，她也愿意在那里坐坐、听听。听着那声音好像又回到了家乡，回到亲人身边，兄弟姐妹们围在一起吃饭、说笑。在别的餐馆中听过山东人高门大嗓、东北人的艮话，只有这吴侬细语最慰藉人心，就像缓缓细流、滋润心田，流进四肢百骸，说不出的舒坦、熨帖。人是以群分的，不服这个道理不行。那几个餐馆的说话声吵得她脑仁疼，直犯迷糊。

她是在这个餐馆里认识蒋姐的。蒋姐是餐馆的老板娘，人有些自来熟。即使不主动说话的顾客，像她这样的，蒋姐也会找到机会搭讪，之后就很熟的样子讲自己的家里事，再问问顾客的家里事。再不愿意说，也会被她套去不少话。

跟大多数华人一样，蒋姐在唐人街开了一家中餐馆，偏重杭帮菜。餐馆里出现的多是中国人的面孔，她十天半个月才来一次。实在是在屋子里再呆着自己会疯掉才出来。每次来她都默默地坐在不起眼的角落里，也不多说话。看着蒋姐并不苗条的身体在餐桌间灵活地穿梭，端着菜盘，脸上总是笑盈盈地带着喜气，眼睛飞快地看着吃饭的顾客。不管顾客多吵，她都能准确地把菜送到点的餐桌上。虽然听着这吴侬细语，自己是绝不会说的。这些年官场的历练，普通话说得是字正腔圆。现在的她时刻提着精神，千万不能说家乡话。饭店老板蒋姐还是注意上了她，主动打招呼，跟她唠嗑。

蒋姐和老公转眼从国内出来十多年，儿女在这里都快大学毕业了，只得空回国一次。店里忙是一个原因，没回去想，回去了见到那些不远不近的亲戚还有些烦。这她能理解，富在深山有远亲，平时不来往的人都能找到借口接近你。

蒋姐是个乐观、开朗的人。跟新来的客人搭讪，猜测他们的身份，成了她枯燥生活中的乐趣之一，成了她生活中的亮点，也是支撑她一日日忍受这无聊的生活支柱。再有就是看国内的影视剧。国内拍的影视剧跟国内的城市建设一样，越来越漂亮了，尤其是那些古装片、谍战片。《潜伏》看得自己和周围的人直吧嗒嘴，那些古装戏也是拍得有意思，不像以前那么教条了，娱乐成分在增加。

乐观的蒋姐也有忍不住抱怨的时候，抱怨自己是条拉磨的驴，今天是昨天的重复，明天又是今天的重复。生命应有的美好就在重复中过去了。听到这话，她就想，实际上有多少人成了拉磨的驴子而不知呢？还快乐争着、抢着拉磨呢！

为了让自己这头驴子暂时从磨上卸下来，犒劳自己拉磨的苦劳，蒋姐出钱招呼大家来场温泉浴。

看着旁边池子里泡薰衣草温泉的蒋姐那惬意的样子，她没来由地一阵刺痛。她琢磨了好一阵，觉得这种感觉叫嫉妒更合适一些。嫉妒？自己有朝一日会嫉妒像蒋姐这样的女人？这在以前是不可想象的。自己以前好像没嫉妒过别的女人，年轻时长得漂亮，很多小伙子围着自己转。后来仕途上得意，别的女人能有的，自己都有；自己有的，别的女人没有，甚至一辈子也不会拥有。像纯粹的法国化妆品，巴黎时装；像到市里的商业区购物一样容易的香港购物。自己的一套睡衣、一个包包就是周围那些女人一年的工资。别说那些高级宴请了，豪华和奢侈不是一个工薪阶层能想象的。现在自己竟然嫉妒一个平时没出过以家为圆心方圆五里地，每天穿着油渍麻花围裙的女人。

也许嫉妒这个穿着围裙的女人说话的自由吧。别看她只在自家百十平米发号施令，那种满足感、成就感足够别人羡慕。听到她叽里呱啦地说着的家乡话，能自在的说话真好。蒋姐的男人多数都呆在厨房里，偶尔在前厅露面也是面带笑容地看着她。一双儿女都上大学了，男人还能这样看着胖胖的她，让别的女人眼酸酸的。

人道是只羡鸳鸯不羡仙。以前很多男人围着自己转的时候没觉得，现在静下心来想想，可曾有过男人这样纯纯地看着自己的时候？男人们望向自己的眼中冒出的多是贪欲和占有的目光，很少有这种心疼和爱惜。

她知道自己长得还不错，很早就知道。这也是从男人看自己的眼光中知道的。美貌给自己带来的是福还是祸呢？或是哪一个更多些？记得多年前那个男人的眼神，那个眼神让她明白了男人就是男人，不论这个男人有没有知识，有没有文化，也不论这个男人是领导还是工人。对待美色都是一样的。只不过工人虽然向往美色，但出于自卑，不敢表露的赤裸裸。领导则不然，可能权力给的胆。这在自己拥有权力以后得到了证实。

那个男领导的眼神让自己有些退缩。想躲开，可总能有机会见到那双眼睛，看到那双眼睛里火一样的东西。那时自己还年轻，面对那样的目光有些张皇失措，无处躲、无处藏。那时，她新婚不久，就像一朵白玉兰，似开未全开，还含着苞似的。那个状态与花与人来说都是最美的吧。

工厂里一线车间的工作是很艰苦的。再白嫩的双手都会被磨得粗糙、长满老茧，一伸出来，像个鸡爪一样。再吹弹可破的脸蛋都会被车间里的烟尘糊住每一个毛孔，黑乎乎永远洗不净的样子。看着自己娇嫩的容颜一天天飞快地磨损下去，她的心就无比疼痛。还有那个让她无处躲、无处藏的眼神弄得她心神疲惫。

终于有一天把这心情撂到了眼里冒火的人身上。之后，一切都变得轻松了，生活就像雨后天晴出了太阳，突然就对她展开了笑脸。她被调进厂办先是办公室干事，后来是办公室主任。这与她能吃苦、聪明密不可分，但她更明白关键的是什么。有多少能吃苦又聪明的女人在苦苦挣扎，一辈子都不能自由呼吸。

她真的是聪明人。从那以后，她真的就顺风顺水地走了上去，走到别的女人一辈子不能企及的位置。反正，在别人看来她是风光无限、无惊无险地走上去。只有自己知道，自己做了什么，担了多少惊，受了不少怕，生了多少气。衡量再三，她觉得付出的这一切值。有多少人渴望着付出还没有机会呢！从那些围着自己转的眼里冒出全是贪婪之光的人们就可以想象得出。

自己吃穿用住都是很好的。兄弟在自己的帮助下都不再当工人了。父母在亲戚、邻居那里气顺得很。自己奉承话听尽，家里活没等自己操心、过问就有人帮着办好，父母有点头疼脑热就有人安排好单间病房，请好医生，孩子分班、考学，都有人替她考虑周到。她知道这些人都是冲着什么来的，那些人急吼吼的眼里只有她的权力，甚至透过她的权力看到了金钱。

官升脾气涨。她也没能免俗。外人不敢说，后来家里人忍不住，说她听别人说话的耐心都没了。她也知道，可是对围在她身边费劲心机想从她这里得到好处的人，她真的提不起耐心。这些人对她笑，对她言听计从，却不顾忌从她这里要求的东西能不能给她带来麻烦，甚至是牢狱之灾。这些人只要从她这里得到好处就行，能让她有好心气对待这些人？

老公外面早就有女人了。他说受不了在家也被领导的感觉。他提出离婚，是悄悄办的，儿子归了老公。不过，这事谁也不知道，儿子都不知道，反正两人多年都是各忙各的。

自己现在不得已扔弃了一切跑了出来，身边再也没有人围着了。男人没有，女人也没有。心里一下子空唠唠的。刚住到这里的时候，隔壁的男人就过来打招呼，介绍自己叫什么马克，后面的没听清，不过意思明白，如果需要帮助可以找他。她表示感谢过后就把门关上了，她可不想自找麻烦。断断续续地知道他是单身汉，好像是搞建筑的，没听清他是搞设计或者只是个建筑工人。每天忙忙碌碌的，不是铲院子里的花草就是修理各种工具。跟她不同的是，她这院子里没男人，他院子里没女人。不知是离婚的，还是玩票。国内有不少这样的男人，很大岁数不结婚，女友不断地换。后来在门前的路上碰见几次，她都是匆匆地打声招呼就走了。看那神情，他是有话想对自己说，自己没给他那机会。

虽然她喜欢、渴望听到家乡话，可后来发生了一件事让她再也不想到蒋姐的饭店去了。

那天她到的时候都过了午饭的点了。店里顾客不多，瞅着都面熟，都是常客。蒋姐正看一古装戏。里面和珅把乾隆爷哄得心花怒放，转过身打压官员，大肆捞钱。跟前几个吃饭的人说："和珅聪明到了顶，也愚笨到了顶，白忙活一场不算，还搭上了身家性命，子孙的荣华富贵都毁了。还不如现在的一些贪官，把妻子儿女送到国外，财产也早转移出来。官当得下去就继续混着，看着苗头不对，自己转身就溜了。连护照都提前办好。甚至有的官员还有双重国籍的，不知为什么都没人查。"一说起这样的话题就能激起公愤，饭店里的顾客纷纷附和，"就是，就是。"大大讨伐了一阵贪官。

蒋姐眼尖，看她不声不响地坐在那里，一把把她拽到跟前。"你也说说嘛，反正咱呆着也是呆着。"

她推辞道："我也不懂官场上的事，咱就一老百姓。"说完她就要走。蒋姐拦住她，"好不容易出来一次，咱们老乡之间聊聊也是好的，你不知道，我这里是老乡们的点，时间长不聚聚，会难受的。"说着，她让服务员把桌子围成一个大桌，十多人、二十几人围坐在一起。她愣了一下，说我也不是你们老乡，呆在这里怪尴尬的。蒋姐和其他的人一起说："什么话，什么不是我们老乡，你是中国人吧？中国人出来就都不远，都是老乡。"按着她坐在那儿。

她们说的都是什么呀，想起什么说什么，根本没条理。一会痛骂腐败，一会是老家的亲戚生孩子碰到什么怪事。听着就想笑。可听着、听着，她又想哭，多久没听到这些掏心窝子的话了。出来半年多，没听过别人说这么多话。就是没出来时，天天在会上讲话，也天天听别人讲话，可从来没听过这些从心里说出来的话。那些冠冕堂皇、措辞高雅、研究修辞的话都是冷冰冰的，不带温度的，不带任何人味。散了会，同事间说话更是小心翼翼，每一句话都是打了几遍腹稿的，满面笑容，满嘴鬼话。这些人都是一步一个脚印，伴着血泪爬上来的，往上爬的过程中免不了要向领导吐露些同事的动向，真不敢跟这些人透露什么，弄不好死都不知怎么死的。朋友间呢？她自己都不知道这么多年自己有没有朋友，自己有个头疼脑热，家里有什么风吹草动，你看吧，会有很多人忙前忙后，帮忙跑各种事情。自己什么都不用操心，什么都给料理得周周到到。可自己跟他们说过真心话吗？恐怕做梦的时候都不敢跟他们说吧。

跟家人她也不敢什么话都说，有些事怕家人知道担心。家人也不懂官场中的轻重，说走嘴可不是闹着玩的。

她走了神。那么静，一看，大家都在看着她。原来是有人提议让她也说几句。看架势，不讲，这帮人会一直盯着她看。她只好讲了几句，用的当然是普通话。这些年大会、小会的历练，说这几句话根本难不倒她。

她再坐在那里，感觉就有些怪怪的。只要稍低下头，就感觉有一道利剑直朝自己刺来，要穿透自己的肺腑。抬起头，一一扑捉过去，那道利剑却游离了，像藏进大海里的一滴水，无影无踪。可稍一转目光，那道利剑又回来了。

她很长时间没到那个饭店。她就像生活在孤岛中，只不过不用像鲁滨逊那样事事都自己动手罢了。没有声音，没有交流，重复的日出日落。有时她都颠倒了日出日落，整夜睡不着觉，天亮的时候萎在沙发上困得不行。她想到外面呼吸新鲜空气，却怕见到熟悉的面孔。但她真想听听家乡话，几盘仅有的家乡话电视剧影碟都被自己看得有些磨了。就像隔着窗户看月亮一样，心痒痒的，不如直接让那种声音创击耳鼓的好。

不出门也能知天下事。上网，看国内新闻。看那几个人都被重判，她一阵心悸。他们围着她的时候，她烦过，不给他们好脸，现在他们出事了，还与自己有瓜葛，心里不好受。

饭店老板娘笑和珅贪污那么多钱结果什么都没捞着，子孙还跟着吃了官司。当时她的心就一震。其实谁开始干工作的时候都不想当贪官，可后来钱送到手上的感觉真的很好。而且收了钱后发现周围是那么和谐，工作干着更顺了。还有那些围着自己转的大款，他们都干什么了？他们得到自己的签字倒手就能挣大钱。凭啥他们就可以挥金如土，看着他们花钱的样子她就来气，越是送她高档时装、手表、金条，眼都不眨一下的人，她越是嫉恨。在分配项目的时候百般刁难，只是觉得他们的钱来得太容易了。如果自己不是在实权岗位上，自己会看到那么多的笑脸吗？原来单位里有个老职工，是多年的劳动模范，又能怎样呢？性格过于耿直，到老也没得到一官半职，家里女儿结婚，到家祝贺的寥寥无几。上班的时候谁都可以拿他当空气。再说了，他们给的好处如果自己不要，他们还担心这个项目轮不到他呢！自己这些年受尽屈辱，就不应该得到这些吗？

儿子今年已经在加州大学上三年级了，工商管理硕士。她已经半年没见到儿子，那次与儿子匆匆见面，塞给他一张银行卡，没说上几句话就走了。现在不知儿子受没受到牵连。现在看来跟老公离婚还是对的，老公手里有些钱，但愿别牵扯到他。这样儿子的日子会好过点。儿子打小没遇到难事，即使查明儿子与自己的事没关系，这次受到的打击肯定不小。除了老公那里，她临出来的时候给了妹妹一大笔钱，说明让她照顾儿子的。现在，亲人那里、包括儿子肯定已经让公安盯上了。虽然自己给儿子铺了后路，现在看来生活这趟高铁没按自己安排的轨迹前行，已经脱轨，不知前方还有什么危险在等着自己。可自己还想看看儿子现在怎么样，这个脑筋她已经动了很久，让饭店的老板娘一说愿望就更强烈了。

她到儿子大学附近观察了很久，还是没看见儿子的影子，后来忍不住用公用电话给儿子的宿舍打电话，接电话的是一美国大男孩，好半天才听懂，儿子已经退学回国了。

儿子是个聪明好学的孩子，即使没有自己给他铺路，他的人生之路也会走得稳稳当当的。可自以为有能力安排儿子的后半生，却……

对儿子的挂念让她寝食难安。人心都是朝下长的，对子女的挂心远比对父母的挂心要多。现在父母对自己更是挂心吧？以前总以自己忙为理由，到父母那里只是看一眼就走。父母每次看见她都特别高兴，当时她就认为是自己给父母和家人争了光、耀了祖，父母看见自己才特别的高兴。现在出了这档子事，不知父母会怎样难过，在邻居、亲戚面前如何抬头。自己当时太浅薄了，也许兄弟姐妹希望她当官，可以为他们带来各种便利和利益。父母，那么大岁数的人了，见到自己，真的是发自肺腑的高兴，看见自己的孩子平安就高兴。哪是什么官职给他们带来的快乐。现在她想想父母期待的眼神就内疚，要是拉着他们的手跟他们唠唠家常该多好，那更是他们希望的吧。人飘飘然的时候就浅薄，可现在想拉着他们的手唠唠嗑都成奢望。

那个平时吝啬得很的蒋姐昨天非得在电话里邀请她一起来泡温泉。她推脱有事，可蒋姐不依不饶的样子，还真怕她找上门来。她将大致住的地方告诉过蒋姐。请泡温泉，价钱不贵，按说在国内的话根本不算回事。可蒋姐跟她也不算熟，即使想释放一下当驴子的压力也犯不上请自己吧。想着蒋姐平时斤斤计较的样子，真难想象她要掏钱。本来我来掏钱吧这句话都到嘴边了，她又生生地咽了回去。不是没这个钱，是自己不能招摇，蒋姐再吝啬，人家的店戳在那儿，花钱别人说不出什么。在蒋姐眼里，自己只是个小职员，如果花钱还那么冲的话……她不想引起不必要的怀疑。蒋姐也问过她做什么营生，她含糊其辞地搪塞过去，说是为一些公司提供中文翻译。蒋姐也没追问下去。

泡在温泉里，舒服极了。全身的汗毛孔张开，敞开的还有自己的心扉。随着天上悠悠的白云飞走的是灵魂，细密的汗珠出现在额头。记得有一次在家乡的时候，其实已经是春天了，不知为什么下起了雪。一时兴起，去泡温泉。没有风，只露出头部在泉水外，用毛巾遮住头，鹅毛般的雪片簌簌地落入泉中，很快就不见了，泉水的温度却不见降低。真的，一点都感觉不到冷，就那样，静静地，静静地享受天地大静之美。现在她也把毛巾盖在头上，不看一切，身子全部隐藏在泉水里。任泉水在自己的心间流淌。她仿佛又回到了那个静美的世界，大片的雪花缓缓落下。

静的感觉真的是太好了。她后悔为什么没早体会到静的妙处。以前自己静不下来，像个陀螺一样围着名、利转，曾经以为自己是那么成功，那么多人围着自己，看自己的脸色，听自己的呵斥。以前她顶瞧不起那些围着自己转的人，心烦的时候，她对他们说话就不会客气。尽管自己态度恶劣，那些人的脸上也永远笑容满面。他们靠出卖自己的尊严获得的利益算是合法收入吧，自己得到的那些又算什么呢？受贿？巨额财产来源不明？忙了这么多年，全是一场空。那些围着自己转的人对她的结果不知是不是幸灾乐祸。

她任凭自己飘在水里，眯着眼。悠悠白云一片片从头上飘过。飘过来的时候，天就会暗一下，就像那个下雪的天气。云飘过去，天就亮了。这些云看起来似曾相识，是从中国飘过来的吗？风也是从那边吹过来的吧？这些云和风也像人一样虚荣吗？以为更繁花似锦的生活在后面等待着自己？一辈子奋斗，不停地前行，灵魂追不上身体，结果就是这样像云一样寂寞地飘着。

不想那些，就这样静静地任灵魂飘着。和宁静和自由相比，那些精美的食物、昂贵的服装又算什么？这些才是真正的奢侈品。

"泡汤真是一件舒服至极的事，侬说是不是？"耳边一个声音说。

"那是当然。"话说完，汗就下来了，不是热的，是在温热的温泉中出了身冷汗。她猛地掀开头上的毛巾，阳光明媚，蓝蓝的天，慢悠悠飘着白白的云。这不是在家乡，这不是那个静美的日子。这么长时间绷紧的神经突然一下地放松。

刚才那是用吴侬软语在自己耳边说的，自己放松之下也用了家乡话回答。那个人是谁，她看见了一个慢慢远去的背影。

泉水冷了，岸上更冷，她不想上岸，就那样蜷缩在水里，就像娘胎里的婴儿蜷缩在母亲的子宫里一样，寻求着保护。以为把自己藏起来，外面的危险就不存在。上下牙打着颤，在水里哆嗦了好一阵。她忍不住抬头寻找那个背影，不见了。干什么去了？去报警了吗？

说了就说了吧，反正已经这样了，那种绷紧神经恨不得浑身都是耳朵的日子真不是人过的。虽然这些年自己的神经绷得已经麻木了，再紧一点也无所谓。可时刻提醒自己不说乡音，真的很难，尤其在听到的满是乡音的时候。就像中国人面对中国人不说中国话一样，人家跟你说汉语，你偏要说得需要自己思考一阵的英语，脱口而出的汉语却绝不能说。

又一块云彩飘过来，天暗下来。那个人又回来了，在她的身边定定地看着她。她是通过泳衣认出的她。那是一个四十多岁的女性。

女人瞅了她一阵悠悠地说："你变了，没想到，没有权力的你变得更好看了，更时尚了，要不是你说出一口家乡话我真的不敢认你。"

她没接茬。毫无意义。

自己变时尚了吗？听这话，她觉得以前自己亏大发了。

"那天在老乡的联谊会我就怀疑你了，不过你现在的样子与以前官场中发布的照片真的不一样。但我确定你肯定是我们的家乡人，没有谁愿意混在外乡人的堆里。你虽然说着普通话，你的紧张和刻意隐瞒的神态出卖了你。家乡话是长在人的骨子里的，人可以装一时，却不能装一世。我要让你放松下来，就请蒋姐安排了这场温泉浴。"

"我报了警，也许他们已经来了。你为官一方，造福没造福一方百姓没法定论，可是那些商人，围着你转的那些商人，从你手中费劲屈辱、千辛万苦得到项目的商人又有什么罪呢？你当权时，百般刁难他们。他们那样屈辱地巴结你，也是为了养家糊口啊，也是为了生存啊，用正当手段如果能得到那些项目谁也不会去干那些勾当。可你自己说，如果他们正正当当的，你能赏他们一口粥喝吗？出了事，你却跑了，把那些人都扔那儿了。我有个亲戚，我知道这么多年他创业有多么辛苦，多难。他是怎样一点一滴起步的，可他毁在了你的手里。我不能看见你这么逍遥地过下去。你在任的时候呼风唤雨，你不知道吧，在大陆警方那里你也是个炙手可热的追捕对象，清网行动你是首要追捕的对象。像你这样的逃犯，这次行动很少有漏网的。就算我不揭发你，你也跑不了的。别看你改头换面，你骨子里的东西变不了。一个人想断却断不了的就是自己的根，就像高飞的风筝，线永远攥在故乡的怀里，乡音无改啊。"

　　穿戴整齐，交还钥匙。两个穿着制服的人向她走来："是杨女士吗？"

　　没了泡温泉的眩晕，全身无比轻松。她与他们走出大厅。

　　她在不经意间抬头看了眼天空，一朵云慢悠悠飘过。

　　那是故乡的云吧。

　　从天边飘过。

无证之罪

一

和平派出所刑警中队长王小阳早上刚上班，没等屁股把板凳捂热，让他焦头烂额的事儿就找上门了。先是前些日子家里被盗的一对夫妻向他打听案件的侦破程度。打听就打听呗，还摆出一副非得着什么准信儿不可的架势。正跟二人磨磨叽叽讲述案件的进展程度呢，他的一个线人打来电话：管区一所出租房里有人进行"皮肉交易"。

王小阳在所里转了一圈，看没闲人，只好喊来队员老张，让他带两个人走一趟。开始老张别别扭扭地搪塞，不愿意去，可其他人都有任务脱不开身，老张只好领着俩小年轻的慢腾腾地走了。看着老张慢腾腾的身影，王小阳突然地烦躁到了极点。对面前的二人说："行了，情况我们都知道了，先回去吧，不告诉你们了吗？案子我们先查着，有什么消息给你们打电话，你们天天跑派出所也没用呀，还耽误我们工作！"

两人都看出了王小阳的不耐烦，但绝没有退出去的意思。

王小阳在中队长的位置上一干就是五六年，什么狗屁中队长，就是个干活拉套的。时不时地他就会在心里骂上几句。带头干活倒是没什么，累不死人，可心累呀！手底下这几个人也不好摆弄。尤其是刚才出去的那位老张，千年狐狸熬成了精。岁数大了，经的事儿多了，隔三差五的就会弄点故事出来。他的前几任都是在这个位置上折戟沉沙的，他在这儿干好几年了，虽说自己累自己知道，外人看来还是不错的，没大成绩也没出大毛病。有人劝他，见好就收吧，现在没大毛病就是成绩，快点换个容易出成绩的位置，要不你早晚也得栽到这个位置上。听到这话，他总是一笑了之。弄得说事的人摸不着头脑。一心想换个位置时正好局里决定对中层干部进行竞争上岗，他想趁机交流一下，换个环境起码对人的身心也是有益的。所以目前不能有丝毫的差池，多少双眼睛在虎视眈眈的挑别人的错，这个时候出点啥说道那不是替别人扫清道路吗！

实际上是王小阳自己忽略这起案子了，要是快刀斩乱麻早了结了，就不会有今天这个啰嗦了。

那是半个月前的一天早上，王小阳刚一接班，这对夫妇就闯进派出所，女人非常着急地说我家被盗了！

通过女人激动地叙述他知道了事情的大概。一张一万元的定期存单放在衣柜的最底下报纸夹层里。昨天存单到期了，她想续存，到银行才发现存单上只剩两千元了，而且存款日期是两个月以前。

是不是家里人谁取出来用了，忘告诉你们了？

又是女人开口说："家里就我们两个人，昨天晚上为这事儿我们已经吵了一宿，不是我们俩干的。"

就你们俩？孩子呢？

两人对视了一眼，我们俩前年才结婚，都是二婚，没带小孩，孩子也不来。哦，在一旁听着的几个警察都不约而同地恍然大悟。

看人们一幅不相信的样子，女人忙说："是这样，前一段时间我们家门房租给一个男人住了，大约两个月以前他退房走了，可能是钱被冒取后。"

"可能？怀疑要有根据，说话要负责任，否则的话既耽误我们工作，影响案件侦破，你们的损失也不好挽回了！你们先回去吧，等有情况再跟你们联系。"王小阳说。

原配夫妻还要藏点私房钱呢，何况半路夫妻？当事人一走，照例自发地开起了案情讨论会。再说了他们夫妻俩一点都不般配，不是一条路上的人，你看那女的眉目多会传情，要不是眼睛哭肿了，只要那么一扫，准能扫倒一片。那个男的，哎，只比木头多口气！那个女的能真心真意跟他过下半辈子？看吧，那个傻瓜准得人财两空……

到银行查录像资料，结果偏偏是银行的录像资料已经销毁了。银行保卫部门的说法是录像资料留一个月，如果没发现出差错，一个月后就销毁。查取款凭条，发现是用户口簿和身份证取走的。据当事人讲户口簿、身份证平时是不放在一起的，发现钱被盗取后户口簿、身份证都没丢。

案子办到这儿大家想不笑都不行，一个很少有外人串门的家，钥匙从未丢过；门锁从未被破坏过；户口簿和身份证并不和存单放一起，却被人用户口簿、身份证盗取了八千元，存单又被放回原处，身份证和户口簿都未丢失。会有这样天方夜谭的事儿？即使真的有人偷配了钥匙，为什么要冒着危险把存单、身份证、户口簿送回去呢？还要剩下两千元？只能是监守自盗。只是不知是那位看起来老实的男人所为还是那个女人故布疑阵（钱是以女人名义存的）。

至于那个租房的嫌疑人，几人商量后就没去查。现金是没有什么特殊特征的，无凭无据也不能把人抓到派出所来先问问再说吧！现在是法制社会，抓错了人要赔偿的。更主要的是本案还有那么多疑点，也不能当事人提供一个嫌疑人就去查查，那警察不被当猴耍了吗？况且他们夫妻的那种情况，谁能说得清呢？商量来商量去，王小阳决定把这起案子先放一放。

实际上做这个决定王小阳是有自己的小算盘的，这段时间管区内频频发生飞车抢劫案件，作案手法并不老道。按照以往的发案规律这几天那两个抢劫犯肯定还会有动作，王小阳在容易出现问题的路段都布下了网，专等狼掉陷阱了。人手有点摆布不开，就把盗窃案子放了放。再说了，也许失主来报案，不过是装装样子，掩人耳目而已。抢劫案则大大不同，这个案子真能破了，上上下下都会从中得到好处。领导们得到政绩，自己呢，无疑会给竞争上岗增添一枚最有分量的砝码。

二

老张领那俩人回来了。耷拉着脑袋，脸就像被晌午的太阳晒过的老茄子皮似的，又黑又紫的。人呢？没抓到？你们去晚了吧？到嘴的肥肉丢了吧？让你们磨蹭！无论怎么问，三人别着脑袋就是不说话。

等老张转过身，同去的那俩同志憋不住了，气呼呼地讲，出租屋是个平房，那种老式的只要一脚就能踹开的木头门。可靠的情报是屋里有人，男人进屋大约二十分钟左右。这当口冲进去应是最好的时机，可老张拦着就是不让我们破门而入，这又不是有防盗门的楼房，不好进去，非要先敲门不可！你们说迂不迂！这倒好说呢，更可气的是过了有五六分钟，门开了，里面两个穿戴整齐的男女反问我们干什么。你们说我们是干什么去了?！那个小骚狐狸还嚣张地说要到局里告我们侵犯人权，警察怎么啦？就了不起了？就能私闯民宅盘问别人隐私了？一个同去的警察扭着腰、晃着屁股学着卖淫女的样子。

打不着狐狸惹了一身骚，这是众人一致的心里话。

为什么这样做？王小阳再也忍不住了，直直地问老张。哪样啊？老张翻着肿眼泡直着脖子叫，上谁家去还不得敲敲门呢？众人做晕倒状。

有人故意打趣，老张，你当时咋不带人破门冲进去，是怕坏了别人好事？坦白交待，你跟屋里那两个人是不是有什么关系！对了，一定跟那女的有点什么关系！您一向可是怜香惜玉的！老张涨红着脸愤怒地喊，胡说八道！胡说八道！众人挤眉弄眼地哈哈大笑。

老张怜香惜玉可是有"传统"的。听局里说以前"故事"的"老人"们提起他的时候，都不由自主地哎一声，说："老张是狗尿苔上不了金銮殿！要不是好那口，局长也当上了，能混成现在这样？越老还越没个正形，真是瞎子闹眼睛，没治了！"

老张好的那口就是……唉，王小阳都不好意思启齿。那么大岁数的人了，油腻腻的胖脸还时不时冒出酒刺来，鲜红的疙瘩上露着白白的尖向人炫耀着主人旺盛的体能。老张特爱在酒桌上说荤段子，有点人来疯，越有女的在场说得越来劲，全然不顾别人的表情。从他身上王小阳算是领教了"能量转移"学说的正确性，说人的能量是有限的，在一个地方没发挥出来必定要从别的地方钻出来，就像疖子总要冒头一样。老张身上那点能量可能都转移到了嘴上。尤其是两杯酒下肚后，厚厚的嘴唇上下一翻，随着恶臭的酒气喷出的是一大串骇人听闻的言语，全部与男人、女人的下半身有关。酒桌上的人就扑哧、扑哧的笑，女人们往往羞得像自己干了啥错事儿似的，头都不敢抬。

背地里有那刻薄的人撇着嘴说，瞧他那德行，也就是嘴硬，连牙都不硬了，给他一个女人，都上不去床！也就痛快痛快嘴吧！人家领导干部好那事儿叫精力充沛，没钱没权好那事纯粹是流氓成性。这么多年没见哪个女人跟他来真格的，这成了别人嘲笑他的又一个口实。

他离婚好多年了，据说是对一个年轻的寡妇太"关心"了，"关心"得自己家里鸡飞狗跳。据"老人"们讲，老张的前妻非常漂亮，如果把当时的女人们比做刚从地里挖出的土豆、地瓜什么的，他妻子绝对是一只擦得锃亮的水分饱满的大苹果。"大苹果"梨花带雨、断断续续地向局领导诉说她的冤屈，据说不仅是局领导，连在局领导办公室外听门缝的人们都愤慨不已，幸亏老张识相，听说老婆来找领导了，就脚底抹油溜了。如果他在场，不自己一头撞死也得让人民群众的吐沫淹死。

屋漏偏逢连夜雨，还没等领导对这事儿找他理论呢，他正办着的案子女当事人就到局里反映老张调戏她。这就像一颗重磅炸弹掉进了公厕里——彻底激起公愤。

没被吐沫淹死的老张挺直的后背被四处射来的冷飕飕目光扫弯了。不再是劳动模范，不再有演讲，提拔考察领导干部的时候，偶尔有想起他的，也被别人说上一句，听说这人生活作风不太好哇！结果是老太太过年一年不如一年，官越做越小。直到现在"沦落"到无官一身轻，连骨头都轻的地步。工作上的事是能推就推、能躲就躲，私下里说工作做得多犯错误的机会就多，不干活的永远不犯错误。这话传到领导耳朵里气得牙根直痒痒。没变的是他还是对女人格外关心、照顾，不管是只见过一面的还是认识多年的，只要女人开口让他帮忙，他都会尽十二分力。

王小阳对老张干工作畏手畏脚、缩头缩脑感到厌烦，但人相处时间长了都会有点感情的，觉得他也挺可怜，枕边没个女人的日子过得实在是太寂寞、冷清了，对女人的那点向往就从嘴里说出来了。

那对夫妻还坐在王小阳办公室里的沙发上，王小阳出出进进办公室几次了，假装看不到他们，心里总觉得早上吃的馒头没咽下去，在胃的上方顶着，顶得他喘不过气来。这时，一张油腻腻、微红的鼻头上还冒出一个白疖子的胖脸挤进了他的办公室。来人沙哑着嗓子说："小阳，这个案子交给我办吧，案子前期调查我也参与了，了解案情。"又转过身对那对夫妇说："跟我走吧，以后你们的案子我负责了！"

王小阳愣在那儿，想追出去说点什么，刚走出两步，想了想又回来了。怎么也没料到半路杀出的程咬金是老张，替自己解了眼前之围，可接下来能发生什么事儿真不好说，他也没心思忙自己的那点事了，在办公室里走来走去，像一头被蒙上眼睛原地乱转的老驴。要是换另外一个人办这事他也就不担心了。

三

本想等那夫妻俩走后到老张的办公室问问，他到底想怎么办这起案子。可一个电话打来让王小阳到局里参加竞争上岗的初步考评，回来后又忙着布置蹲坑守候的事，把这事给忘了。快到下班时间，王小阳才想起大半天没看见老张了，就到他的办公室找。

在走廊里正看见刑警中队唯一的"警花"田歌从洗手间出来，换了一身曲线毕透的套裙，还涂了红红的唇，看样子下班后一定有什么"活动"，顿时一股酸意从丹田直冲脑门。王小阳早就看出田歌喜欢自己，他总觉得自己不应该这么早就被家庭束缚住，男人还是应该干点事业、有点成就的。

实际上，他挺喜欢田歌的性格，看她狼吞虎咽吃饭的样子特痛快，看她甩着粗壮的胳膊迈着大步昂首行进的样子自己也充满了力量。

他心里正不是滋味呢，冷不丁地肩膀被拍了一下，"竞争上岗，工作如此，追女人更得拿出点劲头来！"老张在身后憨厚地笑着说。

"竞争上岗？我拿啥竞争啊？上无片瓦，还跟老爹挤在平房里呢！"

"唉，你还没到懂女人的年龄啊，能打动她们的并不都是金钱和权势，还有点别的东西……"

"什么东西？比如……"两人边说边一前一后地走进老张的办公室。

"比如温情啦，体贴啦，买不起鲜花就采一把野花再加上不花钱的甜言蜜语，哪个女人能跑得了呢？"

"哈哈，行啊，真有你的！我说老张，姜还是老的辣呀！经验比较丰富，哎，我就纳闷了，您怎么没用野花给我骗个嫂子回来呢？"话是顺嘴溜出去的，想咽回去已来不及了，只好尴尬地看着老张。老张倒没怎么样，只是乐呵呵地说："一个人过惯了，都不习惯别人在跟前了。"王小阳也跟着笑笑，正好就坡下驴。

"对了，明天叫田歌配合你办这个案子，她年轻，活多让她干点！"他一脚门里一脚门外往外走，像不经意想起来似的回过头来对老张说道。老张愣了一下，马上就拿出酒桌上的劲头来，非常高兴地说："太好了，男女搭配干活不累！"

"这个案子你有什么打算呢？"看他对提议没什么反感情绪，王小阳索性转过身来得寸进尺地问。

"以前当事人说他们家有个租房的，两个多月前退房走了，正是存折被盗取的前后，那个叫吴子明的租房人有一次提到他姑姑住创业路毛巾厂附近。我想是不是可以先顺着这条线查查？"

你知道吴子明在哪儿又有什么用呢？已经过去这么长时间了，连盗窃现场都没保存下来，一点有价值的线索也没有。没有证据你怎么跟嫌疑人谈呢？仅凭人家租过房？得慎重呀！

窗外汽车穿行的声音硬生生地挤进这个位于五楼的办公室，好像他们本就站在马路边。过了一阵子，老张才开口说："既然人家来报案了，把身家、名誉托付给咱警察了，有一点线头也得先查查看呢！我会慎重的，万一出啥差头我自己担着。"

"我不是那个意思，"王小阳觉得自己的脸肯定红了，阵阵发热。语言也不流利了，"我想说的是这个案子查不查下去没什么大意思，那夫妻俩更大的可能是在做样子给对方看，也给我们看，过段时间，也许我们想查他们还不愿意了呢！"

"也许会那样吧！那样，咱们更应查个水落石出，不能让他们把警察当猴耍。"王小阳很意外地看了他一眼。老张又接着说："你说租房的人盗窃没有证据，可你怀疑那夫妻俩有事不也没证据吗？世上有好多事，真相和想象差得太远了。别人我管不了，反正我是不能凭想当然做结论，闹出无证之罪的后果。万一咱们查出来真是外人做的案，也算做一件功德无量的善事了，夫妻之间就怕不信任，像他们那样的半路夫妻相互信任一动摇，唉！"

"那你办案的时候就谨慎点吧！"

"放心，我都这么大岁数了，知道轻重，真出点什么事儿也没关系，这辈子是升迁无望了。如何办案就不向你汇报了！好赖都在我身上了。"老张那双平时总是似醉非醉的眼里闪着一抹动人的光芒。

"好。"王小阳鼻子有点酸，说了这个字后没再说什么，赶紧走出去了。

四

王小阳参加竞争上岗初评已经通过了。也知道这时候一些抬不上桌面的"竞争手段"该出笼了。多年的工作经验告诉他：自认为是的人别人不见得认可你。看过多少自以为不含糊的人阴沟里翻了船，某些东西有时比能力更重要！

除了拉选票，王小阳还时不时地跑到领导跟前走动走动，听听目前什么风向，虽说是群众投票，到啥时候也是领导掌握决定权啊！

王小阳一边做着这些，一边在心里骂着自己。咋就那么下作呢，挺直腰杆不当官不行吗？冷静下来的时候仔细一想，不当官还真就挺不直腰杆，老张就是个活生生的例子。

连着几天蹲坑守候，那个抢劫犯像人间蒸发了似的，销声匿迹了。是不是流窜作案，现在已不在本市了？参与此案的队员们嘀咕。王小阳心里也认同这个说法，还有点不甘心，觉得自己太背了，还指着破了这个案子给自己镀镀金呢！

不忙的时候，他才想起老张和田歌俩人这几天出出进进的，也不知有没有什么进展，问他们，他俩笑眯眯地说："进展很大，你就看着吧！"

好消息竟然那么快就传来了，他们俩找到了租房子的那个人，带回所里，承认了钱是他偷的！听到这个信儿好半天王小阳都没缓过神来。不会吧？你们什么证据都没有他就全承认了？末了，还是问出了这句话。

老张笑笑没说啥话，田歌可不。她听见这句话后，拔起胸脯，晃荡着脑袋说，"怎么回事儿，队长？你以为就你能破案？瞧不起我们俩是不是？我还真告诉你，案子破了，嫌疑人已经承认了盗窃。就差到他住的地方起赃去了！什么叫没证据？关键是经我们俩一给他做工作，他就自己坦白了！怎么样？我俩不含糊吧？"

王小阳苦笑心里想，真是蠢猫碰上笨耗子了！嘴里却说道："田歌，把破案经过好好写一写，准备给你俩报功。"

"嘿，报啥功？不就干了点该干的事吗！"老张有些不好意思地说道。"那些立功受奖的人不都是干了该干的事吗？只是干得漂亮，咱俩这次工作做得也不错，干吗要谦虚？我要让那些认为女同志不能当刑警的人看看，看看我是不是合格的刑警！"田歌扬着脑袋一脸得意地跟在老张后面，到犯罪嫌疑人住的地方起赃去了。

手机响，是田歌的号码，狗肚子装不了二两豆油，一定是起赃大获成功报喜来了，王小阳心里暗暗笑着，慢慢地按下接听键。"队长，你快来吧。"一个低低地、怕被人偷听到似的声音传过来。"什么？你说什么？"王小阳愣了一下，忙追问道。

"什么什么？是我们有重大发现，让你来鉴定一下。"田歌恢复了往日的高声，王小阳才敢肯定刚才打电话的是她。"你们有重大发现？"没容王小阳说话，电话那头传来老张的声音。"王队长，是这样，我和田歌在犯罪嫌疑人住的地方发现了些别的东西，但不能肯定，最好你来一趟！"听老张的语调，就知道他们这次的发现非同小可。

当田歌冲王小阳举起那把锤子的时候，王小阳竟然用舌头抿了抿嘴角，左胸部像揣了个活物似的，嘣、嘣地跳个不听。可当王小阳看到老张手里的东西后却感到浑身上下哪儿都不会动了。

王小阳算是信了那句老话了。人哪，要是倒霉走平路都摔跟头，要是兴起来张嘴打个哈欠就能接住天上掉的馅饼。老张和田歌的意外发现竟然破获了那个系列抢劫案，也就是王小阳一直安排警力蹲坑守候没有结果的抢劫案。那些在寒风中蹲过坑的队员们听到案子就这样被老张和田歌破了时，全然没有了平时豪爽的风度，一个个蔫头搭脑，像要哭的样儿，更别提向二人表示祝贺的事了。

王小阳又提审犯罪嫌疑人，才知道是那小子判断失误。他见一老警察和一女警察审问自己，知道自己的事儿肯定没有全部被警方掌握，如果生扛着不交代出点真货来，万一换个精明点的过问这个案子……所以痛快地就把盗窃房东存款的事撂了。嘿，没想到正正地揭了他的老底。

看老张和田歌兴奋的样儿，王小阳心里实际上真是……这么大个馅饼你说要是掉在我王小阳脑袋上还不美死？可掉在了一个快要退休的老头子和一个女人身上有什么用？自己大小还是个领导，不能像别人那样把酸劲挂在脸上。

五

对于王小阳的任命终于下来了，同事们吵吵着让他请客。他高兴地说行，地方随便挑，菜捡贵的点。这帮小子本没想替他省钱，听了这话更像领了圣旨，冲到本城最有名的仙林大酒店，生猛海鲜点了一大桌。酒还没喝多少，一个个就开始满嘴跑马车了，看状态绝对是真喝高了，一位老同志连说带劝地大家就散了。

外面凉风习习，王小阳没喝多少酒，总觉得有什么事放不下。回过头正好看见田歌，哦，想起落下啥事了。"老张请病假好几天了，今天打电话请他来喝酒，他说来不了。咱俩去看看老张吧！"他对田歌说。

王小阳的这次任命还多亏了老张和田歌他俩，他俩背着王小阳在破案经过上把他的英明领导举到了高高的位置上。王小阳看着上级打印下来的简报浑身发热，领导抢功占劳的事儿已屡见不鲜了，自己却做不到无动于衷的享用。面对质问，老张和田歌相视而笑。"笑？让别人在背后指点我你们还笑？""小阳，别急。"老张笑眯眯地开口了。"我俩笑的是我们没看错人。"看王小阳脸上的问号，老张又慢吞吞地接着说，"我俩商量过了，立功不立功的对我们俩没用，对你有用，有大用。我们可不愿意让那些见到利益就忘了羞耻的东西坐在上面指手画脚！"

王小阳怎么瞅开门的老张也不像有病的样儿，不仅没病，好像还胖了点，容光焕发，整个人都年轻了好几岁。屋子里也有些不对头，整洁了？家具摆放整齐了？是，又不全是。还是田歌眼尖，用眼睛示意王小阳去看挂在墙上的大照片。哇塞，效果太棒了，妆化得近乎完美，不仔细看都认不出是老张，一个年岁与他差不多但风韵尤存的女人靠在他身上。慢着，这明明是结婚照，老张当新郎了？转过头才看见门后的红喜字，老张的脸像被那红红的喜字烤着了似的，共事这么多年，头一次看见老张这种表情。

从里屋走出一位五十多岁的女人，比照片逊色了很多，确切地说是憔悴很多。老张很郑重地介绍："这是你们嫂子，田歌、王小阳，我们刑警队里的好搭档。"

"张哥，你真行啊！装病在家度蜜月呀，谁也没你会享受哇！"王小阳开玩笑道。"你得传授传授经验，怎么把嫂子追到手的？你老弟我可是至今未婚呢！"

"就是呢，别看张哥平时说说笑笑的，好像什么事儿都不放在心上，关键时候有的可不仅是一套。"田歌也在旁敲着边鼓。

"啥一套两套的，都是老相识了，她就是我原来那位。"

田歌本来就挺大的嘴现在都能塞进一只青蛙。王小阳觉得有人照他脑袋给一棒子，发晕，甚至要呕吐。后来都不知道自己说了点什么就告辞出来了。

六

坐在刑警队队长椅子上的王小阳正听着一位被害人的陈述。可能是被吓坏了，回想当时的场景，恐惧又呈现在他脸上，前言不搭后语。王小阳给他倒了杯水，让他镇静一下再说。升了职的他比以前更加稳重了，遇事不燥也不烦了。人们都说还是当领导能锻炼人，他对这话从不多加辩解。

闲暇的时候他就想以前的同事，尤其是老张和田歌他俩。老张的妻子死了，在俩人复婚不长时间以后。这回老张好像真的病了，即使来上班也是无精打采的，还时常走神。有时别人喊他几声，也听不见。没人拿他取乐了，都不知怎么安慰他才好，就轮换着做东，请他去喝酒，逗引他讲"黄段子"，谁知他的嘴也像他生锈的大脑一样毫不灵活了。背地里知道内情的人们都咒骂那个"大苹果"，说她纯粹是个有毒的烂苹果，坑了老张一辈子。

人们是从田歌嘴里知道老张和他妻子之间的恩恩怨怨的，田歌当然是从老张妻子那儿得来的真相。那当口老张的妻子已经是乳腺癌晚期，医生已经放弃治疗了。出于老张的情分，田歌去看她。趁老张不在跟前，老女人神色凄然、像是自言自语地说："我现在都这样了，告诉你们也无妨。老张对我是没说的，可我害了他一辈子。当初他年轻，上进心强，爱干工作，对我自然就冷落了点。我也太虚荣了点，心想你不理我还有人拿我当宝呢，我们单位一个男人明里暗里一直对我死缠烂打，一半是寂寞一半是对老张的报复，跟那个男人就……"

根本不容田歌插嘴，那女人接着说，"老张听到风言风语，搞个突然袭击，正好捉住了我们，哈哈，那个色胆不小的男人竟吓得，哈哈……"

"是你先？"田歌惊讶地问。

"嘿嘿，"病床上那个脱了相的老女人竟然笑出了两声，"根本不存在先不先的问题，老张压根就没干过那些事，说他有事是我在故意埋汰他。"

"你为什么那样做？你纯粹是麻子不麻子你坑人呢你！你知道老张这些年是怎么过来的吗？"要不是瞅着面前这个人的样儿，依田歌的脾气早就拳脚相加了。

"我恨他，他娶了我却不用心爱我，还把我推进了地狱。"

"他把你推进了地狱？你没烧糊涂吧？"

"老张那次捉奸竟然吓得那男人的东西永垂了。那男人变态得要把这事捅出去，你不知道那时候女人的名声比性命还重要，直到我答应嫁给他才罢休。"

"这些年你一直……？"田歌觉得自己脸有点热。病床上的那个人知道她想说啥，"对，这么多年我就是在守活寡。这也是报应吧！我以为我这辈子也就是这么过了吧，感谢老天爷让我得了这个病，我什么都不怕了，我去找老张，跟他说我要重新嫁他一次。"幸福的云朵从那张枯黄脸上一闪而过。"我今天告诉你这些，就是不想让你们再误会他，他为我，付出的太多了……"

电话响了，一个队员报告："一个租住在市场附近楼群里的男人总往回领不同的女人，二人在房间里呆好长时间才出去。刚才又有一个女的进去了，怎么办队长，动不动？"

"你确定一下到底是嫖娼还是生活作风问题，确定是嫖娼就行动。"王小阳思索了一下说。

田歌臃肿的身影出现在门外的走廊里，她已经怀孕了，嫁了个顾家、对她疼爱备至的男人。

新的百合

1

女人尽情地吸纳着身上的男人，仿佛要把他的人全吸进自己的身子里、心里。在男人的摇晃下，大地是晃的，头顶上也是晃的。女人感觉什么都不存在了，四肢不存在，自己的身体不存在。躺在床上的不是自己，不知道是谁。在这灵魂到处飞扬的时刻，一张妖媚的脸出现在眼前，杏核眼一改似笑非笑的表情，怒目圆睁。鲜艳的红唇一张一合，好像要吃掉她。

对着那张脸，她笑了，笑得极其得意。身上的男人以为笑容是对自己的赞许，越发的卖力。胸中堆积的东西都从笑中散出去了。是积怨，愤恨，还是嫉妒？反正是身心舒畅。女人的腰部波澜壮阔地起伏着，扭动着。发了狠地在男人身上啃咬着，纠缠着。男人倒是极尽享受。他喜欢这个女人，这个女人外表不张扬，却媚在骨子里。更重要的是温柔，她能静静地听你说话，不像自己那位咧着大嘴对自己伸着手指头指指点点、比比划划。

两人平静下来，并排躺在床上，手伸过来摸着彼此汗津津的身体。"你说咱俩的事她要是知道了咋办？"平静了很久之后，女人问。

男人身子一凛。嘴上道："啥咋办？就点醋凉拌。再说了，她忙得还记得不记得有我这么个老公都不好说。"

"她忙什么呢？工作上也没什么事呀。""她能干啥，不自量力，一个女人总惦记着要往上爬，天天围着能帮她往上爬的人呢！"

两人又在床上抱了一会儿。女人看看表，已经下午四点了。每天这时候她正在单位进行着下班前的忙碌呢，有时候，越赶上下班的点越来活。今天是周五，中午在机关食堂吃饭的人很少，她趁外出办事就没再回去。"我得走了。"女人飞快地穿着衣服。男人也没挽留，只是拿过自己的手包掏出一叠钱来，放进她的包里。

女人用余光看见，没出声。刚开始的时候，男人会给她一些小礼物，头一次她拿钱还不好意思，刚上完床就收钱，有点太那个了。男人说不知给她买什么东西好，自己去买吧。虽是如此说，每次看见他放钱还是不自在。

"我在华庭商场看见一条裙子，这个季的新款，我穿上很好看的……"

男人愣了一下，又从自己的小手包里掏出一叠钱，"自己买去吧。"

女人笑颜如花地冲男人一摆手，袅袅婷婷地出了宾馆的房间。走廊里，女人打开包，略翻了翻男人给的钱。"妈的，口口声声说爱，还不是敷衍我，既然愿意拿钱来消遣，就多多的拿好了。"

2

"黛玉，我告诉你个秘密，天大的秘密！太有意思了，你知道吗？我见到了百合，新的百合，哈哈……"林晓雨接到黄莺这个无头无尾的莫名电话的时候正在道边临时市场上买菜。这个临时市场靠近郊区，都是郊区的农民用三轮车把自家地产的菜拉到这里来卖。菜价便宜，分量还足。这些人本质上还是农民，不屑于菜贩子那些缺斤少两的勾当。有那心思，在菜地里多种上一棵菜都有了。还有就是菜新鲜，菜根都带着新泥，不是靠一遍遍掸水才显得水灵的。

因姓林，名字里还带个雨字，生得颇有姿色的林晓雨不知哪一天被喊成黛玉了。她没听到黄莺的所谓天大秘密，那边电话就断了。她看了看电话，网络故障总有，说说话电话就断。她没打过去，她知道黄莺的脾气，跟她的名字一样，叽叽喳喳，快快乐乐。要是话没说完，还会打过来的。再说，林晓雨也对别人所谓天大的秘密不感兴趣，何况是黄莺那种一惊一乍的人。她是看见蚂蚁上树都会称做大发现的人。

黄莺的电话没再打过来，这让她有点奇怪。对于一个有话不吐不快的人来说这可真难得。她和黄莺是同学兼同事的关系，平时两人亲密得很，黄莺有什么秘密都主动告诉林晓雨。但林晓雨在调研科，平时很忙，有时都不能按时下班。下班还得给老公、孩子做饭。黄莺的工作清闲得很，在局里老干部科，老干部们也不总到局里给他们添麻烦，老干部科的同仁们乐得逍遥自在。黄莺就可以上半天班，有时不愿意来就不上班。闲下来的时候就美容、逛街，最近她又迷上了泡温泉。孩子扔在爷爷、奶奶家。虽跟林晓雨同岁，看起来却比林晓雨年轻不少，至少没有疲惫感。

有这个声音像黄莺啼鸣一样好听，长得比林晓雨明艳的黄莺在，林晓雨总觉得天是阴的，很少有晴朗的时候。黄莺的家境要比林不知好上多少倍，早早找下个高富帅的男友。唯一的是在工作上，林晓雨跟她平局，家里也是请托了不少人，分到这个政府下属的局里。不过，不是公务员，只是事业编，事业编制也是很多人进不来的。不同的是，林晓雨进来是要干活的，从早到晚写材料，课题能一个接着一个，至于上级采纳不采纳意见，那是上级的事。上班近十年，林晓雨还在副科上徘徊，黄莺正科都已经满三年，正往副处上发起冲锋呢！别看小女子工作上的活不多，眼里有事着呢！哪个领导在市里得势，哪个领导跟谁关系好，领导心里在想啥，近期是否有人员调动，全在她的脑子里，活泛得很。林晓雨则不同，除了会做本职工作，到领导那里就没话说。不会跟领导亲近，有的领导私下说她情商太低。

林晓雨有时就感叹命不如人啊。

可她还忘了一句话：命运有时候是会开玩笑的。

看起来事事如意的黄莺，好运对她翻了脸。

黄莺的尸体在温泉景区一处险要的山顶被发现了。要不是一对野鸳鸯临时性起来个登山比赛，还不知何时能发现呢。尸体已经损毁，警方是经过一系列侦查、比对，得出死者是黄莺的结论。

3

她死了？那个与自己同寝室飞扬跋扈的女孩死了？如今八面玲珑、情商太高的那个家伙死了。她能有什么仇人呢？办案的警察也问她这个问题，她没有仇人。她脱口而出。真的，除了处处愿意炫耀自己的富有，自己的幸福，没别的毛病。不能有人因为这个嫉恨她吧。工作上，升迁肯定要明争暗斗，也不至于致人死地吧？财杀？据说黄莺随身携带的包没了，里面有六七千块钱现金，还有银行卡、身份证什么的，目前银行卡没有被盗取。流窜作案很有可能，尾随看起来有钱有身份的女人，伺机抢劫。

林晓雨说接到黄莺的电话是在市场上。林晓雨说自己图那里的菜便宜新鲜，宁愿绕道去那里买菜。只有那天她从单位出来的早，才去那个市场的，平时不去。可惜，那是个郊区市场，没有摄像头。她不能证明自己那个时间就是在市场上而不是别的地方，也没人能证明她就在市场里。

对她的说辞，警察半信半疑。女人嘛，买东西都图个便宜，不论这个女人有多少钱。何况这个女人钱并不多。她是个小职员，写材料的，无职无权，顶多能占点公家打印纸的便宜。老公也是事业单位，清水衙门。有个五岁的小男孩。一家人的日子比上不足比下有余。和黄莺的日子是没法比。

"再省钱也不符合常情。"女侦查员丁洁说。丁洁四十岁出头，干练而不失女人味。工作上有女人的细致，在家里据说也是一手操持。"林晓雨是职业妇女，而且还是工作挺忙的那种。有哪个职业妇女会为了省一毛、两毛钱跑出三站地买菜？她家小区外就有菜市场。

市场里多个卖菜的业主都说总见林晓雨在这里买过菜。为啥偏偏那天她就跑到那里去买菜？"

林晓雨那个女人一定隐瞒了什么。平时，她的工作是很忙的，那天，她早早从办公室出去了。有心人记得她是三点钟从办公室走的。四点三十分黄莺的电话打给她，她说在市场上，而且说从办公室出来就到了那个市场。

那天，她是五点钟回到自己家，跟每天一个点。拎回家的菜有：紫茄子三根，嫩黄瓜两根，豆角一斤半，土豆两个，猪肉一斤。一个人跑出五里地只买不到三十元钱的菜？去了两个小时？

4

这是一个渴望爱和被爱的女人。

女侦查员丁洁看完死者黄莺的所有影像和文字资料得出了上述结论。照片中的黄莺，漂亮、妖娆，而又富有风情。慵懒而娇艳的容颜中透露出迷离和挑逗的味道。把自己的欲望明晃晃地写在脸上，那就是她渴望男人的注意和被男人追求。还有，那张明艳的面孔中透出一丝不易让人察觉的忧郁。

她有什么可忧郁的吗？

周五四点三十分她还在与别人通电话，后来就没了消息。直到发现尸体，已经是下个星期二的下午了。失踪近四天，单位没人注意，难道家里人也没发现？还有，那天，她去了哪里呢？跟谁在一起？她丈夫答不上来，她丈夫，高高的个子，长得很是帅气。有自己的企业，家族式的，从老爸手里继承的，没能发扬光大，也没颓废下去。毕竟，这几年经济形势比较好，在建筑业飞速发展的同时，家装市场也日新月异地发展起来。

找他出来的时候，他身上那股油漆、复合地板上的味道还没散去，是从自家装商厂里直接来的。谈起死去的妻子黄莺，眼圈一红，之后就恢复常态。说他和妻子感情挺好的，就是这些年做生意有些冷落了她，尽量在经济上给予补偿。在钱上他从不委屈妻子，在外面买衣服、玩，从来不加限制。妻子穿得好，长得漂亮，毕竟是给自己长脸。至于夜不归宿，以前也有过，在外面玩得疯起来，就顾不得时间了。心想周末可能跟朋友出去玩了，反正家里也没急事找她，就没急着联系她。星期一晚上，看见她没回来，就给她打了个电话，没想到手机关机。

"跟老婆关系挺好？有哪个跟老婆关系好的男人，老婆好几天没回家不着急？"

那个男人出去，专案组的警察们撇着嘴说道。"不着急，能证明两人关系并不像他说的那样好，也许说明了恰恰对于她的死，没他什么事。要真是他干的，出于做戏还不得到警局闹个翻天，让我们找杀人凶手，或是先报人口失踪？"素有警队"小诸葛"之称的葛民分析道。"也许这个人深谙心理学，正反其道而行之呢？"队里总好与"小诸葛"抬杠的段小乐问道。"如果是那样，我们真遇到茬子了。这两种情况不管是哪一种，我敢保证咱们都找不到对这个男人不利的证据。""小诸葛"忧心忡忡地说。

果真。那天，据商场的员工回忆，老总一直呆在商场。因从外地新上一批货进库，到最后清点完将近五点了。负责入库的员工找他报告，他正在顶楼的经理室里。他的商场离案发地将近五十公里。四点三十分她还给林晓雨打电话。作案是来不及的。

难道雇凶作案？那就得下功夫寻找男人为什么要致女人于死地的原因了。

外围怎么查，都没发现男人有出轨的迹象。难道真有猫不偷腥？

又一次进驻那个豪华略显空荡的家，丁洁发现了什么，把那个失去妈妈的小男孩叫到一边，很快就哄出了有用的东西。

这次那个高大的男人红着脸说自己在那方面不是很行，满足不了黄莺作为一个精力充沛女人的需求。为了避免尴尬，干脆就不睡在一起，与她分房而睡好几年了。本是想离婚的，可怕孩子受伤害，就这样过了下来。只要黄莺做得不太过分，他也就睁一只眼闭一只眼了。至于她都干什么和谁在一起，他不知道也不想知道。

丁洁仿佛看见那个女人复活了。物质富足，穿金戴银，吃香喝辣。也许正因为她不需要为基本生活而奋斗，才更渴望在别的方面得到满足。她的男人给了她花不完的钱，却没能给她她需要的那种爱。她寻寻觅觅，迂回百转，流连在购物、女子俱乐部里。她结识了很多相似的女人，花不完的钱，似乎挥霍不完的时光。她们款款诉说着，或是一遍遍试着新款时装，或是夜晚的床榻上辗转反侧。抑或是在夜晚的酒吧中，看上顺眼的男人聊一聊，一同走向黑夜。她们不是专职夜晚女郎，却干着相同的事。

警察找到了那个男人。黄莺夜晚在酒吧里认识的男人，黄莺与之有着肌肤之亲的男人。听说是打听黄莺的事，男人一愣。还是给他看了照片，才知是谁。不过他很是紧张，因为他是个有家的男人。跟老婆的感情说不上非常好，至少是从没想到要离婚。为什么不想离婚还和别的女人有那种关系，而且还保持了相当长时间。他想了一阵是这么解释的：男人、女人的身体走到一起，怎么说呢？和爱情无关，甚至和激情也无关，就像你走路，走着、走着，遇到一条无法趟过的河，这时只有一座桥你才能渡过这条河。黄莺也许就是我的桥，或者说我是黄莺的一座桥，要把她送向对岸。她从没跟我说过爱或不爱的事，也没提过婚姻的要求。我觉得这样也挺好的，不麻烦，这个女人在经济上也不麻烦我。我们就这样维持下去。这种事与爱情无关，与婚姻更无关。

黄莺喜欢泡温泉，我也喜欢看她出浴的样儿。脸庞都是红的，全身通透……那天，她约我到温泉见面。结果有事，我晚去了半个小时，五点钟到了温泉洗浴中心。我找遍了所有洗浴区域，没有。给她打电话，电话关机。我挺生气，以为她故意耍我。天晚了，我就走了。后来我没再给她打电话，心想一个女人耍男人玩，没必要陪她玩下去。

温泉洗浴中心的监控录像证实了男人话的真实性。在男人到来的前三十分钟，黄莺还出现在这些监控录像中。十分钟后，她就像蒸发了。不，录像表明，是她从洗浴中心出来，走到一个监控录像照不到的死角，然后消失了。那个死角边有个洗浴中心员工出入的小门，从小门出去，可以直接到车库而不被监控照到。男人是从顾客走的大门到车库，一路都有监控，车库里也有监控。

当男人听说黄莺死了，而且就在温泉区死了的时候，脸色煞白，嘴唇哆嗦。呆坐了半天。问他黄莺可有什么仇人，他摇头，说别看上了多次床，实际对这个女人了解的不多。最起码，连真名字都不知道。她也不知我的真名字。男人补充道。

丁洁明白了这个女人的一丝忧郁从何而来了。这个女人一直在寻找，可是她还是没能找到真正属于自己的男人。

黄莺的老公真的像他自己说的那样洒脱吗？没有哪个男人知道老婆给自己戴绿帽子还能忍受，尽管他那方面不行。只要名义上是自己的，就不允许别人染指，何况那方面不行还是男人自己说的。夫妻分房而睡经儿子认证是事实，孩子知道真正的原因吗？

5

百合，新的百合。这是黄莺留给林晓雨，也是目前所知她留给世界最后的话。

毕竟，这只是林晓雨一个人的说辞。

女人如花，在女人容易出现的地方，鲜花也会如影随形。百合花，在温泉洗浴中心的休息大厅里摆了很多，白的百合，红的玫瑰，黄的郁金香……每束花都是新鲜的，都是花圃在温泉洗浴中心每天开业的时候送来的。晚间，由服务员把鲜花处理掉。所以，百合，都是新的。丁洁带着几个警员围着那几束恨不得把花蕊都掏出来仔细研究的百合愁眉不展。

林晓雨说黄莺要告诉她一个天大的秘密。什么秘密能算得上天大的秘密呢？杀人、放火？以半个家庭妇女来说不应该知道这样的秘密吧？黄莺每天出入商场、美容院、女子俱乐部，美容、逛街、泡温泉，接触最多的还是女人。现在有钱的女人多了，不知为啥寂寞也多了？逛街、美容都做够了，还有大把的时光和金钱不知向哪里挥霍，家里给她挣钱的男人也许挺长时间不见人影。女人、男人，谁也离不了谁。暧昧、旖旎的味道一直弥漫在那些女人周围。

　　女人之间的秘密是什么？有私房钱，或是生活上的隐私？黄莺自己就是个有隐私的人，她会把别的女人的隐私当做天大的秘密来说吗？而且是跟自己交往圈子没有交集的同事说？从法医断定的死亡时间上看，与林晓雨和黄莺两人通电话的时间很近，基本上肯定为同一时间。难道真是与林晓雨通话的过程中被害了？是巧合还是安排？

　　黄莺如果真的想告诉林晓雨什么秘密，一定是与林晓雨也有关系的。林晓雨和黄莺的交集只能在工作单位，也只有工作单位。看来这小小的只有五十多名员工的单位需要一次彻底的清污了。

　　也许面对死人，人们的评价比较客观而且会稍好些吧。据说黄莺活着的时候和同事们关系不是太好。当然了，现在同事之间关系能好的也不多。表面上一团和气，背后、心里恨得牙根痒痒，有我没他的架势。黄莺是个高调晒幸福的人，名车，高富帅的老公，走过哪些名山大川，自己的衣服多少钱，包是限量款……曾有再也没机会嫁给高富帅的老女人恨恨地说："全身上下都是名牌，就是人不是名牌。"听到的人都会心一笑，互相转告，连林晓雨都听过。当然没人告诉黄莺，林晓雨也没告诉她。工作嘛，就是那个性质，陪着老干部们玩玩乐乐，不出彩，也不出岔。

　　现在再说起黄莺，局里人都有一番感慨。都说那么个大大咧咧的人，天塌下来都不愁的家伙怎么会说没就没了呢！尽管有时爱炫耀，其实那是心虚的表现。愿意晒幸福的人其实得到的幸福很少，才拿来晒。现在想来，只是用这种方式来表现丈夫很爱她，或者说自己的生活很幸福。反正她就是人们说的狗肚子装不了二两豆油，有什么都说出来。至于仇人，好像不能吧，尽管她说话有时不中听，还没到要人命的地步吧。

　　因为案发那天是星期五下午，局里五十多名职工有三十多名四点之前就从单位走的。从局里开车到温泉洗浴中心至少要三十分钟，四点以后走的，丁洁就没再查。

这三十二名职工被要求写出离开单位后的活动，有什么证人。

只有林晓雨这一段时间空白，没有证人。她自己说是接到黄莺的电话，谁知道是不是没人证明的这段时间里，她把黄莺接出来，害人后用黄莺的电话打给自己？或者，黄莺不知道自己打给林晓雨的时候，林晓雨已经张网在等着她了。

黄莺和林晓雨的关系，不好说，大家看到黄莺对林晓雨挺好。林晓雨这个人，怎么说呢，平时静悄悄的，黄莺要不是没事来找她，局里人都可以忘记她的存在。跟同事在走廊里见到，也就是点头笑笑，很少听见她说话。在调研科里，本来工作就忙，五个人一人一台电脑，材料可以从早写到晚。当然科长和副科长的活少些，新进来的两个年轻人大材料也写不好，林晓雨承上启下的作用还是不能小觑的。她跟科里的年轻人话说不到一起去，跟两个科长也没话说。

她跟科里人仅限于工作交流，多余的话不说，多一步路不肯走，中规中矩。也许出于本能，她只是自保，毕竟，她既没背景，也没经济实力做后盾。要说她这样的人犯罪，好像不大可能。尤其是黄莺跟她那么好，总给她出主意，让她上进什么的。

无奈，她总是阴差阳错，差那么一点。

丁洁觉得林晓雨之所以不得志是遇到了一个精明的女领导。女人看女人，总能一眼看到骨子里，是从那些男人和糊涂女人不能轻易发现的缝隙中看过去的。科长是个四十多岁的女人，丁洁的同龄人。一见面，丁洁就知道这个女人是个人精，阅历丰富，既不像机关一些女人咋咋呼呼，还不像林晓雨那样沉闷。剪裁得体的职业装，看似老套，其实都是名牌，比黄莺那些有档次多了。据说科长的老公是一成功商人。

谈起黄莺，科长眯起眼笑着说那是块玉，没经雕琢的玉。她总到科里来找林晓雨，接触的多些。林晓雨嘛，就沉重了些。工作能力当然可以。

6

调查黄莺的老公没什么进展，林晓雨这边也没什么破绽。看似一起简单的凶杀案就渐渐地被时间蒙上了尘垢，有些模糊不清了。又有别的活等着丁洁和她的队友们去干。偶尔有些不经意的东西触动她内心尘封的部分，就会想起那个曾经生机勃勃的女人。她的死亡就像人类生活中很多看似简单却又无解的秘密一样，就那样在玻璃罩子里，却不知打开玻璃罩子的开关在哪。丁洁的脑海中关于这个女人的信息花里胡哨地摇动着，摇得她都晕了。她知道，没有什么事物是没有缝隙的。太阳有黑子，地球也会有地震。让黄莺停止发出美妙声音的一定不是那种临时起意，有些东西没抓到。

生活不会因为某一个人的离去而停下自转的脚步，哪怕一下也不肯停的。

环保局的局内竞聘开始了。调研科的王科长如愿以偿地当上副局长，但看起来好像不是高兴得溢于言表。也许历练久了，宠辱不惊了。大家都很佩服。还有一个出乎人们意料的，林晓雨接替了王科长，当上了科长。那个副科长并没接任。据说是王副局长力荐。因为王副局长在局里主管工作包括调研科，没有她的力荐，林晓雨就是累死也当不上这个科长。人们说还是女人大度，从大局出发，别看传两个人如何不对付，王科长还是把位置给了林晓雨。

别说丁洁这个外人看不懂，就连局里人都看不清这是啥路数。林晓雨也没表现出受宠若惊的样子，更是沉默寡言。但调研科的同事们觉得那双不大的眼睛好像无时不在，什么都看在眼里似的。他们比在王科长的领导下更兢兢业业了。现在他们有些理解为什么王科长也就是王副局长说林晓雨厉害的话了，不知王副局长为什么用一个如此厉害的女人接替自己。

丁洁听到这些消息后把自己扔进了一把藤椅一下午之久，藤椅前木桌上的一杯热茶凉的透透的都没喝一口，直到放学回来的儿子把她拉回现实。

丁洁的儿子上高一，正处于青春期。喜欢看漂亮的小女生，在女生面前却腼腆的很。丁洁对儿子实行的是疏导法，而不是堵截。在她的诱供下，儿子一兴奋就滔滔不绝地谈起学校的女生来。什么样的女生好看，什么样的女生明明喜欢男生，却故意不理不睬。还有学校对早恋抓得很紧，有的男生、女生互不理睬，结果男生和男生勾肩搭背地走，女生和女生搂腰抱脖地走在一起，有人就说他们是同性恋。

瞎扯，这种情形丁洁上学的时候多了去了。都是男生和男生玩，女生和女生玩，那时根本没想过同性恋这词。要是女生和男生在一起玩才引起恐慌。现在这帮孩子都想什么呢！

真的，他们管俩男生在一起叫"搞基"，俩女生在一起叫"百合"。

"百合"？丁洁不禁提高了声音。

是呀，就是女同性恋的意思。

这还用这小子说。她也知道百合是这个意思。可为什么自己和别人压根就没想过这事？一朵百合花当然不能让黄莺那样兴奋，虽然她是个愿意大惊小怪的人。只有同性恋，百合，而且发生在熟人身上才能让她如此兴奋。想想，本来她是到温泉约会情人的，结果撞上了一个熟识的女人，正在和一个女人约会，想想有多震惊。这个女人肯定林晓雨也认识，是两人共同的熟人，否则她不会那么兴奋地告诉林晓雨。结果，话没说完……百合，新的百合嫌疑最大。

两个月后，石城市公安局刑侦支队审讯室里。丁洁轻松地对铐在审讯椅上的女人说："说说吧，馨，你和你的百合是如何杀害黄莺的？"

"我听不懂你在说什么，我可是有证人的。"

"你心里明白的很，就因为你的证人，林晓雨才能找到你的破绽。"丁洁停顿了一下，看着面前有些恍惚的女人。接着说："馨，只有跟你很近的人才这么叫你。你的丈夫，你的百合，包括黄莺也这么叫你。其实你很喜欢黄莺。无奈，落花有意流水无情，黄莺更喜欢的是男人。而且你万万想不到，在约会你的女情人的时候被黄莺撞见。那天你把车子放到自家楼下，是你的百合开车接你到的温泉。你们在这家温泉幽会过多次，知道如何躲开摄像头。所以，温泉洗浴中心的视频资料里没你。可那天，你却和一个女人实实在在地在那里。你知道以黄莺的性子她是不会替你隐瞒的，她第一个就想告诉林晓雨。因为你是她的领导，而且对她百般挑剔，结果没等她的话说完，你和你的百合就送她上路了。你受不了这事传出去的后果。你瞒过了所有人，包括你的丈夫，当然他也自以为瞒过了你。可你们瞒不了精明的林晓雨，她以此为要挟，得到了她梦寐以求的科长职位，是不是，王副局长？"

"那个贱人！"王副局长满脸狰狞地从牙缝里挤出几个字。

"谁？是林晓雨？"

"林晓雨那个贱人！我早就看出她是个心机深且狠的东西，表面上不动声色，内心就是蛰伏的一条毒蛇，温度适宜的时候就会窜出咬人一口。只是黄莺那个没心眼的傻大姐把她当朋友而已。那天，黄莺看见了我和那个人，看她那表情我就知道坏事了……林晓雨看出端倪，偷偷地收集我的资料，要挟我直接当科长。"

结案了，丁洁一直没找林晓雨谈话。她在内心里也不喜欢这个女人。她明知黄莺死于谁的手里，还是因为向她报告消息死的，她却借机敲诈了上司，得到晋升。王科长是个精明强干的女人，她看人有种直觉。直觉告诉她林晓雨是个野心极大的家伙，貌似恭谨，最重要的是她觉得林晓雨心冷。黄莺对她很好，那只是单方面的。她内心里却瞧不上黄莺。王科长这个人从小被当男孩子养惯了，喜欢控制，发号施令。到了工作上，这种性格让她如虎添翼，毫无头绪的事到了她手里就会很快理清一切，快刀斩乱麻，她的工作绝对是有目共睹的。没想到这种个性竟渐渐地影响到那方面，她发现自己喜欢的是那种温柔的女人。王科长实际上挺喜欢黄莺的，没办法，被她撞破，短时间内还不能收服她，以黄莺的性格，一定会很快把此事张扬天下。如果她只是个普通的女人，她可以不在乎别人说什么。可她不行，她是个走仕途的人，是个处于上升期的女人。果然，黄莺逮到机会出门，以为别人不知道就给林晓雨打了电话。

林晓雨听说王副局长的证人是丈夫，她丈夫一直陪她在家休息，心里就猜测个八九不离十。因为，在去那个郊区市场买菜之前她正和王副局长的丈夫在一家宾馆的床上激战。相同的人是相通的。她知道科长看不上她，防着她。几次阻挡了她的升迁之路。是的，女同志可以不要当官，但就在那里沉沦下去，永不见天日吗？窝在办公室里写那些永远也写不完的材料？她和黄莺不同，黄莺嫁了个有钱的老公，不用自己奋斗，就可以享受一切。美容，买高级化妆品，逛街、泡吧、泡温泉，自己只能泡办公室。同样的人，为啥命运这样不同。只能靠自己奋斗，偏偏遇上这样的领导。科里几次带家属聚会，她认识了王科长的老公，一个生意人。眉目之间，就能看出王科长和老公不像她说的那样和睦、妇唱夫随，有缝隙就能钻进去。两人暗度陈仓已经好久了。每当她骑在那个男人身上，就感觉骑在趾高气扬的王科长身上一样，气息顺畅，把从王科长那里受的气全部呼出去。

那天，科里只留下她和一个小年轻的干活。她给王科长的丈夫打电话，那人约她到那个宾馆。完事男人回到家，看见老婆坐在沙发上发呆，他以为自己的事被发觉了，有些愧疚。警察调查，得知老婆说和他在一起，他当然不想找麻烦，就说和老婆在一起。

林晓雨第一时间就知道了王科长在撒谎。恰巧，她听到情人管自己的老婆叫馨。她顿时明白了其中的机关。她暗暗地跟踪王科长，终于发现了那朵百合。她到和情人约会的宾馆留取了视频证据，和王科长摊牌。

是的，黄莺在给她打电话的时候，她正在那个临时市场买菜。临时市场离约会的宾馆五里地，她步行走到那里需要三十分钟。

黄莺总是无私地帮助她，哪怕是生命的最后一刻。

二次发力

1

向阳社区民警张富贵站在社区临街的楼下，抬头望着五六楼，心想着要是自己年轻二十岁，能不能顺着排水管爬上，把手或者是脚先放在窗沿上，然后二次发力跃上窗台，翻身进入室内。

他目测了好一阵，也不敢肯定自己能，而且是在没有照明条件下的夜间。能在如此条件下做出如此高难动作的人得有超强的体力、臂力、甚至是身体协调能力。符合这样条件的人有可能是运动员、街头跑酷者，还有农村进城务工的青壮年，也许是练过杂技或练过武功的人。不过也说不准，人家说性冲动是创造一切的动力，荷尔蒙太多的时候会爆发惊人的力量。

最近发生的一系列案件都和一个男人的荷尔蒙分泌异常有关。入夏以来，已经发生十多起凌晨有人侵入室内对妇女进行性侵害行为。几乎每天一起，且有蔓延之势，四处开花。东一起，西一起。警察追在屁股后撵，弄得有些狼狈不堪。

案发地都是那种保安措施不完善的经济适用小区。没有电子门，进出方便，有的人家嫌热敞着窗户睡觉，以为楼层高没问题。没想到，还是有身手敏捷的。

向阳社区，名字和里面的住户一样接地气，都是普通的工薪阶层。很少大富大贵，也没有穷得活不下去的。

这个小区已经发生一起案子了。

于是，本就很忙的社区民警张富贵更忙了。到下面发动群众，搞人海战术。走访，有没有人看见闲杂人等。夜间，安排联防队员巡逻。几个人一组，拿着瓦亮的警用手电筒，有点像早年山区防狼的架势。

多年的实践证明，土方治大病。多少疑难案件就是被这种笨方法攻克的。线索上来不少，一惊一乍的，都不是。几天下来，弄得张富贵有点愁得慌了。

"张警官，张警官。"脆生生嫩黄瓜一样的声音把他的眼睛拉回地面。卖粉条、花生米的小兰坐在门前喊他。他远远地翻了她一眼，想不理她，但马上想这样更容易引起别人的误会，误会他和这娘们真有一腿。这简直都成了习惯，每次小兰热情地喊他，他总是先抗拒，再妥协，坐在她卖花生米的门前坐一会儿。总是这样纠结。

附近或远一点的人们都知道小兰是干什么的，花生米、粉条之类的只是她挂的羊头。

小兰原来在社区里另一条隐蔽的街上开足疗馆。那条街上全是足疗馆、洗脚屋，面积都不大，最大的两室一厅。夜晚，半明半暗的时刻生意最好。足乃脚也，脚被异性按着、摩挲着，就会有一股气从脚底升起，到半道被阻就惨了，想不发生点事情都难。所以说，足疗就是从脚下开始，到中间结束的过程。

所里和局里治安科的民警们也扫荡过好多回，但往往时机不对，要不脚还在桶里，要不已然是副正人君子样。治安科的民警比较专业些，有几家足疗馆正做着脚以上的生意的时候被逮个正着。到这黑乎乎的小屋子里来的男人，除了附近的民工，要不就是那些工薪阶层没什么钱的男人们。

前一阵子彻底取缔了足疗馆、按摩房，小兰们可不能闲着，马上租起临街的房子，开始卖花生米、粉条、鸡蛋、咸鸭蛋、小五金、灯泡、插排，等等一切放得住的东西。她们卖什么都挺兴隆，最起码能聚人气。

一天，小区里的一个女人带着兄弟、姐妹跟卖节能灯的吵架，原来男人总是把刚买没几天的节能灯弄坏，来借机搭讪女人。节能灯被砸碎好多，卖花生米的、五香菜叶蛋的一起冲上来帮助卖节能灯的。她们对着女人毫不相让地骂回去，啥节能灯也没你节能，你老公对你可节约着使。

女人听到这话嚎啕大哭，直到110出警都送到派出所了事。

那些卖节能灯的、五香茶叶蛋的、花生米的见到张富贵都热情地打招呼，没事还闲呱啦两句。她们的语言跟她们人一样有活力，生冷不忌。渐渐地，有人说向阳社区民警张富贵对失足妇女很友好。

很快就有举报信到了所里、局里。说他是社区里一些特殊场所的保护伞。举报信写得洋洋洒洒、有根有据，连张富贵和别的民警一起清查足疗馆他敲了几分钟门都有记录，说他是故意拖延时间。

局里纪委、督察下来查个一溜十三遭，也没查出实据。但肯定是事出有因。局里决定给张富贵调岗，调到别的社区去。为什么没调别的岗位，一是基层缺警力，二是社区民警算是最基层、最辛苦的警种了，要是把他调到别的部门去，反而有高升之嫌。正琢磨让他干啥呢，某男的雄性荷尔蒙没管理好，乱窜了。只有张富贵熟悉向阳社区的情况，没别的说的，一切以破案为主。

局里没查张富贵之前，小兰们跟他说话，是带着巴结、谄媚的意味。出了这档子事后，小兰们再招呼他就像招呼自己的亲人般亲切。除了亲切，还有种说不出来的盼望，盼望着张警官脱下警服，换上普通男人的衣装。不成想，张富贵在经过她们的摊子前是目不斜视，不仅没脱下警服，简直是用手死死攥住裤腰带。这让她们感到大乐还有些不解。

尤其是小兰，每次见面热情地喊他，愿意看他那副窘样。她想知道他到底要干什么，或者是看他能撑多久。男人对于她来说只有两个模样。床上的和床下的，床下越一本正经，床上越……反正是反差极大。每次喊他成了她打发白天无聊时光的一大乐趣。有时她故意喊住他，问他需要不需要些花生米、粉条，他忙着说不要，家里有，给他装进袋子里都不拿。她故意说这两样不要,屋子里有更好的东西给你,他说谢谢你,啥也不要。从神情上看,他听懂了有更好的东西的意思。小兰对他来了兴致。

他越躲她,她却越喊他,声音越来越大。

他不想让别人嬉笑着看自己,想找小兰仔细谈谈。谈什么呢?告诉她没事别喊自己?人家回答和人打招呼是人之常情啊,打招呼不行吗?一来二去,他就只好回应她的招呼了。有了开始,就有了继续。

张富贵查验过小兰的身份证,名字三个字,跟她的穿衣、谈吐很配的三个字。具体叫什么张富贵登记到本子上了,脑子里忘了,就叫她小兰。小兰是个眉眼挺耐看的女人,不过这得等到天黑的时候在昏暗的灯光下看。白天就没法看了,眼圈是青的,脸是暗黄的,带着一脸疲倦的用什么化妆品也抹不平的细纹。

张富贵觉得自己和小兰没事,所以要大大方方的。也许在别人心里他更无耻吧,大白天都不避讳。张富贵快五十岁了,突然觉得别人的想法就像个被宠坏的美女无法把握。你越拿她当回事,她还真就把自己高高抬起,对你指手画脚;你要是不理她,她也就灰溜溜地自生自灭了。道德败坏,这个词很有意思,好像是落马官员的专利。他张富贵就算是道德败坏,估计也是没人愿意管他这事。毕竟,他就是个蚂蚁般的人物,活得还不如一只蚂蚁。蚂蚁搬食物还很来劲,他没有劲。

真的,就是没有劲。工作,一天天重复,可能是到了工作疲倦期。生活,也是一塌糊涂。

张富贵也不是圣人,圣人也喜欢女人。对于小兰的挑逗他当然明白,可他有心理障碍。他亲眼看见男人从小兰黑乎乎的房里钻出来,看见和听见就是不一样。就像前妻那双粗糙的手,有一天擦得油光光、水嫩嫩的,举到他面前说甘油擦到手上很有效果吧?他激动地点头。问在哪里买到效果这么好的护手霜。老婆答,嘿嘿,别人推荐的,到药店里买的开塞露,普通的一块五,好一点的三块钱一支,效果比化妆品店卖的护手霜效果好多了。开塞露!他没法再看那双手了。

跟小兰唠嗑，张富贵发现这个女人有着对生活最直接的认识，虽然理论上不会表述，但话糙理不糙，直奔生活的结论而去。不过，张富贵还是觉得怪怪的，省去了中间过程的生活有意思吗？

2

今天小兰喊完他，从屋里麻利地拽出一个塑料凳。张富贵和她一左一右像两座门神一样坐在门前。

"哎，听说那个人能一次三四十分钟，一夜都能干上两次是真的吗？"刚坐定，小兰就把脸凑过来好奇地问。

"去，别瞎传谣，咋的，你想试一试？"他还有好多恶毒的话没说出口。不过心里骂着，真他妈的，什么事都传得快，连细节都能传出来。不过，办案民警们都不大相信，那些受害者可能是出于害怕或是痛苦，时间被无限拉长，要不也就没有度日如年的说法了。三四十分钟，一夜两次，那不成驴了？

"哪个女人不想试试。"小兰一脸向往地回答。

"你可真病的不轻。"

"你有药？"

张富贵翻了翻眼睛："你自己会抓药就行。"

"也没有三四十分钟的啊。"她一脸坏笑，"张警官大展雄风时很威风吧？"

张富贵一脸尴尬。想生气，还没法生。他有好长时间没做过那事了。他离婚的事没几个人知道，只有他的徒弟小方知道，还是小方帮助他搬的家。

没离婚那阵，他就对同一张床上的女人的身体失去了兴趣，也许先是对拥有那身体的人失去了兴趣。

"别扯淡，驴也干不了三四十分钟。"

"可也是。真的，我水平蛮高的，要是评职称的话能达到全国一级吧，你就不想试试？"

张富贵差点从椅子上蹦起来。稳住，他告诫自己，也许这句话是自己幻听来的，丑可就出大了。看着小兰那笑眯眯的眉眼，他告诉自己没听错。

可是，已经失了先机了。

"你知道你对谁说话呢吗？小心给你送进收容所。"

"切，我跟你说什么了？就凭我跟你说的这些收容我？"

"不是凭你说什么，而是凭你做了什么！"

"我做什么了呢？嗯，张警官，你说我都做什么了呢，我做的都是利国利民的好事！"

张富贵一个没绷住，笑了。利国利民，还节水节电呢！真没招，孔子都说过，唯女人和小人难养也。跟小兰就是这样，你不理她，让别人觉得你心虚。你理她，她就能蹬鼻子上脸，啥话都敢说，还让你怒不得、笑不得。

"骚样。"小兰冲着走过去的一个少妇吐着吐沫骂道。

"怎么了，她骂你抢过她男人？"

"谁知道她男人是哪个王八蛋！"

"没道理，不认识就骂人！是不是看见好看的女人就嫉妒？你嫉妒了，嫉妒她不用卖花生米就能过上好日子。"张富贵说。

没想到，小兰竟然用不屑的目光来回击他。"不用认识，我用鼻子一闻就知道就是个骚女人。别看男人离不了女人，可男人并不懂女人。那就是个骚娘们，你信不信？有些是明骚，有些是闷骚，闷骚才是大骚。"

张富贵看着那摇曳的背影，很是动人。回头，正看见那双带着妒意的眼睛。

"你也得注意点，好像有什么人盯上你了。"张富贵转移话题。

"真是的，你说我这小门小店的，盯着我干嘛？"

最近110老接到报警电话，说这一带有卖淫嫖娼的。巡警接到电话来突查几次。弄得小兰们小心翼翼。

"你和谁结仇了？"

打110报警说这一带有卖淫嫖娼的，几乎和举报张富贵是保护伞同时进行的。小兰家被打电话报警的次数居多，这让张富贵不得不把自己倒霉跟小兰联系起来。

小兰把自认为有仇的人好好捋了一遍。开始以为是跟前那个卖五香茶蛋的在使坏，试了几次，不是。后来才觉得是有人盯上了她。有人夜间不睡，盯上了她这个小店。治安科来查了几次，时机都把握得挺好。不过，一敲门，小兰让男人从窗户跑了。

也着实把小兰吓得够呛。有几天，小兰专心做生意，还进了点新鲜货，卖得还可以。

小兰问是不是张富贵外面有仇人，说不准是奔他来的。

张富贵挠挠头。管这些年治安，抓住过打架、斗殴的，罚点钱，拘留啥的没少干过。但真正有仇的，说不上。

两人没捋明白。

张富贵感到脖子后凉嗖嗖，用手一摸，回头一瞧，凉又没了。不过，他看到一个熟悉的背影，那个背影他经常见到，好像就是社区里的某个居家男人，总在小区里晃荡。

"真是个鳖孙！"小兰冲那背影低声狠毒地骂着。

张富贵不解地看着她："男人咋能成为敌人？"

男女之间的运动，如果每次跟不同的人，那你就是在做做爱这种运动而已。你做过成千上万次，也是单纯的机械运动。可你跟一个人多次做，有些东西不知不觉就产生了。有可能是爱，也有可能是恨。男人、女人做爱能发生很多事，不是自己想控制就控制得了的。

3

小兰告诉张富贵，有人在半夜见过一个黑影快速爬7号楼。就从那儿上去的，小兰指着2单元的排水管说。由于天黑，速度也快了点，基本上没看清到了哪屋。

这样似是而非的线索张富贵没少接，查起来才知无从查证。他当然知道小兰的线索从何而来，说不定哪个男人随口唬她玩也说不定。他带着小方还有社区主任，把 7 号楼 1 单元、2 单元走个遍。当然又是虚惊一场，有男人在家的女人，听他们问这事还挺生气，说我们家的窗户插得严得很。

这次走访张富贵见到了小兰骂的那个骚女人。女人悄悄地开门，面带笑容地看着他们。女人穿着旗袍式的无袖家居服，凹凸有致，白白嫩嫩的胳膊。

他们说明来意，她白嫩的脸上现出一抹红晕，张富贵也不好意思地说：“只是提醒一下。”

社区主任是个近五十岁的女人。她粗门大嗓地喊：“你得小心点，老公好几天才回来一次。”原来她男人在临市工作，周五晚到家，周一走。典型的周末夫妻。

女人快速地关上门。

张富贵看了眼门牌号 404。好在这样的事情碰得多了，张富贵、小方和社区主任都不在乎了。张富贵想告诉她们，不管把窗户插得多么严，那个人也会从天而降。而且力气大得很，手臂上纹着一条蛇，看起来就让人恐惧、厌恶的东西，还拿着尖利的凶器。

想想还是算了，别没等侵害案发生呢，先吓出个好歹来。

接连几天没接到报案，是转移阵地了，还是被侵害人没报案？反正张富贵们是不敢放松。

巡逻还是有成效的。一夜，巡逻队员改变了巡逻路线，没绕大弯。直接四号楼穿过就到了五号楼和七号楼之间的空地上。一个队员无意间用警用手电一扫，就呀的一声。手指着出不来声。众人顺着他手指的方向，看见一个黑乎乎的人刚爬上二楼，听见动静一个倒栽葱就从二楼跳到地上，一下子就没影了。

第二天，巡逻队员讲起这事还心颤颤的，语调也颤颤的。"妈呀，那是人吗？不是猴子啥的吗？那爬楼比咱走平地还快呢！"

有可能是报复性反弹。刚松一口气，案件又起来了。接连三天，星期六凌晨两点在向阳小区 9 号楼，星期天凌晨三点在向阳小区 5 号楼，加强巡逻。你也不知他在哪里猫着，也许正是巡逻队员刚过去，或没来的空当，他就山猫般爬了上去。张富贵像被架到火上烤。夜夜巡逻，在眼皮子底下还能出这事，张富贵嘴边起了泡。

再不想到小兰这里来，现在也得来。小兰的眼睛贼着呢，出入小区的人她瞄上几眼就能看出八九不离十。犯罪嫌疑人肯定踩过点，要不能一下子就那么准？

好几天没发案了。专案组的人员都暗松了一口气，难道这家伙看势头不对溜走了？有很多这样的案例，一地风声紧，就跑到外地躲风，顶风作案的下场都不妙。

没想到，一天凌晨三点钟接到报警电话，一女人在家里被强奸了。等民警出警到她家的时候，指挥中心又接到报警电话，另一位女人在家被强奸。从时间上看，犯罪嫌疑人从第一家出来就奔了第二家。第一家与第二家是同一栋楼，一个楼梯口，一家三楼，一家五楼。

家缘花园，7号楼，304，504。

他敲开404那扇门。迎接他的是一个中年男人，原来是那个女人的老公。白白净净，文质彬彬，两人站在一起很是般配。一问才知，男人说没听到楼上、楼下有什么动静。听说发生这样的事，男人很吃惊，连说这还了得。

女人沉思了一会儿，说楼下动静没听见，楼上大概三点多钟，那时我起夜，顺便看了下时间，有大概十多分钟，像挪桌子、椅子的声音。

"估计是床上大战碰翻了东西。"同去的小方说。

"你看看，多危险，都搞到咱们家楼上、楼下来了，我不在家，你得多危险。"男人回头对自己的妻子说。

"嗨，瞎说什么，咱们家窗户是加固的，怎么进得来。"

"看来我得请假多在家陪你几天了。"

"你能一直陪到警察抓住他？"

"我相信警察是不会让我们太失望的。"男人还对张富贵和小方笑了一下，这是个机关里无聊的小中层。

"看到有什么嫌疑的人向我们报告。这家伙疯了，一夜竟然做了两起案子，弄得有的女人痛不欲生。早点抓住这家伙就是为民除害，也是为你们自己除了后顾之忧。"张富贵的眼睛在两人脸上扫来扫去。男人惶恐，女人淡然。

4

张富贵的辖区里发生命案了。

一个中年男人被杀。伤口在左胸，已经被凝固的血堵住了。经过法医检验后才知伤口在哪里。心脏直接扎破，伤口细小，大量的血淤堵在胸腔。

法医一时没法判断是什么凶器，只说是锐利无比的 50 毫米铁丝粗细的东西。

张富贵听到这个通报心中一动，他真是背到极点。强奸案的主发地在他的辖区，连多年不见的命案也发生在这儿。

命案的侦破用不着他一个小片警插手，连插嘴的份儿都没有。可对于这个死者，他觉得还是有话要说，不知说什么好。

死者是家缘花园，7 号楼 404 的男主人。那个他心里曾嘲笑过的小官僚。404 的女主人哭得梨花带雨，几度昏厥。

这一带很是消停了一阵。

什么也不发生了，凶杀和强奸仿佛是上个世纪的事了。遮天的雾霾，被一阵雨冲散。又阳光普照，望见碧蓝的天。

排查还在继续，没有命令停下来，内里却疲了。不相信自己的工作有意义，只有一个人例外。

张富贵的心里像有一团火在烧，煎熬着他，炙烤着他。彻夜不得安宁。

一个月后。

一天后半夜，张富贵和小方带着社区里十多个巡逻队员出现在社区 7 号楼。安排队员在楼下守着，他和小胡来到 404。他枪弹上膛，动作果断、利落。敲门，没人应。再敲，还是没动静。

"找人破门。"他冲小方喊。

就在小方犹豫的当口，女主人睡眼朦胧地开门了。

"楼下报警说你屋子里动静很大，怕你有危险。"

"我没事。谢谢你们关心。"

"不行，我们得确定你没危险，要是现在你后面有人用东西逼着你，我们不是失职吗？"张富贵不屈不挠地说。

女人把门彻底打开，苗条的身子和空荡荡的身后彻底摆在张富贵和小方的眼前。

两人来到楼下。小方蔫蔫地问了声："张哥，咱们撤？"

"不。"

那么黑的天，小方看见一双泛着强光的眼。

"咱们两个人，守在404下面的楼梯里。剩下的人分成两拨，守住楼前、楼后。"

"守到什么时候？"

"直到我们等的人出来。"

"我们等谁？"

"出来就知道了。"

天微亮，有晨练的人出来了；天更亮些，上早市买新鲜菜和早点的人出来了；太阳出来了，上学的孩子走了；太阳开始有亮度，上班的人们也走了。小区又恢复了寂静。

"怎么办？"小方问。

"咱们再上去一趟。"小方看出张富贵的犹豫。

门敲得震天响，把退休在家耳朵背的人都敲出来了，404还是毫无动静。张富贵的脸色从焦急的黄变成惨白，汗下来了。

门被开锁的师傅打开了。

一张异常宽大的双人床上，躺着一男一女。最原始的模样，一丝不挂，脸上都带着欢喜。男人个子不高，但肌肉显得异常发达，手脚上满是硬茧。赤裸的手臂上纹着一条蓝青色的蛇，手法拙劣，更像一只黑乎乎的爬虫。两腿间那坨东西黑黢黢的，异常刺目，胸口一点暗红。

"这是非常尖利的锐器插进、拔出留下的伤口。"法医说。

女人身着白色丝绸睡衣，左胸上一朵红花，白底红花，长发散开，优美的像只展翅欲飞的蝴蝶。如果那朵红花上面没有插进去只剩下木柄的改锥，画面可以称得上唯美。

"经 DNA 验证，男性死者就是我们一直抓的采花飞贼。"小方对张富贵说。

女人毋庸置疑就是女主人了，几个小时前还给他们开门的女主人。

"女人是自杀，劲用得足够大。"法医指着没入体内的改锥说。

5

开门，小兰愣住了，但很快把这个喝醉的男人扶了进去。凌晨，男人梦醒，酒也醒了。看见月光从窗帘缝隙中硬生生挤进来，照在显得狭小的单人床上。小兰也醒了过来，看见男人满脸明亮的液体。

"你知道吗？我后来告诉她，杀死你老公的凶器是一把尖利的改锥。"这个叫张富贵的男人说。

"是什么凶器有什么关系？"小兰不解。

"那个采花贼威逼女人拿的就是把改锥。"

"你是说，女人的男人是那个采花贼杀死的？"

"男人回家，案子高发，都在 404 前后左右。男人不在家，风平浪静。女人寂寞，需要一个强有力的男人。没想到，她能容忍那个强奸犯，而且还必须是爬窗而入。那晚，是我亲眼看见他爬进 404 的，去堵，女人那时已下定了决心。时间是最能改变人的，爱能变成不爱，反之也有可能。日久天长，男人对女人也许有了感情。嫉妒，不只是女人才会有的。男人要是嫉妒起来，后果会更可怕。当那个合法的老公一回来，他就把气撒在周围人身上，一夜两起，搅得四邻不安，他就是让女人知道。到后来，变本加厉，根本没法容忍那个合法男人存在，结果……"

"结果女的也被那采花贼杀了?"

"采花贼是被杀的,伤口与女人的男人伤口相同,被改锥刺入、拔出。女人是自杀。要是我不告诉她就好了,糊里糊涂都能活下去。世界上大多数人不都是稀里糊涂地活下去的吗?"

"因果,有因就有果,这是她自己的事,怨不得你。"

沉默。月光照着床上的两个人。

"还有,知道我为什么和老婆离婚吗?"

"你喜欢上别的女人了,要不就是你老婆喜欢上别的男人了。"

"哪有那么简单。我没喜欢上别的女人,只不过时间长就厌倦了,我老婆也没喜欢上别的男人,是她的身体喜欢上了一个男人的身体。结果,被我冲散了,男人受了惊吓,成了太监。成了太监的人反而还豁出去了,非得要和我老婆结婚。"

张富贵退掉了租住的家缘小区5号楼的房子。因为每天站在窗前,他都会看到对面7号楼,视线总会落到2单元4楼的那个地方。现在,不会有人再从地面爬上去了,里面空空如也。文质彬彬的男主人,柔美端庄的女主人,还有那个不畏艰险半夜爬楼的男人都不见了。

片儿警

一

"真他妈的是个婊子!"孙涛怒气冲冲地说。大口喝下面前的咖啡,大约过了十几秒,他猛地张大嘴,吐出舌头,瞪大眼睛,嘴里的液体喷了一桌子,也湿透了半个上衣。王瑶看着他那狼狈相哈哈大笑起来,惹得店里其他喝咖啡的人莫名其妙地瞅着他们俩。

"非得来这鬼地方喝这洋玩意!"孙涛懊丧地说。真是没办法,谁让自己有烦心事愿意跟这个小妖精讲哪!这个小妖精王瑶可是个特讲情调的人,地摊上的衣服是坚决不穿,街头油渍麻花的小饭店饿死也不会进的。这不,打电话约她出来说说话,本想散发一下心中的怨气,可没等说话就烫了嘴。

一条雪白的餐巾递到眼前,王瑶已不笑了,"是什么事把你这个以'不变应万变'的高级神探气成这样啊?""还是工作上的事呗!总在高喊着法律面前人人平等,可现实是权势大于法律,人情大于法律。有些执法人员真是贱骨头,碰到权大点、钱多点的主就不自觉地矮了三分。真跟婊子似的,谁给钱多谁就好。"孙涛一边气愤地向王瑶诉说着,一边回想着他愤愤地在所里对老所长说这番理论的时候,所长大老陈气得浑身直哆嗦,嘴唇发青,手指着他半天没说出话的情景，当时在场的人从没见过老所长生这么大的气，都吓坏了，赶紧把孙涛推出屋来。

过后，孙涛有些后悔，觉得自己不该用那种恶毒的语言指桑骂槐地骂老所长，让他生那么大的气，实际上老所长这个人平时挺好的，一点没官架子，工作上是兢兢业业，在孙涛看来，老所长唯一的毛病就是太"惧官"，只要不管多大的官说一句话，无论对错，他都当圣旨听着，这也许是他多年来稳居所长之位的秘密吧，但孙涛另有看法，凭老所长的工作能力、业务水平，早都该上一层台阶了，一直不得重用，坏事也坏在这个"稳"字上了吧！现在的领导提拔干部都看有没有魄力，敢干不敢干。

今天，孙涛所管的辖区内发生了一起打架事件，受害人左眼被打得乌青，肿得老高，嘴角还流着血，孙涛给受害人取完笔录，就和警务区小张拿着传唤证去第五号个体小煤矿找打人者，这个矿的"保卫科长"王有喜。到了矿上一找，谁也不知道"保卫科长"王有喜上哪里去了，矿长也不在办公室里。孙涛气烘烘地把传唤证放在矿上门卫屋里，告诉看门的说："让王有喜明天早晨到派出所去一趟，如果他不去，我们就对他进行强制传唤。"不怪孙涛生气，这个煤矿的"保卫科长"王有喜可是这一带的"名人"，经常给别人"活动"筋骨，打断别人的胳膊、腿是常事，诨号叫二愣子，监狱和劳改队几进几出，每一次被打击出来，就增加一份他在社会上炫耀的资本，越发的没人敢惹他，有些人被他打了，都不敢报案，更别说为他打人出证了，没有证据就定不了他的罪。一提起他所里的警察们都恨得牙痒，可没办法，今天终于有一位受害人来报案，还有人证，孙涛他们当然要为辖区的百姓出口恶气了。

等他和小张刚回到所里，椅子还没坐热的时候，分局来电话找所长大老陈，所长放下电话，黑着脸来找孙涛，闷声说："你们谁上矿上耍威风去了？警察的权力就是对老百姓耍威风吗？"听得孙涛愣眉愣眼，说："谁耍威风去了？我们是依法传唤犯罪嫌疑人！"大老陈叹口气，说："二愣子的情况我比你清楚，但咱们'打狗得看主人'呢！五号煤矿算咱们这个地区的招商引资项目，李矿长跟咱们区长还有公安局的领导都有交情，再说了，咱们所地理环境不好，只靠着这么一个大单位，过年、过节还有咱所的老爷车用的汽油还得等着李矿长给咱们赞助点呢。今天是社会上的闲散人员到矿上闹事，跟二愣子扑腾起来了，那边二愣子也受了伤，我看明天小张你俩到矿上心平气和地了解一下此事得了。""有钱是不是就有超越法律的特权？"孙涛气愤地问所长，所长那边也气呼呼地回答他："告诉你，这也是分局领导的意思，至于是谁，你没必要知道，反正都比你我的官大，你孙涛以为自己的脑壳有多硬啊！执行命令得了。"之后，孙涛说出了把所长大老陈气得哆嗦的那几句话。

　　孙涛把这些事向王瑶说出来后，感觉浑身轻松了许多。正等着王瑶说一些替他鸣不平的话，没想到，王瑶听了事情的经过，一点也没有同情孙涛的意思，她半晌没说话，末了，悠悠地说了句："也许我们学会换一种思维方式或者是做事的办法可能会更恰当些。"孙涛有些发愣地瞅着王瑶，像突然不认识这个人似的。

　　孙涛和王瑶是同一家政法大学同一级的学生，孙涛学的是刑事侦察，王瑶学的是法律。当时在学院里，学刑侦的小伙子们看起来最有阳刚之气，高高的个子，匀称而发达的肌肉，将要从事的工作的神秘性，使得别的专业的女孩子都以略带崇拜的目光看他们，他们也就越发地把胸膛挺起，扮成一副很酷的样子。孙涛是他们中的佼佼者，高而结实的身体，宽宽的肩膀，一张洁净、棱角分明的脸，他的学业也是第一的，每年的奖学金获得者。孙涛的篮球打得特别棒，是学院的体育部长，他就是在篮球场上牢牢吸引住王瑶的目光的，王瑶在学院里可是位高傲的公主，她是学院文艺部长，爱唱爱跳，多才多艺，而且据说家庭也很有背景，学院组织活动，他俩经常在一起，渐渐地两人之间产生了互相依恋的感情，他喜欢看见王瑶婀娜的身材出现在自己的视线里，喜欢听见她那清脆的声音，他不知道这是不是爱情，只要有她在，连空气都是暖的。

　　毕业的时候，孙涛回了他生长的这个小城，王瑶说什么也不去父母给她安排好的省城法院报到，跟随孙涛来到小城当了一名律师，而且孙涛知道她这个律师当得也不如意，总听她说现在公平执法真难。

实际上他们俩还没确定恋爱关系，孙涛知道王瑶对他有好感，而且跟着他到这边远的小城来，他也很感动，但他总觉着他俩不般配，说不上是哪方面。如果在婚姻问题上草率的话，不仅害了自己，还害了王瑶。实际上孙涛是很喜欢王瑶的，无论王瑶做什么出格的事，他都会宽容地笑笑。孙涛性格憨厚，王瑶是个外向的女孩子，而且嘴尖舌利，这往往使初次见面的人很不舒服，有时也很尴尬，内心大都不喜欢她。

每当同事们和孙涛谈起他那当律师的女朋友的时候，总是说她挺有意思的，接着是意味深长地一笑。孙涛对那种含义颇深的笑总是不置可否，这并不能说他"肚量"大，只能说明他在某方面很"愚蠢"，在刑警队混了好几年，也没看懂同事之间那眉来眼去的勾当，更没明白领导的笑容除了欣赏也许还有些别的内容。连从警校毕业没两年的搭档小李有时也会有意无意地对他说不能埋头苦干，还要抬头看路。他还笑小李"人小鬼大"。

有一天，他在处理一个容留妇女卖淫的很有"社会背景"的人的时候，那人竟然梗着脖子不拿正眼瞧他，更别提回答他的问题了。孙涛火了："你以为你不回答问题我们就处理不了你了吗？事实俱在，不回答问题也没用，别想蒙混过关！"听了这话，那人撇着嘴、斜着眼看了孙涛一阵，末了，冷笑着说："牛啥呀？不就是个小警察吗！你以为处理谁你说着算咴？"把孙涛气得七窍生烟："我今天倒要看看，我这个小警察能不能执这个法！"

求情的人很快就蜂拥而至，还有个别领导用不庸质疑的语气让他不要处理这个人，他竟直直地问这些人："他在旧社会就是个老鸨子，干尽了坏事，这样的人你们还给他求情？还要我们警察干什么？"那些人都红着脸气愤地走了。处理完这件事后，他被请到上级的上级的办公室，那位领导笑眯眯地招呼他坐下，说"小孙呐，你是我们局优秀侦察员，很多大案要案没有你小孙的努力工作是不能那么干净利落结案的，本来你这有能力的人我个人和刑警队都不舍得放你走，但是咱局基层派出所的情况你又不是不了解，民警素质低，基本破不了案，所里向局里要人，我们考虑再三，决定把你派下去，好好带一带他们。"就这样，孙涛一个优秀侦察员被变相地发配到城郊结合地带的派出所来了。

红山派出所说它是城市派出所吧，在管区内，没有一座能代表城市的建筑，满眼是一片低矮的平房，几条弯曲的小土路，仅有的一条水泥路上还撒满黑色的煤灰，每当狂风四起的时候，风里夹杂着小煤粒打在人脸上，生疼。低矮的平房里住着这个城市第一代的老矿工和他们的那些子承父业的子女们。他们的脸色和衣着与他们的房子和周围的环境极其和谐，都是灰蒙蒙的，没有一丝城市那种令人心动的亮丽色彩。孙涛刚到这个派出所时，心情跟这里的天空一样，雾嘟嘟的，烟尘四起，不透一线阳光。好在所长大老陈性格开朗、心性率直，所里的同事也不像机关的人，没有那些莫名其妙的笑容，多少让他有些舒心。

刚开始，孙涛对工作有些无从下手，管片跟他干刑警专搞大案不一样，管片面对的是老百姓，在他看来都是些鸡毛蒜皮不值得警察管的事，刑警面对的是犯罪嫌疑人，办起案来多带劲！看着孙涛蔫蔫的样子，所长大老陈用粗糙的大手使劲地拍他的肩膀，大声笑着说："小伙子，慢慢来，谁都是打这过来的。这样吧，这几天你先跟着我"。

每天所长大老陈布置完工作任务之后，就喊："孙涛，咱俩下片看看。"孙涛就跟在大老陈的身后走进那窄窄的小胡同。有时从窗子里看见谁家有人，大老陈就毛腰从低矮的房门进去，不见外地盘腿坐在人家炕头上，主人家也对他们不见外，大声招呼着："老陈哪！抽点烟不？"大老陈更干脆："抽，再给我们沏点浓茶。"主人家把烟笸箩放在大老陈跟前就去沏茶了，大老陈拿着窄窄的卷烟纸往里熟练地放着烟丝，食指放在嘴里沾了下吐沫，搓起烟卷，前后几下，仿佛变魔术般就把卷烟卷成锥形，他一把揪下尖尖的锥尖，把卷烟细的一面叼在嘴里，拿起火柴哧啦一声点着了圆圆的卷烟头，狠劲地吸了一口，从鼻孔里喷出两股浓浓的烟雾，透过被烟雾笼罩的露出的是一张黝黑的、充满着舒心畅快的脸。他叭哒、叭哒猛抽几口烟，又喝口酽浓的红茶，才打开了话匣子，跟主人家谈东谈西，什么儿子现在干什么呢,孙子干什么呢,打听完主人家的情况,又打听四邻的情况,谁家小子又在外面干什么活计呢,谁家儿媳又跟老婆婆吵嘴了,最近谁家的日子过得比较好,谁家又添什么大件了,在孙涛看来,所长大老陈现在整个一位"包打听",哪有点男人样,而且可以说是不务正业,红山派出所管辖地主要是矿区,人们素质普遍较差,他实在是听不下去了,打着哈欠,揉着被烟熏得发疼的眼睛。正当他扭着身子百无聊赖的时候,他看见所长大老陈竟用眼角的余光瞪着他。就这样,孙涛一连几天跟着所长走东家串西家,差不多熟悉了管区内人口的自然情况。

有一天早晨,孙涛刚走进办公室,管区内的王大妈就来找他,一进屋,王大妈一把抓住孙涛的袖子,带着哭腔说:"小孙哪!你可得为大妈做主哇!"孙涛忙把王大妈扶到沙发上坐下,给她倒了杯水,说:"大妈,有话慢慢说。"王大妈用衣襟擦擦眼睛,说:"昨天晚上,我家鸡进圈的时候,我发现少了一只,就去找,由于天黑,也没找到,今天早上,我就到邻居家鸡窝那里看,走到张三家,看见我家那只大芦花公鸡正圈在他家鸡窝里呢!我进屋跟张三他妈刚一说这事,那个婆娘就叉着腰开始骂我,说我儿子儿子看不住,到处干坏事,连个公鸡也看不住,说我是活不起了,到处赖人。"王大妈的老伴死得早,她没老养保险,靠矿上每月救济一百多元钱生活,身边有个二十岁的儿子,叫王宝,也不好好念书,初中没毕业就跟外面的半大小子瞎混,偷铜卖铁得点小钱跑到山下打游戏机玩,有一回,几个人打完游戏机都已是第二天凌晨了,他们在黑夜里转了一圈,觉得电子游戏厅的老板可真是太黑了,钱全扔他那了,几个人商量后就在黑夜里潜伏下来,当那个赚够了钞票的游戏厅老板锁上门准备走时,被几条黑影挡住了去路,挣扎中,游戏厅老板被扎伤,钱被抢光。案子以王宝他们意想不到的速度告破了,因王宝是从犯,年龄较小,被劳动教养了,其余的都被判处有期徒刑。这成了别人笑话王大妈的口实。王大妈说的张三他妈,孙涛和大老陈去过她家,别看那女人长得一身肥肉,可不愚蠢,说话嘎嘣脆,滴水不漏,凭直觉那绝不是一个好招惹的女人。涉及到她们两家,而且是这么小的事,孙涛真有些犯难了，他问王大妈："你怎么能确定那只公鸡是你家的呢？一样的人很少见，可一样的鸡太多了。根本没法分别呀！""那只芦花大公鸡还是小鸡崽的时候，我就把它买来，是我一点一点把它喂大的，我怎么能不认识它呢？"孙涛叹口气说："王大妈，不是你自己认得就行，邻居在一起住着，不要搞太僵了，不就是只鸡吗？我看就算了，赶天我买只大的送你！"王大妈听了这话，立时就把脸撂下了，气哼哼地说："小孙，我来找派出所不是为了一只鸡，因为你们这儿是代表政府，是讲理的地方，我要的就是那个理。"王大妈咣当一下摔门奔所长室去了。孙涛想就算是所长，拿一只走错地方的鸡也没办法吧！不大会儿，所长和王大妈就从办公室里走出来，所长边走边喊："孙涛，走，跟我上张三家看看去！"

他们刚走到张三家的胡同口，就看见他家门口围了一群人，原来是王大妈和张三他妈在争吵，因她二人素来不是善茬子，邻居听见了，都过来看热闹。人们给他们伫让开路，知道好戏就要开演了，都在后面跟着，走进院子，看见张三他妈正叉着腰，拉开架势等他们呢！看见陈所长走在前面，张三他妈把巴掌拍得山响："哎呦！陈大所长啊，黄鼠狼放个屁也值当你跑一趟，我们家啥样，这些年了，别人不清楚你陈大所长还不清楚？自己儿子连偷带抢管不了，还跑到别人家刮旋风来了，一窝子臭无赖！"张三他妈连喊带叫，浑身的肥肉也跟着上下颤动。那边的王大妈已被气得脸发白，指着张三他妈半天才说出话来："你以为你儿子是什么好东西，他不小偷小摸，他是个欺世大盗，勾结贪官低价承包了三号井，为了省钱，偷工减料，不顾工人的死活，你儿子偷的是国家的钱！老百姓的血！还欺世盗名地花钱当什么政协委员？那是你们张家祖传下来的，世世代代狗戴帽子装人！"张三他妈想扑上去大闹，"够了！就事论事，别说那些乱七八糟没用的。"所长大老陈一反往常笑眯眯的样，板起那张黑黑的长脸厉声喝道。那两个老女人安静下来，大老陈面向围观的群众说："你们谁能证明这是王家的鸡还是张家的鸡？"围观的人不是看地就是把头扭向一旁，根本不与大老陈对视。不怪他们，巴掌大的地方，都是邻居，说深说浅都不是，哪方也得罪不起。一时僵在那儿，不知怎么办好。大老陈把目光移向孙涛，孙涛故意不看他看那低矮的烟囱冒出的团团黑烟，心想你不愿意趟这趟浑水吗？你能就自己管到底好了。

一只鸡怎么能证明是谁家的？杀了算了，一家一半！有个小年轻的在人群里嚷嚷道。一道亮光在大老陈脑中闪过："你家鸡昨天喂的什么食？"他分别问王大妈和张三他妈。听王大妈说昨天她家鸡没喂食就放出去了，张三他妈说自己把鸡圈进窝里又喂了玉米。大老陈的眉头又皱了起来：即使杀了鸡也分辨不出是谁家的啊！

围观的人群乱哄起来，低声说什么的都有。更有一些风凉话：警察也破不了这案子吧！他们就会对人凶，拿一只鸡也没办法了吧？本来是抱着看热闹的想法的孙涛此时也窘极了。

陈所长沉吟了一会儿对两位当事人说："这样吧，我说一个法子，你们要是觉得合适呢就这么办，如果不合适我也不管了，你们自己想怎么解决就怎么解决。但咱们丑话说到前头，有什么出格的行为往小了说有《治安管理处罚条例》管着呢！大了还有《刑法》呢！都岁数不小的人了，其中的利害也不用我细说了吧！"

当时那两个老女人的气焰就不那么高了。张三他妈装作爽快的说："陈所长你就说吧，我还信不过你吗！"王大妈也点点头。大老陈故意看看众人的表情，孙涛暗暗地想老所长也会这么做作呀。只听大老陈清了清嗓子说："既然咱们人都无法分辨是谁家的鸡，那就让鸡自己找它的窝吧！咱们把鸡赶到胡同口，看看鸡到底是进老王家还是进老张家，进谁家归谁。"孙涛扭扭鼻子怪大老陈出了这么个馊主意。果然有反应快的，一个看热闹的小年轻喊道："那要是它既不进老王家也不进老张家，而是进了老赵家该怎么办呢？"有些人哄地笑起来。一些岁数大的人呵斥年轻人："懂什么？这个办法可行！"两个当事人也同意了。

大老陈抱着那只惹祸的鸡走在前面，后面跟着一群看热闹的人，到胡同口一拐弯的时候，只见大老陈非常严肃地对看热闹的人们摆摆手，告诉他们不许出声，躲远点。大老陈把鸡放在地上，自己后撤了三四米。那只鸡像个高高在上的国王，旁若无人地踱着方步遛哒起来，时不时地还停下来吃点沙子、石头的，把人急的呀！孙涛站在人群后面气得根本不想上前看,一边踢着脚下的石头,一边嘟囔:"算什么能耐,这事解决了谁还封你个神探?放着大案要案不抓,扯这闲蛋!"

那只芦花大公鸡可不管别人怎么想,优哉游哉,走到张三家的门口了,大门开着,鸡老爷转了好几圈也不进去,张三他妈急得在大老陈的背后忽动着双臂,嘴里发出嗷嘘的声,想把鸡撵进她家的大门。可惜的是,她刚发出一声,就被大老陈狠狠的眼神吓回去了。那只鸡又开始往前遛哒了,这回到了王大妈家门口,它把头伸进门口,四处张望,听到院子里其他鸡的叫声后再也不犹豫了,飞快地冲进去,追逐着那些觅食的母鸡们,瞅着鸡们亲热的样子,围观的人都笑了,只有张三他妈蔫蔫地走了。

二

日子就在孙涛烦躁和无所事事中慢慢过去了,他觉得实在是太累了,身心的疲惫。每天纠缠他的都是那些气人的小事,一旦发生有点"骨头"的"大案",所长大老陈老气横秋的声音就在耳边唠叨个不停"要稳点,稳是不会犯错误的!"现在孙涛既不愿意跟他生气、发火,也不愿意跟他就问题的实质性进行辩论了。

孙涛有时去看看王瑶,觉得她也有些提不起劲来,整个人懒懒的,连话都不愿意说了。"什么疑难案子能难住我们王大律师呢?"孙涛故意逗她。"唉,你当警察办过这么多案子还不知道,案子本身能有多大的难度?难度在法官的嘴上,在当事人的背景上!"王瑶忍不住发牢骚说。

让孙涛感觉有地方使劲的那一天突然来临了,二愣子被刑拘了。原来王大妈的儿子王宝劳教放回来后,还是不务正业,到处乱逛。一天晚上逛荡到五号矿下属的一个公司的仓库附近,仓库的门口堆着不少东西,王宝笑咪咪地悄悄走过去,蹲那儿翻检起来。呀!都是些铁制品和铜制品,看来都没用过的,怎么就随便放在门口呢?王宝也不多想，拿起几块塞到怀里往外走，快走到公司门口的时候，忽然听到里面有人喊："快抓贼呀！有人偷东西了！"不知从哪儿拥出一群人，拿着棍棒，把王宝围在当中。有人笑嘻嘻地从王宝怀里掏出了那些"宝贝"。一个人干咳了几声，说："你是想公了还是私了呢？"王宝听这声音才知道是怎么回事，原来领头的是二愣子王有喜。明白今天是不能善了，硬着头皮问："怎么私了？怎么公了？""公了吗，就是把你往公安局一送，你偷东西人赃俱在，你才从里面出来，应该知道后果吧！你是累犯，这次可不是教养的事啦！私了吗，就是交五千元罚款，放你走。"抽冷子，王宝冲到王有喜身前挥拳便打，一边打一边喊："你这个混蛋，你不得好死！"，人们棍棒齐下，王宝头部、身上被打伤了。

当时是孙涛的警务组接的案，孙涛他们几个也没太放在心上，心想涉及到五号矿的事儿还不是大事化小、小事化了，把打人者带到派出所问完材料后训斥了一顿放了，而王宝躺在医院里也没得到好话，孙涛气呼呼地问他："说别人设圈套陷害你，咋陷害不着别人？还是你净想好事，想不劳而获！你这是咎由自取！"

本以为这事算完了，没想到王宝出院后来到派出所给孙涛送来一纸伤害鉴定，内容是经法医鉴定王宝头部、背部被钝器敲打，头部有眩晕之症，为重症脑震荡，背部为轻伤。拿着这纸鉴定孙涛有些不知怎么办好了，怕又做无用功，只好去问大老陈，好歹人家是所长。大老陈仔细地看完鉴定，瞪着孙涛："你这个优秀侦察员怎么当的，既然受害人有了伤害鉴定，就准备好材料报局里刑事拘留！"孙涛有些不相信地问："都拘留谁？""谁伸手打人了就拘留谁，难道还拘留受害人不成？"大老陈一直大声呵斥他，但他觉得大老陈从来没像今天这么可爱，他真想冲过去吻那张大黄脸一口。自从到派出所他头一次这么顺气过，叫上警务组的成员，开上所里那辆破吉普直奔五号矿。二愣子手下那几个人看见孙涛他们进来没等上前打招呼就被戴上手铐塞进车里去了。在一间烟熏火燎的办公室里，二愣子正跟几个人打麻将。孙涛他们进去就把二愣子的手按住了。那几个人跳起来大喊："你们要干什么？呦！是孙警长？误会了吧？"孙涛大喝一声："都给我躲远点！我们在执行公务。"孙涛的车刚开出大门，就看见五号矿的矿长李德从楼里追出来，他那着急的样，孙涛瞅着就想乐。

孙涛他们把二愣子那几个混混送进看守所后回到所里，看见李德腆个大肚子正跟大老陈气呼呼地说什么。孙涛今天只想偷着乐，那李德尽管平时呼风唤雨，可这时已没用了，今天大老陈也不知怎的，突然想起了让他们先准备材料，抓住人之后就送到了看守所，李德想来要人，哼！看都看不着。他借机进大老陈的办公室想看看李德的窘相，李德正向所长提出一个要求："既然人家有法医鉴定，你们不能不执行公务，但你得让我看看他们吧！不有取保候审的说法吗？把他们办取保怎么样？""想看人得去找看守所，取保得局里批呀！"李德呼地一下跳起来，瞪了孙涛和大老陈一阵，连说："好，好。"转身走了。

孙涛撇着嘴冷笑说："看吧！找人去了！"大老陈冲他吼了一声："知道还在这儿磨蹭！还不快去取证，证据充分才好定案。"孙涛一拍脑袋，对呀！一定不能再让他们翻身，如果这次再弄砸喽，不仅老百姓没啥好，就是派出所也没法干了。

这边孙涛他们快速取证，那边李德上窜下跳的找人，平时都觉得窝窝囊囊的大老陈也不知怎么了，在这件事上非常强硬，谁说话也不好使，局里的一位领导给说情，被他一下挡回去，说什么除非我不当这个所长。

很快上面派下来纪检组驻进派出所，有人举报陈所长勒索辖区内企业钱财，办人情案。陈所长被停职了，由指导员负责全面工作，所长向指导员交接工作之前把孙涛找了去，孙涛看看老所长那一脸蜡黄，直想哭，但老所长还是原来那样看不出喜怒。所长一把拉过他，塞进他手里一叠材料，低声说："现在不是哭的时候，这是一些证人的材料，你要收好，到关键时候拿出来，这次一定要办妥。还有几个人没来得及找，你去找他们，就说我说的。"又对孙涛说了几个人名。孙涛一听都是他找过的，平时深受二愣子、李德等人的祸害，但他们都不肯出证，是让那帮人吓怕了。

孙涛还是又偷偷地找了那几个人，他们本来不想说，但听孙涛是陈所长派来的,而且陈所长还因为这事被人告了,还停了职,都义愤填膺,把知道的情况通通告诉了孙涛他们,什么设局骗人,雇佣杀手把和李德争矿的砍断胳膊、腿呀的,被二愣子砍断一只胳膊的赵辉气愤地说:"以前不敢说是没人敢动他们,现在有人动他们了,为咱老百姓做主了。"当夜,赵辉就把当初自己如何想承包五号矿井,二愣子是如何带人找上门来让他滚蛋,一言不和挥刀就把他胳膊砍断,而且威胁他离开本市,否则见到他就杀他全家,吓得他连夜带着老婆孩子躲到了乡下,几年过去了,这才敢回来。这下不仅连二愣子翻不了案,连他们的主子李德的事也露出不少。孙涛他们快速整理好材料报到检察院。

三

孙涛的心情舒畅多了,干起他以前认为是鸡毛蒜皮的事来也没怨言了,而且干的挺起劲。他见着老百姓也有嗑唠了,群众看见他的时候离老远就喊他上家里坐坐。有一次他到王大妈家的那个胡同转转,看看有什么事没,结果王大妈非得把他拉进屋去唠嗑,王宝正坐屋里鼓捣收音机,看他进来,把脸转了过去,给他一个后背。王大妈气得大骂:"没良心的狗崽子,要不是孙同志给你做主,你那打不是白挨了?"

从王宝家出来,孙涛突然想起一个问题:看王宝平时也不是那么"奸"的一个人,挨完打咋想起做伤害鉴定了,要知道那纸伤害鉴定在这个案子里可太重要了,没了它,就不能名正言顺地抓二愣子和他的手下,也不能破获这个横行的黑社会团伙。直到走回所里,他也没想明白这个问题,他就问大老陈:"你说那王宝傻不喇叽的,还想到了做伤害鉴定,以前别人包括他也没少挨二愣子的打,咋没人去做伤害鉴定呢?而且有些人明明都够重伤,你让他去做一下鉴定都不去,好像你要害他似的。"大老陈笑咪咪地抱着他那大铁茶缸子吱溜吱溜地喝茶,半晌说出一句:"多么好的茶叶也得泡到时候才有味儿。"

王瑶打电话找他，很久没看到王瑶了，再一见面，孙涛就把他办的最振奋人心的案子告诉她了，王瑶的眉间明显有一丝忧郁，可孙涛只沉浸在自己的兴奋中了，根本没觉察到。讲完案件破获的经过后，孙涛才觉察出只是自己说了，王瑶这个快嘴婆还没说话呢！这不符合她的性格，他这才仔细观察了她一番，"快说呀！我们这一仗打的漂亮不漂亮？"王瑶沉思了一会后，反问他："你说如果在这个案子中，你们陈所长不顶住各方的压力，这个案子能顺利办下来吗？"孙涛考虑了一下，说："办不下来，所以我们现在特别佩服陈所长，现在他对我们咋喊咋吼，我们都不生气。"王瑶停顿了一下说："那是不是可以这样说，在当今的法制社会，很多的时候是依法办事了，但总有个别的时候，由于某些人的意志来左右案件的去向？可轻可重，可破可不破？"孙涛听着心想也许有一定道理，但看到王瑶那么失意的样子一定在工作中遇到不顺的事了，赶上自己心情又这么好，就安慰她道："不要一时不顺就否定全面吗！慢慢地就会好起来的，想当初我比你还灰心呢！"

他们俩头一次这么沉闷地吃完饭，临走的时候王瑶告诉他："我要走了，回省城去，工作都已找好了，明天走，今天就是想跟你道个别。"孙涛愣在那里，好一会儿才语无伦次地说："你怎么要走了呢？干的好好的，怎么要走了呢？"王瑶追着自己好几年了，虽然觉着和她在一起不合适，但他已经习惯了王瑶缠在自己身边，突然听说她要走了，而且工作都找好了，可见去意已决，从心里到外都空了起来。王瑶低着头，他们干站着，既不想走，也没话说。后来还是孙涛说出一句："回去还干律师吗？""不，是当法官，一家中级法院的法官。""明白了，你一定会是个好法官的，在你的能力范围之内。""谢谢！"两只手握在了一起。

所长大老陈调走了，按他的说法是要享几天清福了，这大半辈子净在山上辘轳了，也要下山过过城里人的生活。临走他向上级郑重推荐孙涛当这个派出所所长，他私下对孙涛说："小子！别以为我是抬举你，只不过交给别人我不放心！"这要在以前，孙涛肯定会拒绝一番的，这次上级领导找他谈话的时候他锛都没打一个，就对上级保证，一定做好派出所的工作。

　　光阴似箭，一晃，孙涛接任所长的工作都快半年了，在这半年中他跟着管片民警下住宅、清查流动人口、整顿暂住人口、管理重点人口，又是夜战，又是追逃（逃犯）忙得不亦乐乎，有的老百姓就说："孙所长真像年轻时的陈所长。"听人提起陈所长，才想起局里有人说大老陈病了，住院呢，一忙就把这茬给忘了，还没去看看老所长呢！当下他就买了一篮水果问清大老陈的病房号直奔市医院而去，刚走到住院部门口，就看见大老陈的媳妇坐在门口的花坛上，抹眼泪呢！"陈婶！坐在这儿干吗？是我陈叔又气你了吗？"陈婶看见是他，突然放声大哭起来，哭得孙涛直发毛，赶紧抓住她的胳膊"怎么啦？陈婶。"突然一激灵"难道我陈叔的病"陈婶点点头，"大夫说可能是烟抽多了，要不就是这些年让煤烟熏的，是肺癌，已到了晚期。"水果撒了一地，孙涛拔腿往病房跑去，到大老陈跟前的时候，还呼呼的喘气说不出话来。老所长看见他这个样子，不高兴了，"孙涛，让我怎么说你呢？你大小也是个所长了，手下管着十多个人呢！还这么没有稳当气儿！我不告诉过你吗，再好的茶叶也要泡到时间才好喝！"孙涛喘过气来后马上问："老所长，你现在感觉怎么样？"大老陈一愣，马上笑着说："别听大夫们瞎说，他们总愿意把小病说成大病，要不他们上哪儿挣钱去！我没事儿，可能是烟抽多了，有点咳漱。唉，你过来，我告诉你一个秘密吧！"孙涛把耳朵伸过去，听到的是："王宝的伤害鉴定是我逼着做的，开始他不敢，怕二愣子报复他，王宝他妈硬是拽着儿子去做的鉴定。没办法，谁让那工夫到了该喝茶的时候呢！"

　　孙涛一脸泪水。

二十厘米

1

林英郁闷得喘不过气来，喝了两杯玫瑰花果茶，还是堵得慌。闹不明白为什么多干活的总不得好，总能被挑出毛病来。什么也不干的，悠闲自在，还没毛病。现在想撒手不干活了，可毛病惯出来就不好改了。自己任劳任怨了近二十年，突然不干，就是闹情绪了，就是对领导不满。能怪谁？只能怪自己一上班就兢兢业业，是不是自己的活都干。要怪，也怪自己的父母。林英的父母都是普通的工人阶级，认为出力干活不是什么事。自打她参加工作起，她父母就在耳边不断地说干活累不死人，多干点没啥。自己的那摊业务很快就熟练掌握了，别人的活多看几眼也弄明白了。那几个比她早到科室的人都愿意给她"学习"的机会，把属于他们的工作让她练手。渐渐地，找她干活好像就是应该应分的，一点感谢的意思都没有。要是她稍微犹豫，怪话就来了。什么能干点活就耍大牌吗？都是同事，帮帮忙就不行吗？多干点活能累死吗？有些话都传到外科室甚至领导的耳朵里，说她不听指挥，有活也不愿意干。

林英早上从家里出来就憋着一肚子气，跟老公生的气，但时间太匆忙了，气没来得及发出去。憋着气把自己那堆活干完了，刚想喘口气，主任又找她，让她把这个资料重新统计一遍。"这是刘丽的工作不假，可她的水平是局里上下有目共睹的，虽然你是在帮她干活，可也不能大意，这是周三局长要在大会上用的。"看她有要拒绝的意思，主任阴阳怪气地说。

听听，几句话里涵义多着呢！一是她在帮别人干活，干好是别人的功劳，干不好，倒是自己的事。二是她如果不认真对待这个任务就是她有情绪，不能认真完成领导交待的任务。三是局长要用的，完不成耽误事那是要算在她身上的。

听主任这话林英不禁怒从心头起。想起上面局领导见她那模样，肯定眼前的主任没给自己加好油、添好醋。想想女友森的话：工作就是养家糊口的手段，别把工作当做事业来做就好了。索性心一横，她就想看看事情再糟糕还能坏到什么地步。打定了主意，她说自己头疼，已经联系好医生，要是主任不着急的话，把东西先放这儿吧。她说这些话面无表情。主任掂了掂手里的资料，牙疼似的说了句"那还是我自己看看吧。"

看病是假，下午她真的就想请假不回来了。2月份的天气还是很阴冷的，弄得她心里也凉得很，即使室内开着空调也觉得丝丝冷风穿透骨头，驻扎在身体里。也许是真的老了，那些年轻的女孩竟然穿着露腰的小袄，薄薄的丝袜就那么窈窕地走着。她极需温暖，一个人躺在床上，盖上被，暖呼呼的。喝茶，看书，手机关机，不看电脑，听着外面阴冷的风声多好。最主要的是下午家里没别人，没人打扰的时刻真好。要是不清净一下，家里有人追着做饭，单位有琐事追着，自己真怕撑不住要崩溃。

正要关上电脑，就有QQ头像闪烁。是闻儿在网上跟她打招呼，问她中午能否参加群里的聚会吃饭。看办公桌上的台历，2月14日，原来是情人节，她有些怔住了。多久没过这种节日了。情人节，她都不敢深想，常年奔波在家和工作之间灰头土脸、一脸焦虑的自己还有情吗？一个年近四十的女人，从异性眼里看到的更多的恐怕是熟视无睹，从年轻同性眼里看到的是敬而远之的老前辈。自己再有情，恐怕也是自作多情。连那个曾经与自己海誓山盟的人对自己几乎就是视而不见了。刚结婚那阵，老公还像谈恋爱时一样，生日、结婚纪念日、情人节一个不落地想着。后来不知什么时候，生日忘了，想起来的时候都过去好长时间。情人节也不过了，即使过也就是出去找个餐馆快速地吃顿不咸不淡的饭，席间，也不会像恋爱中的人那样说起来没完，基本上不用说什么话，点的菜倒都是彼此爱吃的。以至于后来连结婚纪念日都省了。就像以前两人说不完的话，现在渐渐地也节省到一个词，甚至是语气词了。

　　两个人的婚姻生活中没大矛盾，都是鸡毛蒜皮的琐碎事闹别扭。或者是她气不顺，想找他吵架，人家不应战，自然偃旗息鼓，让自己的气更积聚些。老公也不像外面有人的样，不知为什么就没话了。早起冲锋陷阵般匆忙，回家林英就奔厨房，女儿嘴刁还急，放学就喊饿。闹得她没下班的时候就开始看表。等饭菜上桌，老公窝在沙发里看完报纸、看电视呢！这还算是好的时候，大多男人在外应酬，晚上回来喝得稍高，基本上是林英都上床睡觉了，男人什么时候回来她都不知道。

　　记得婚前和婚后好一段时间，两人话题很多，那时男人也不厌烦，说着说着，忘了时间，一不留神都能说到凌晨三四点钟，谁也没觉得累、困。有时都没来得及上床，两人就在沙发上说啊、唠啊的。现在两人的情感交流多半是很多天才有一次的早起做爱的时候。女人由于充足睡眠的原因心情也颇好，那时男人颠三倒四地说些含糊不清的情话。下床之后，就像变个人似的，又简单到单词了。林英心情好的时候不计较，赶上在单位生点气，就想在单位领导拿自己当干活的工具，在家里老公拿自己当什么？泄欲的工具？只有心急火燎地想做的时候才会敷衍地说点啥话。要是不做，基本就没什么说的。跟他说家里事，他说你唠叨、磨叽；说单位上的事，他又说你心眼小、瞎琢磨；说说社会热点问题，他又说你幼稚、人云亦云。

　　这就是女人老了的结果，男人包括自己的丈夫已不被吸引。领导看重你，是因为你比年轻的女孩更适合干体力活。老公更看重你做出的家常饭菜。也许自己不见了老公可能一时三刻想不起来找，要是做的饭菜晚了，老公和孩子都会找的。这样想的时候，林英鼻子忽然一酸,赶紧凝眉瞪目。都混到自己可怜自己的地步了,这样的日子有意思吗?没意思,工作没意思,家里也没意思。自己还没本事颠覆工作,颠覆这个家。

回复闻儿的话,林英答应参加聚会。问明时间、地点。赶紧水、乳、粉在脸上调匀。抹上点腮红、口红,刷刷睫毛,精气神立马就不一样了,像打了蜡的水果一样,不管内心是不是沟壑纵横,表面上可是光鲜照人。主任这时要看见她,打死也不相信她有病要看医生。没办法,参加群里的情人节聚会,都是些失落的人才会通过这种形式聚到一起,更不能在外表上现出颓相。毕竟都是彼此需要、互相取暖、互相打气的人。

跟网友聚会,这在早些年是让林英嗤嗤以鼻的行为。只有那些无所事事或是别有用心的家伙才会在网上聊天、交友。可后来,给自己熟识的人还有朋友打电话聊天,人家都笑她,为什么不网上聊,还不花话费。女儿帮她申请了QQ号,开始聊上了。越聊越上瘾,老公回来晚她也不在意了。

聊下来才发现,网上的人不像想象中的浅薄、无聊,一些很犀利的评论能一下子击中你的大脑神经。每到群里,她都不愿意说话,看着群里热热闹闹的样子。尤其是自由的风,顶会说笑话,还会搞段子,跟帖、评论的不少。几个女网友总是挂些时装图片,让大家评判一下优劣,有人出谋划策,哪儿有更便宜、更好看的时装。群里人的口号:我们不要深刻的生活,我们只要浅浅而快乐地活着。

对,我们要快乐的活着。群里的人都有一颗不安分的心。周末在群里振臂一呼,要么去爬山,要么几个女的相约到郊外挖野菜。说些笑话,不会互相问比较敏感的话题,相处得轻松、愉快。

闻儿是市内一所高校的英语教师,有课的时候才到学校,平时不坐班,闲暇时间较多。空闲的时候,做所有小资女做的事,写写诗,抒情的小散文。要不跟网友唠嗑,找女网友逛街。但闻儿不矫情,心清高点不算毛病。林英跟她蛮处得来,颇有相见恨晚的劲儿。林英是轻易不会跟别人交心的,交友很谨慎,女网友也是细品过觉得人不错才会相交。林英在本市有三个QQ群,谈得来的女网友也交了几个,而且有越交越深的感觉，像闻儿，花姐等。

2

群里的聚会形式很好，AA 制，谁也不欠谁的。吃起来、喝起来没心理负担。没大小，也不用看谁脸色，喝高兴了还可以唱唱歌、做些游戏。

今天一大桌人，林英暗暗查了下，十三人。心咯噔一下，很快就释然。这是在中国，好像是没人注意到这点。好笑，过着西方的情人节，却忽略西方最忌讳的东西，也是洋为中用、中西结合的典范吧。只把快乐、喧嚣平移过来就行，毕竟这桌上谁也不是耶稣，都靠互相拯救活着呢！

每次聚会都会有新面孔出现，今天就出现两张新面孔。一男一女，男的五十岁上下，很有领导的气度。林英觉得参加群里聚会的都是在各单位不得志的闲散人员，即使是领导，估计也是在单位坐闲板凳。得志的正红着呢，哪有闲心跟些不入流的陌生人瞎掺和。女人很打眼，长发飘飘，端庄文静，一副传说中的淑女模样，此时她正吸引着在座男人的眼球。两位是别人带着来的。有时来参加聚会，正好跟前有朋友就顺带着过来了。

林英把这些人好好打量了一番。七女六男，男女比例还算均匀。年龄参差不齐，小的有二十多岁的，老的有五十多岁的。这就是网络的好处，要是放别的地方，五十多岁的怎么也不可能和二十多岁的孩子谈到一起。几个男人的职业、修养都比较好。有在政府机关工作的科长，银行的行长助理，还有一个乡镇的领导。女人的职业五花八门，有个年轻、打扮得很艳的女人是个体经商者，在这个城市一个很有名的商场有自己的摊位，眼神灵动，很会察言观色。有个看起来秀气十足的女人，是护士。在很著名的医院，第五医院，精神病院。在座的人逗她，出来给病人吃药了吗？别追出来。笑："忘给你吃药了，一会儿就把你送进去。"那人笑："我可没病。"护士笑得更得意:"每一个被送进去的人都说自己没病,越是表白,越不让出院,医生理解为病得越深。"

林英暗笑,看来精神病人和正常人一样嘛!人被抓住,第一反应就是否定一切。贪官被爆带名表,他会回应是赝品,即使是真品也只是这么一块,直到像被剥洋葱般,层层扒掉,露出葱心来。还有两个女教师,闻儿和陌上草,端庄、大气。两人谈着各自学校的事,什么课时费怎么发的,还有林英和那个新来的长发飘飘的"淑女"。"淑女"说自己是自由职业者,具体做什么职业却没说。

酒和菜上来了。乡镇干部先举杯说:"在今天这个特殊的日子里咱们这些没有情人的人喝一杯。"喝完,他又接着说:"说实在的,这年头要是没个情人也不是啥光彩事。"

哄地一下大家都笑了。

林英细看笑中的人们,多是那种纯纯的开心的笑。不过有两个人笑得比较腼腆,还绷着劲。是那两个五十岁上下的老男人。一个是一家银行的行长助理,一个是那个头一次来的有着官派的男人。别人笑,他显得很冷静。别人说祝酒词的时候他都微微仰头,快速思考、分析的样子。有的他还要点评一番,说话很到位,很有见地,一听就知道是个思想颇有深度的人。林英也见过一些大领导的做派。其实能走上领导岗位的人,尤其是高级领导岗位的人思想上都有一定深度,不是那些靠行贿走上科级,在酒桌上除了黄段子别的说不出来的小领导能比。

气氛热烈起来,因为彼此不熟悉,反倒放得开。男人们几杯酒下肚,更是想说什么就说什么。现在的男人也不知怎么了,只要酒桌上有女人,雄性荷尔蒙就不停地往上涌,荤段子就像挡不住的海啸般喷涌而来,一边说,一边看着女人的表情。这时男人眼睛贼亮,大脑却一片混乱,现在的桌上的男人就是这状态。那个乡镇领导对坐在他身旁的"淑女"发起了猛攻。"淑女"长发披肩,一手托腮,长发遮住她的半张脸,旁人看不到她啥表情。乡镇男在她耳旁笑眯眯地说着什么。其他几位男士吵吵着抓紧时间喝酒,"咱们没情人的才聚在一起,祝愿咱们以后要越聚人愈少才行。人都得天天向上嘛!"还是笑。有人提酒，轮到乡镇男喝酒了，他还在"淑女"耳旁兴高采烈地说着。大家不做声，就静静地饶有兴致地看着他俩。"淑女"也还半低着头，不知怎的，林英就感觉到"淑女"半低着头也知道正发生着什么事，但她就做出不知道的样子。林英开始对这个"淑女"感兴趣起来。乡镇男终于知道发生了什么事，不愧总陪乡长吃饭，见多识广，端起酒杯笑道："美女当前，忘了喝酒是正常。不能因为喝酒而看不见眼前的美女，那样连上帝也不能原谅你的。"

"那是，那是。"男人的嘴里纷纷说着，不忘冲那"淑女"点头致意。除了那"淑女"之外别的女人都瞅着眼前的饭菜。

酒桌上越发热闹起来。不过，男人们跟身边的女人说着说着，眼神就冲还说得热闹的乡镇男和"淑女"瞟过去。眼神收回来脸色就不好看了，大声地与跟前的女人再接着说。林英对身边和自己说话眼神四处乱飘的男人连敷衍的心情都没有，她一心奔桌上的美食。炸鲜奶、红烧肉……看得男人直咂舌。转过头去和别的女人说话去了。林英是渴望和男人说话的，可不想像现在这样说些乱七八糟的话。成为别人意淫、骚扰的对象兼带成为别人的陪衬。

女人都喜欢听情话，不管说这些话的嘴属于老公还是别的男人，说些话的目的是想上床还是在你这里练习泡妞秘籍，也不管女人平时是理性多还是感性多，听到这些话没有不飘飘然的。林英当然不例外，只不过她不想从一个还不了解、比较陌生的男人嘴里听到这话，她想听到这话之前在两人之间稍微有个过程，有个渐变阶段。可现在的男人就像吃惯了半成品食品没时间享受烹饪的过程一样，追求女人的耐心都没了。他们对刚见面的女人说甜言蜜语，之后就期待得到大礼包。像做抢椅子游戏一样，这里得不到就飞快地找下一个。

终于，这个各自为战的混乱场面结束了。有人提议来一场游戏，数字过七游戏，出错的要罚酒一杯。开始，到七就有人错，渐渐地，十四、十七、二十一、二十八出错的多了。总是那几个人喝酒，"淑女"荣居榜首。她罚酒，男人们大笑。多喝了几杯的"淑女"，更是唇红齿白，两颊绯红，双眼迷离。看得女人们抓起眼前的杯子，顾不上是酒还是饮料一口喝了下去，压住胃中泛起的酸水。后来那个一直谨慎的官员也出了错，他自己也笑了，很有风度地喝了一杯酒。带他来的男人笑得情不自禁，拍了拍官员的后背。官员的脸一沉，低声但绝对威严地说道："你别拍我。"男人飞快地把手拿开。

这一幕也许只有坐在男人身边的林英看到了。

趁那个官员去洗手间的当儿，林英问那个带他来的男人。席间有几双耳朵也竖了起来，想听个究竟。原来那个男人是个大型国有企业的领导。

林英暗暗想，原来在这喧嚣的时代领导也寂寞。

这时老公来电话："晚上咱们三口出去吃吧。"

虽然没明说过情人节，林英心里还是很舒坦的。老公领着女儿在超市买完小食品来的饭店，女儿一手拿着小食品一手拿着一朵红玫瑰，"爸爸买的。"就那么摆弄着玩。林英已经忘了早上的不快。

3

林英还是渴望跟人说话。同事不能说，跟女同事说，很快就会传走样；跟男同事说，还没等说出什么呢，估计那边绯闻已经满天飞了。况且不管男同事、女同事，终归有利益纠结的时候，到那时，谁也不是绅士。好在她与好几个 QQ 群有联系，是个放松心情的好地方。彼此不熟，看问题就没偏颇的地方，很能解心病。当然这得跟有思想深度的人谈话才行。群里一起聊的时候，看得出什么人说话靠谱，不是纯粹在网上打哈哈凑气的，私下加为好友，都有时间的时候，聊一聊。有思想深度人的好处是像有透视眼似的，看不见人还能恰当地说些颇有哲理的话，稍带着把心病解了。

群里有些人也很有智慧，比如绿荷，是个年轻的女性，段子颇多，脑筋也转得快，谁说什么，她都能飞快地接上。比如凭海临风，说话理智，不乏幽默，一切问题到他那里都可以大而化之。

凭海临风，真名黄志强，一个四十多岁的中年男人。林英参加群里聚会认识了他。像他的名字一样，开始不惹人注意，不怎么说话，但眼角、眉梢总带着丝丝的笑意。他虽然不怎么说话，但心非常细。那次野餐，在分食物之前，林英翻包找湿巾。没想到，总是在包里放着的湿巾说什么也找不到，把个大包翻得七零八落，能拿出来的物件都拿出来了，剩下的不便在大庭广众之下示众的女士用品也在包里被折腾了几个来回，湿巾还是无影无踪。无奈，她就准备用矿泉水洗手，自然晾干就算了，还得背着其他人。因为矿泉水带的少，野炊需要洗的东西太多，别人都没敢多用。也怪她自己大大咧咧惯了，什么东西往包里一塞，完事大吉。包里缺啥少啥，也不检查。湿巾是肯定什么时候用过，不知随手放哪里了。

　　这时旁边伸过一只手，一只修长、骨节分明、干净的手，递上她想用的湿巾。像被人窥破隐私似的，林英有些不好意思。她抬头看了一下，一张笑得纯净、温和的脸。她接了过来，没多话，他也没多话。静悄悄地。

　　从那时开始，林英就注意上了这个温和的男人。以前，大家在一起的时候她就是听别人说话，无论谁说话，她都听着，从中判断出这个人的喜怒哀乐、学识教养、兴趣爱好……她就像一簇干渴禾苗，拼命汲取着别人话语中的雨露，让自己得以自由地伸展、长大、丰润。这回她的耳朵有目标了，她在捕捉那个声音。以前，那个声音淹没在众人的声音里，现在那个声音是如此的清晰，如此的受听。虽然她没用眼去捕捉那个眼神，可她知道那个眼神一直在偷偷地跟随着自己。她就是感觉得到。

　　他俩在网上开始私聊。先是浅浅地打个招呼，问候一下彼此还好吗？这个男人有时在 QQ 上只是发给她一个笑脸。忙的时候就不回应，有空的话她就会回应一个笑脸。男人还会恰到好处地说上几句话。有时是谈谈正读的书，交流一下看法；有时是叮嘱她几句话，细腻而温情。渐渐地，她也回应他的温情。两人只是在网上联系，在群里的聚会中，没表现出热络来。林英觉得那样在网上交谈，真是一种美好，她不想破坏这种美好。但也偷偷盼着在聚会中看见他。因为有盼头，所以觉得生活没亏待她。

　　在网上两人聊得越来越近，男人话说得也越来越动听。虽说甜言蜜语本质上就是哄女人的,是女人的毒药,可真的无法抗拒啊。甜言蜜语也是女人的甘露,经甜言蜜语的滋润,女人这朵花才会开得千娇百媚。要是每天听到的都是硬邦邦的命令式的语言,再好性子的人也不会笑逐颜开吧,更不会从心里盛开微笑。

这种感觉甚至比谈恋爱的感觉还美好。谈恋爱的时候太年轻,还不知如何体会一个人对自己的关注,那时因为确定了在谈恋爱,更多的是理所当然地享受那个人对自己的好,现在明知不应该是恋爱,可对这种说不清道不明的感觉就是暗暗喜欢,从心底里的喜欢。渐渐地从心底升华开去,落在脸上就是笑颜如春、百花盛开,融化在举手投足的妩媚之中。

都说熟人是看不出一个人的美丑的,可林英的周围人都惊呼说她像变了一个人,说她的眼睛会说话了,再也不是以前烦躁的样了。人变得柔柔顺顺的。对桌的张姐说了句:"恋爱中的女人最美丽。"她不置可否地笑了:"这个年龄还能恋爱吗?只好在梦里吧!"

张姐洞悉世事的一笑。

有时她也猜想这个温情而细腻的男人现在正干什么,想什么。他说他在政府机关上班,具体哪个部门他没说,她也没问。她相信他没撒谎,他有政府机关男职员那种沉稳、谨慎,知识广而不张扬的个性,什么事都默默地看在眼里不失时机地出手。

因为心情大好的缘故,跟老公的摩擦也少了,可以说几乎就没有了。对老公的沉默也视而不见,她快乐地做着家务。

说来也怪,她不计较老公的沉默,老公有些不自在,反而找话跟她说。有时故意问问家里事,孩子还补啥课呢,成绩咋样。

4

春天来了,去掉厚重的冬装,轻飘飘地出门去。几天没仔细看,干枯的柳枝上竟然冒出嫩黄的芽来。尤其是柳树成行,远远地望去,满眼的惹人喜爱的、恨不得上去吃一口的嫩绿。闻儿姐姐在 QQ 里跟她联系，说是出去踏青。其实，这个时节踏青还为时尚早了些，只是为了呼吸一下新鲜空气。真的，一看见春冒出了头，心情果然大好，心中的郁闷也消失了很多。

闻儿姐姐一身毛裙，穿得摇曳生姿，精致的妆容让人感觉不到烟火气，一点也不像春光融融的样子。她在群里是最会打扮也最爱打扮的美女。用她的话说，咱娱乐不了别人，还不能娱乐自己吗？娱乐自己才是最重要的。

她没敢接这茬。她知道，闻儿姐姐最想娱乐别人，可那别人愣是不接受她的娱乐。

那个男人也是一个教师，在另一所高校。可以说是行业的权威，一个学者。闻儿在进修的时候听到他讲课，被他的风度、风趣和博识吸引。千方百计地接近，百转千回地跟着这个男人的大课听。越听越崇拜，他长得高高大大，也没有男教师常见的那种拘谨。这个男人学养一流，思维敏锐。有着别人没有的敏捷，只要你提一点业务上的问题，不用多说，他马上就能理解。

一来二去，两人如愿以偿地熟络起来。他研究的课题正与她现在写的东西有关，在网上他俩时不时聊上一些，请教问题的时候，他没一点不耐烦。时间是宝贵的，他对她能不吝啬时间，就是最好的了。

几番下来，闻儿姐姐与男人相见恨晚。活了这么多年，才与一个男人有这么多的话说，跟别的男人都说不到一起去。更让她暗自高兴的是男人居然单身，四十多岁的单身男人简直就是时光打磨出的最耀眼的宝石啊。

现在出类拔萃的男人就像一棵很多鸟都想落脚的枝繁叶茂的大树一样，招女人喜欢。很快闻儿发现男人还有别的女人，年轻、漂亮的，风致的……闻儿慌了，百般试探，却得不出个明确的答案。眼瞅着心仪的男人渐行渐远，闻儿心一横：豁出去了。

闻儿离婚是林英认识她以前的事了。这么久了，她和那个男人纷纷扰扰也没能修成正果。求而不得，闻儿的心就像在海浪中无处靠岸的小舟，起伏不定、惶恐不安。天天思虑这点事，她都有点神经质了。不能跟别人诉说，只好把林英叫出来。对林英，她也不是把所有的事全说出来，而是一次说点，下次再说点，好像吹得过胀的气球，不挤出来些会把她胀破似的。于是林英知道了那个男人不想结婚，但又不拒绝任何接近他的美女。林英明白闻儿是碰到典型的"三不"男人了，不主动，不拒绝，不负责。她对闻儿说："有个伟人说过：一切不以结婚为目的的谈恋爱都是耍流氓。"闻儿笑得花枝乱颤，"流氓，要是以这个为标准，那流氓多得像夏天垃圾场中的苍蝇。"笑完，眼泪差点掉下来："你说，我结婚的想法是不是太不切实际了？永远无望了？"

"姐，咱非得在一棵树上吊死吗？"即使她不忍心承认男人品质有问题也应该明白，那个男人只想享受爱情的甜美，却不想应付生活的琐碎，就是只摘桃子不种树的主儿。他喜欢美女，但仅限于把她们骗上床的那种喜欢，这种喜欢能持续多长时间不一定。

"我只有和这棵树能说得上话，能说明白话，别的树只能吊死，不能让我从内到外的活。"闻儿一脸落寞地说。

林英明白说话的重要。她自己不也是因为老公的沉默而要抓狂吗？

5

现在林英上网打开QQ，就找那个人在不在线。要是那个人的头像是黑的，林英接下来干什么心里总有事似的。直到那个头像亮了，即使不打招呼不说话，心里也有底似的。有次说到旅游这个话题，两人都兴奋起来。各自说起去过的地方，美食、美景、风俗、人物，林英有点遗憾地说可惜我去的地方少些，孩子小离不开，孩子放假又赶上天太热或是春运，连火车票都买不到。

男人就说远的地方没法去，近处看看风景也蛮好的。接着他问这个周日能出来吗？我带你去看美景。

她问道："群里还有谁参加？"

凭海临风："就咱们俩不好吗？眼前有扫兴的人，再怎么美也看得不顺心。"

她有些动心，跃跃欲试。至于跟老公怎么交待，随便找个借口好了。人有时需要放纵一下，她安慰自己。

男人说出了想去游玩的地名。林英心一跳，觉得自己的脸都红了。看看四周无人，才又定下心来。男人说的是临市的一个景点，风景优美，山高林密，流水淙淙。水绕山转，水里投了好多鱼苗，溪边还有一座座帐篷用于出租。来玩的人大多都是一对对结伴沿山而上，选择僻静的地方租上一套帐篷，帐篷里有钓鱼工具，钓上的鱼可以就地水煮，味道鲜美，颇有情致。渐渐地，去那里的人渐成类型化了。因为没过度开发，普通游客不太多。几年前，她和老公去过一次。本来老公说约了朋友钓鱼的，她吵闹着跟着来。两人也租了帐篷，看见帐篷里供于休息的被褥，心想老公和约来的朋友在这里怎么休息呢？两个男人共处一室，还是一人休息，一人钓鱼？趁着老公钓上一条鱼的兴奋劲，她问你约的朋友怎么还没来。

拿鱼竿的手明显顿了一下，使劲地把鱼线甩了出去。"他也许早到了，找个鱼多的地方已经钓上了吧。男人哪像你们女人，非得扎堆，我们都是各玩各的，下山的时候炫耀一下谁钓的鱼多。"

他静静地钓鱼，她就四处逛。发现有几处渔具就那么摆放在水边，人却不见，跟前的帐篷里倒是有唧唧咕咕的声音传出。帐篷里的事难道比钓鱼更有意思？她抻长脖子总想往别人的帐篷里看，差点与帐篷里出来的一个肥男撞个满怀，肥男用警惕又不满的眼神瞪着她。

那天老公钓的鱼不多，下山有些闷闷不乐。

现在那个地方是人尽皆知的地方，男人还敢这么约她，难道他不怕撞见熟人吗？他不是很谨慎的人吗？

如果你不喜欢，可以换个地方。

男人又发来一条信息。

换个地方，说明什么？他明知那个地方怎么回事，还如此露骨地说，只能说明他在试探她，看她能不能接受。林英像被人窥破了隐私似的，坐在那里脸发烫。她真的有些动心了呢，如果他没有后面那句话，也许她真的会假装不知道那个地方答应他的约会。那个男人真正的目的就是想知道她怎样定位两人的关系。实际他才不会冒险，让自己置身于险境之中，这另外的地方才是他真想去的地儿吧。

一瞬间她有些恼怒。为什么把事挑明？这样做给她看的感觉就像自觉自愿当了娼妓。

她恨恨地回绝了他。

不知他怎么想，反正是在网上遇到还一如既往地打招呼，好像那事没发生过。林英就想要这种状态，心里话想跟他说的时候就说说，身体却没想过和他在一起。真的，从来没想过，可能老公在那方面还能满足她吧。跟老公在一起，也许就是习惯成自然。不管她跟那个男人说话说得多好，思来想去，自己绝对不可能在他面前宽衣解带。这和道德无关，和老公也无关。林英知道自己绝对过不了那一关，是自己的心里承受不了。

林英和那个男人还时不时地聊聊天，听他上下五千年地讲着。除了各种八卦，还有生活中的一些心得。有些事，站在不同角度看，不同的人来讲，结果真的不一样。

后来还有那么两次，男人想单独约她出去，是那种透过步骤一就能看见步骤二三的约会。也许是自己过于敏感了，林英这样想，还是委婉的拒绝。

在一个阴冷的天气里，男人给她发了这样一句：很可惜，我没能感动你。

她只是笑笑，没回话。心想：能让一个四十岁的女人感动太不容易了。

"我是真喜欢你，不是一下子喜欢上你的，渐渐地、渐渐地越来越喜欢。我想这有别于一见钟情，我们的年龄和阅历给了我们一定的判断力，我想你就应该是我喜欢的那个人了。可惜，我们知道什么是我们应该喜欢的时候，我们过了那个节气了，只能看见好东西望洋兴叹。我是真心祝福你过得好的。"男人又发过来。

那一刻，她的心柔柔的、软软的。自己以前好像也有过这种感觉，可都陷入到生活的琐碎中，被粗粝的生活磨得没有耐心，没了精致。这世上所有为生计忙忙碌碌的夫妻是不是都这样？没有生活琐碎的时候心情才是柔软、精致的？

6

闻儿打电话给林英："你猜，我在我家小区里碰到谁了？"林英老老实实说猜不到。

"淑女。"

"要只是她自己没啥稀奇的，关键是和她在一起的男人。"看她没啥反应，闻儿又加点料。

"是谁？"林英没想到自己也这么八卦。

"是那个领导嘛，就情人节那天聚会那个一脸严肃、思想深刻的家伙。没想到，跟在美女屁股后也乐得七荤八素。男人眼都瞎了吗？竟然喜欢那个四处钓鱼的，而且还有结婚的意思。"

"哈哈，能钓到鱼必定有绝世之鱼饵，咱们这样的只能在图书馆钓点书本。"心想这"淑女"也真的算有本事，聚会那天明明两人也没怎么说话，怎么联系上的呢！

"要是一个没深度的土大款也就算了，偏偏是那个男人。"闻儿酸溜溜地说。

"你也知道他是男人。"

理论上知道任何男人都经不住美女的诱惑。听到这个消息，她心里还是酸酸的。

"好好学习吧、淑女也不是一次成功的，祝你早日修成正果。"她幽幽地对闻儿说。

从小就被教导好好学习，天天向上，好日子快过完了才明白，不是向书本上好好学习，你就能天天向上。闻儿想要修成正果好像比较难。惹闻儿泛酸的不是那男人的地位，而是两人要结婚的可能。闻儿与那个男人还是那种状态，分不开，男人也不结婚。

其实除了闻儿都看得明白。说不结婚就是一道极好的防火墙，是男人跟女人乱来又不用负责的最好保护。面对自己真心喜欢的女人没有哪个男人会拒绝婚姻，就像《飘》中那个口口声声不结婚的白瑞德无怨无悔地娶了斯嘉丽一样。恐怕闻儿也明白，只是自己不敢说出来而已。不说出来，就以为还有一线希望。归根结底，哪是男人骗女人，是女人骗自己而已。

生活中买椟还珠的一定是个女人，林英看着窗外小径上被踩得委屈万分的落叶想。明明是被男人的大脑所吸引，却奔别的方向而去，结果是男人打着所谓爱情的旗号利用自己的智慧而使自己的下半身得到慰藉而已。

热恋中的林英是相信过爱情的。那时她相信只要两个人相爱，婚姻也可以是永恒的。十多年过去，她觉得也许只有死了的罗密欧和朱丽叶的爱情才是真的至死不渝的。婚姻不会永恒，爱情更不会永恒。

7

群里又一次聚会，吃饭的时候，林英刻意离那个男人隔了好几个座位。男人还是淡淡地跟她打招呼，看不出异样。想象不到在参加聚会前这个男人给她留言说："性交只是性的一种表现形式。其实男人、女人能亲密无间地唠嗑，能有眼神交流的默契，能互相说得了话就是有性的成分在其中了。"林英只是笑没回话。

因为这种聚会没有共同话题，就轮番敬酒。快轮到林英敬酒的时候，她借口需要方便跑了出去。她也真是去了趟洗手间，又到门口吹了吹风，呼吸一下新鲜空气。外面的空气是如此新鲜，突然觉得吃饭包间里空气混浊，那种吵闹有点不可忍受，让人没来由地心烦。她不想回到座位上去，听着那些对谁说都可以的话，看那些似熟悉实则陌生的脸，听着那些当场笑到肠子断出门即忘的段子。

这就是我想要的生活吗？我认识这些人吗？她问自己。我知道他们叫张三、李四，知道他们的工作单位，可这有意义吗？我不知道他们喜欢什么，也不知道他们在想什么，更不知道他们来这个聚会的真实目的，也像我一样想听听人说话？归根结底我还是不认识这些人。

只是一些莫名其妙甚至是伪装的文字把我们聚到了一起，来看彼此隔阂的脸。看起来撇去了利益纷争，琐事的纠葛，我们只是浮光掠影地交往而已。说到底，我们都是一群寂寞的人，在这个喧嚣的社会里，我们表面上不甘寂寞，我们在网上成群，在现实中可以结队出去吃饭、郊游。可我们的心真的就是一群吗？喧嚣过后，剩下的是加倍的寂寞。因为我们在成群结队中也没能找到自己。

外面有些冷，林英决定回到座位上去。尽管不回去，那张桌上的人们也不会想起她，不知那个男人有没有注意到自己离开。悄悄推开包间的门，里面还是很闹，也不知谁又说了什么段子，反正现在段子多的是，带色的和不带色的，讽刺官场的。既好笑又真实。没人注意到门开了，也没人看见她进来。她却看见了一只手，一只修长、白净、骨节分明的手，游走在一个清瘦的女人后背的腰、胯之间，轻轻地，似摸非摸那么几下，那只她非常熟悉的手就很快地拿走了，出现在酒桌上。回到座位上，看手和腰、胯的主人，那两人若无其事，男的还是一脸波澜不兴的温和。她以为自己看花了眼。她的视线没敢在温和男人和女的脸上过多停留，那感觉像是自己做了见不得人的事而不敢和别人的视线相接。可还是忍不住偷偷地飞过去一眼，重点是那只骨节分明和艺术家一样修长的手，是左手。碰巧那一眼看见左手不在桌上，她仿佛看见了修长的手指在那个清瘦的身子的某个地方弹奏着欢快的乐曲。女人的似笑还羞的状态正处于一种享受中吧。有些事儿偷着干是最有意味的。

屋子里是那么燥热，她有些心不在焉，盼望着早些结束。不知男人怎么就来到她身边。那只修长的右手抓起她的左手，用只有她才听得到的声音："你就那么喜欢这个东西？我给你换一个更大更漂亮的行不行？"顺着男人的眼光看自己手上那枚戒指。戒面是粉色人工合成的猫眼。金子是纯正的千足金。猫眼旁还镶嵌了半圈细小的亮钻。戴上这枚戒指，一下手就显得白了很多，亮了很多。小小的戒指，不张扬却出彩。

更大更漂亮的当然多的是，可不见得适合林英的手。她的手型又短又粗，带粗大的戒指很不合适。"我真的就喜欢这个。"她不耐烦应付他，却也不好大尺度躲避，不想无中生有。

"有特殊意义？"

"老公买的。"

其实是自己买的。有次陪别人逛街，在一家金店里，她一眼相中了这枚小小的戒指。这个年龄要是带纯金戒指肯定显老，粉色的镶嵌和亮钻正弥补了金子的不足。老公的钱全交她，她买什么他都不会多说，当然可以说是老公买的。跟眼前的男人比，老公不是不心疼自己，只是不会表达。尤其是送点小礼物什么的，不太会。

一抬头，看见了一双绝望中带着些许探询的眼睛。林英回头看了眼男人，也许他是有意为之？

"你们俩在聊什么，热热闹闹的？"闻儿还是没忍住。

她举起带戒指的那只手："他说要给我换个戒指，我说不必了，我老公给我买的最好看。"

别人听到哄的一声笑了，闻儿的脸倏地一下就白了。

长痛不如短痛，乱麻就得用快刀，林英不希望闻儿总活在幻想中。

林英和闻儿走在路上，闻儿随手摸着那些粗糙的树干。"我都四十岁了，作为一个女人的好日子没几天了。咱们这些劳碌命的女人恐怕更年期来的更早、更猛些，过后咱们就是马路上行走的树，不分雌雄，男人不会再多看我们一眼。如果我们不知趣，还去幻想男人，只会招来白眼和讥讽。剩下的生命就像一片荒野，我们只能自娱自乐的生活着了。"

闻儿哪里是对男人或是哪一个男人的留恋，她是对即将失去的性别意识的恐惧啊。这个年龄的女人还有几天好日子呢？看看那些上了年岁的老女人，不再打扮，不再招惹男人的眼光。也许会有一些上了年岁走路困难、穿着邋遢，甚至口水肆虐的老男人会跟她们唠唠嗑，一旦有年轻、靓丽的女人出现，他们会将朦胧的目光追随她们而去。想想都可怕。

闻儿渴望和那个男人结婚或是喜欢男人追求，说穿了，女人只想用男人来证明自己的魅力依旧，而男人是用女人来证明自己的能力。

说起来，这样的男人、女人都是自卑的人，看不清别人更看不清自己。因看不清自己，结果看别人就更偏离了方向。以前闻儿姐姐没离婚的时候，身边围着的男人都以"闻儿离婚吧，我要娶你"这句话来讨好她。她真的离婚了，却没人说这话了。还是那些人，围着她，请她吃晚饭。想尽法子让她喝酒，言语中更是关心她，甚至心疼她。却不说娶她的话，等她也可怜自己，喝得醉眼迷离、心神摇曳的时候，护花使者出现了，都愿意送她回那个单身居住的家。

回到家，登陆QQ，拉黑了那个头像。自己也没想跟那个男人怎么样，自己的初衷不就是想找个能说话的人吗？可看到那一幕自己为什么受不了呢？

晚上，在床上，她一改往日的不耐烦，主动要求起来，激烈而酣畅，一边做她一边在心里骂着：去他妈的吧，难道我男人的手不会抚摸我？老公的身体既熟悉又陌生，有一种新鲜的感觉。在她的带动下，开始还愣愣的老公也兴致高昂地投入到这场战斗当中。他们没了羞涩，没了不耐烦，一遍遍探究自己和对方的身体，一点点打开自己的身体和心胸。真的，酣畅淋漓过后，她感觉气息是那么顺畅，一点也不堵得慌。甚至连大脑在内全身通透，那只手又算什么呀！两人觉得身体或是心理的某处闸门被彻底打开了，话语从嘴巴里喷涌而出。说起来没完，把以前想说没说的，甚至以前不好说出口的话都毫无障碍地表达出来了，没有词不达意或是羞愧的感觉。表达出来后感觉是那么好，都有种重新认识床上人的意思。觉得以前种种状况都是出于误解，是有话没说开的原因。

一连多日，两人越说话越多。老公笑她在床上比年轻时更有激情。年轻时我们不只是身体年轻，阅历、智力都不成熟，她想。现在她都觉得两人的感情比初恋时要好。初恋，想念的是恋人，现在像久别的亲人回家，有种失而复得的感觉。

想想也挺有意思，跟老公睡在一张床上，最远的距离也就是二十厘米吧。为什么有话不说透呢？以至于两人越走越远。不沟通，不交流，枕边人在想啥、做啥我们都不见得理解。看来不是两个人离得近就能懂对方，也不是你爱我，就应该理解我。不推心置腹地说出来，谁也不了解对方。得到的冷漠也是正常的。亲近的人如此，不用说带着面具的同事了。同事最近的距离，就算对桌吧，两张办公桌的距离，还有两米呢？领导在我们楼上，按最低层高看，我的头顶距他的脚底也有3.5米，这么远的距离我在做啥、想啥他当然不知道，他知道的信息就是别人在别有用心的时候汇报给他的，先入为主，出于古怪的自尊，我一次也没找领导汇报过工作，什么东西都是累积的。我不主动找领导，领导再听到点闲嗑，当然就不会对我有好印象。看来该找领导谈谈了，林英在床上下了决心。

8

现在老公也不怎么出去加班、钓鱼了。问他为什么不钓鱼了，他说没什么意思，在家安静地看看书，吃你做的饭就挺好。怎么，你喜欢出去玩？周末的时候我带你去吧，租个帐篷，去钓鱼。老公一边说，一边眉眼皆是笑。

那次过后没听他去钓过鱼，有些事还是不知道为好。

跟老公的关系和谐后，她上网的时间自然少了。周末，老公陪她逛街，阳光下人们宁静的脸挺好的。网络聊天是挺有意思，可看不到说话人的脸和眼。看不到一个说话人的眼睛，你就没法知道他的真实想法，也就是说他就是在说谎你也没法分辨。想想自己竟能对着电脑傻笑，人要是走火入魔神仙也救不了。

好多天没听到闻儿姐姐的信息，手机关机，不上QQ，曾经走的那么近的一个人突然就在生活中失踪了。也许她不愿意见我，林英想。

林英已经不在乎工作中的得失了，回家不再对老公磨叨，在单位也不再看别人脸色，自己一摊活，干完就看些别的书。她觉得空气都新鲜、顺畅了，每天神采奕奕地出现在同事、老公面前。

都说人要是高兴，总对生活微笑的话，命运也会对她微笑。现在她对生活可不止是微笑，在她眼里家事、单位事没有不顺畅的，命运女神终于看见这个旮旯里的苹果了。

　　一天看见闻儿的空间有更新。登录去看，瞬间，林英的血都凝固了，上下牙直打架。她哆嗦着拨那个号码，关机。她疯狂地上下拉着群名单，除了她自己全是灰灰的头像。"群里有人在吗？？？"这句话加黑加粗发了几遍，也许有人在群里搞隐身呢！

　　没人搭理。

　　平时没事的时候头像都是亮的，在那里一动一动的，现在有急事，群里人集体休克般没动静。

　　她拿起电话打给那男人，没人接。那该死的男人难道是谁都不想见了吗？以为打电话给他干嘛？叙旧情？

　　林英现在只想找到闻儿。到闻儿的学校去，一个近乎冰冷的女人回复："这两天没闻儿的课，所以没见她来学校。"因为不坐班，她跟同事的关系也不那么亲密，没人知道她离婚的老公在哪里上班，或是在哪里住。闻儿到底在哪里？她的家到底在哪里？

　　林英像个无头苍蝇乱转的同时，一边不忘在心里念佛，求佛祖保佑闻儿别做傻事。一个人从这个尘世中消失，就像一粒尘土回归土地一样自然，悄无声息。如果是身边人，就像天上掉下一颗硕大的陨石，把你的心砸成一个永远填不满、抹不平的大坑。

　　林英站在车水马龙的大街上，望着匆忙、脸上漠无表情的人群，忽地泪如雨下。她打电话，接通了："她不见了，我找不到闻儿了。"她哭着说。电话那边："别着急，你在哪里，我去找你。"

　　十分钟不到，老公就气喘吁吁地出现在她面前。听完她的担心，老公也说闻儿也许是不想让别人找到而已。她大喊："不，不是这样的，她一定是不想活了，才会那么说的。你一定要帮我找到她。"

　　老公有个同学在公安局工作，还是个不大不小的中层。他帮了大忙，通过IP地址找到了闻儿的住址。在林英的强烈要求下，和社区主任的见证下，开锁公司打开了那间闻儿租来的房子。

　　林英望着病床上闻儿苍白的脸。这就是那个时常跟自己逛街、挑衣服、吃东西的闻儿吗？她躺在床上，看起来是那么陌生、遥远，以至于恍惚中林英想到：床上的这个人真的跟自己有关系吗？交往近一年了，在一起的时候可以无话不谈，男人，女人，老公，孩子，甚至性。只要转身，手机关机，不再上QQ，这个人就像一滴水融入大海中一样，消失在人海中，无影无踪，找寻不见。现在还敢说这个人真的是自己的朋友吗？或自己是这个人的朋友吗？

有人说网络时代，一切都是虚拟的。友情虚拟，爱情虚拟。我们以为抓住了世界，却不知世界离我们越来越远。也许只是我们怕受到伤害，害怕跟人真的面对面。我们都自卑，怕别人发现我们真实的一面，蔑视我们。

闻儿轻哼了一声，醒了过来。睁开眼睛瞅了瞅四周，看见满屋雪白的墙壁，看见床边的林英，她又闭上了眼睛。"对不起，我不是真的想离开你们，只是睡不好觉，吃点药，不知为什么就吃多了。"她轻声说。

"用不着跟我们说对不起，觉得对得起自己就够了。"林英说。她的声音很冷，冷得把闻儿的嘴都冻住了。

那么静，天地万物都是静止状态。扑哧，闻儿一声轻笑，"看来我真的像自己说的那样，不想死，留恋这个花花世界。"

林英背过脸去，泪无声地滑落。

一天，林英接到信息，群主解散了该团。

林英的世界还是那样阳光明媚。

尖　叫

1

当初三女生张佳璐听到班主任"灭绝师太"说"这个星期五的上午十一点之前我要见到你们几个的家长"这个尖利的声音时，她的心就像听到尖锐的硬器在光滑的玻璃上划过，纠结在一起，抽搐个不停。

这几个连续两次周考成绩下降的学生要被单独开小灶。以张佳璐对"灭绝师太"的了解，肯定不能只说成绩的事，一定把积攒了很久的不满，还有那些通过"耳报神"传进她耳朵的事拿出来小题大做地加以渲染。她敢肯定，"灭绝师太"对她不满已经有些日子了。自从校园春季运动会后，"灭绝师太"就没给过她好脸色。难道那事让她看见了？

"灭绝师太"是张佳璐的班主任，语文老师，嘴尖舌利，厚厚的黑框眼镜下总是白眼多于黑眼。看东西就像机枪扫射，所到之处，寒风嗖嗖。"灭绝师太"嘛，当然武功也奇高，神出鬼没，无所不在，有时在教室的前门出现，有时悄没声地从后门进来，有时教室靠走廊的窗上露出一副大黑眼镜，一双白眼仁多黑眼仁少的眼睛在冷冷地扫视。

有时看不见她，小伙伴们在精神上就放松些，嘴巴咧开，就像蓄满了水的水库突然开闸一样，各种话语奔泻而出、泥沙俱下。同学间的玩笑话有，男女生之间的玩笑话也有，都是从网上看来的。前一阵，学校体检，有两个初二的女生竟然怀了孕。就在同学们乐陶陶之际，一声怒吼，"灭绝师太"如僵尸般怒发冲冠地立在教室中央。没人能说得清她是怎么突然窜进教室的，她会凌波微步？一些放肆的笑容就僵硬在脸上，心突突地跳。

不止一个学生说："心脏病都要吓出来了。"以至于再想说话的时候都像病了似的，先是前后瞄瞄，再左右看看，连不可能出现的地方都扫上一遍，才可以小声交谈。

"灭绝师太"还有副千里耳。班级的各种小道消息，同学之间谁有矛盾了，谁抄了作业，哪对男女有亲密接触了通通知道。一桩桩、一件件就成了大大、小小的高科技炸弹，引爆权掌握在"灭绝师太"手里，何时引爆、什么地点引爆效果最好，杀伤力最大她都认真做情况评估。正当你疏于防范，想翘起尾巴的时候就炸你个人仰马翻。

吃亏上当的人开始是个人行动，暗暗调查。后来，队伍逐渐壮大，掀起过很多次铲除内奸的行动。无奈"师太"太狡猾，设的套没套住黄鼠狼不说，还搭上了鸡。搞得同学之间互相猜疑，看着都像犹大。可谈起"灭绝师太"又都现出义愤填膺、势不两立的样子，又哪个也不像犹大。

野火烧不尽，春风吹又生。每当有人的言行被揭露的时候，张佳璐和小伙伴们都会小心翼翼一阵。过了几天，上课爱说话的接着说，爱和女同学、男同学接触的先是蠢蠢欲动，接着就是亲密接触，但比别的班级男生、女生隐秘、低调多了。

"灭绝师太"的面冷嘴更冷，被单独叫过家长的同学，回到家几乎无一例外地被家长一顿恼羞成怒的修理，可想而知在她那儿得到什么待遇了。

现在轮到自己找家长。张佳璐打怵了，咋办？她猜测着平时有多少轻狂的言行落进"师太"的耳朵里呢？不容乐观。自己的事虽然只有几个人知道，可毕竟还是有人知道啊。记得看过的书上说：事情只要做了就有露陷的那一天；话说出去了，就有传到当事人耳里的那天。

看来不能让老爸来了。别看老爸平时一脸慈祥的样子，宠着自己。单单是学习下降还不能怎么样，要是听"师太"添油加醋地说一番，雷霆之怒也是张佳璐不可想象的。

在初一的时候，小学的一个男生到家里找她。两人在楼下花园说一阵子话。老爸则像大地主监视吃了他家米、粮的长工干活一样，在花园里的单杠旁站着，狠狠地望向这边。当时张佳璐没戴眼镜，看不真切老爸的表情，也能感觉到一道利剑夹着呼啸而来，悬在头顶，随时就能落下。男生也感觉到了，满脸通红要走。张佳璐哪肯放过这个让老爸生气的大好机会，故意有一搭没一搭、天南地北地挑逗着男孩说话。直到那怒气冲冲的剑气像被火烤的塑料棒一样软下来，再也没有力气挺起来，男孩的鬓角、鼻尖也出了汗珠的时候她才结束了游戏。

老爸没跟她发脾气，就是好几天不愿意搭理她，不跟她说话。她知道老爸不能跟她发脾气，自打他自作主张追求自己的幸福生活后没轻易指责过女儿张佳璐。张佳璐归结为老爸自己没做出什么好榜样，所以也不好意思指责女儿。不过，她后来知道，从那以后，老爸跟踪过她一段时间，还偷偷上学校打探过。估计打探的结果他还能接受，女儿还没疯狂到无法无天的地步才没选择进一步行动。要是听"灭绝师太"捕风捉影地一说，还能坐得住？

怎么办？找老妈？前几天老妈给她打电话，说要出差，得好一阵子才回来。即使老妈在家，像开家长会这事，基本也指不上她。从小学，有家长会这项节目开始，都是老爸来参加。老妈很忙，张佳璐觉得更主要的是老妈听不了别人指责她，她是个天生就领导别人、指责别人的人。没有别人供她领导的时候，她就领导老公、女儿。有了越来越多的人供她领导，家人也没逃脱，尤其是老爸。在家里，老妈负责大政方针，老爸负责具体行动。令行禁止，不允许有任何异议。

可现在张佳璐没别的选择，只好有枣没枣搂一竿子试试。虽说老妈也会大发雷霆，但也可能出于愧疚心理，不会过多指责她。

2

果真,老妈说她在上海,还要半个月才能回去。参加什么新产品博览会,连带着和几个大客户签什么供销合同。

合同,张佳璐可能比别的孩子早许多年理解这个名词的内在、外在涵义。老妈的生活就是由大大小小的合同,以及对更多的大大小小的合同追求组成的。张佳璐不可想象,一旦没了合同,老妈会是什么样子。

老妈是一家大企业的销售部长,用老总的话说企业的效益都靠你们销售部了,销售部都靠你这个部长带头了。在张佳璐看来,没当上部长前的老妈就像一台大型坦克,天天精神抖擞、干劲十足地冲出家门,一切困难在她眼里都不算什么,通通推倒、碾碎,什么枪林弹雨都不能伤着她。连老总都被她惊着了,她毫无悬念地当了部长,原来的部长到别的部门,让位让得口服心服。当了部长的老妈,把部里人都带成了小型坦克,销售部走到哪里都带起一阵狼烟。张佳璐觉得有一阵子老妈在家里走路的样子都像坦克,平推。目光居高临下,用她精到的眼光,强有力的手势,一针见血的语言,把父女俩批得体无完肤,之后就平着走出去。

张佳璐觉得老妈很有力量,思维也敏锐。能在别人云山雾罩的侃话中,梳理出要点、重点,找到能让自己攻破的弱点,无往不胜。每当"灭绝师太"撇着嘴,翻着三分之二多的白眼仁教训他们的时候,张佳璐就想要是老妈和"师太"PK一番,谁能胜出呢?估计老妈胜出的面大,毕竟"师太"只是对付自己这般大的小孩子,老妈对付的可都是游走江湖多年的老油条。

老妈唯一没对付了的是老爸。没有任何苗头、任何征兆地,老爸就造了她的反,让她来不及准备。尽管在商场上她的口号是不打无准备之仗,可后院起火却真真的烧到了她。那天,她像往常一样,把自己打扮得像刀枪不入的战士。穿着深色的职业套装,细腻的粉底把道道的皱纹抹平，拎着她那职业黑色手提包，正准备横推着出家门的时候，爸爸把她叫住了。爸爸说要跟她离婚，老妈愣在门口。正上小学六年级的张佳璐也愣在自己卧室门口。她瞅了瞅妈妈，发现她也正在看她。她又看爸爸，爸爸倒没看她，还像往常送妈妈上班，送她上学出门的样子，好像刚才那爆炸般的话不是他说的，仿佛是空中谁说了这么句话。

其实爸爸一直是这个不愠不火的样子，基本没高声说过话。妈妈倒是高门大嗓惯了的。平时妈妈对他颐指气使也没见他反抗，也没见他不满。以前妈妈还不太忙的时候，饭做得不咋地，爸爸也不埋怨。老妈会做饭的标准是用白水把一切生食材加工成熟食物。米饭这种做法还可以，菜做出来都是水煮菠菜的做法。即使用油，也是水涝涝的感觉。自打张佳璐那小小的味蕾有感觉以后，到了姥姥或奶奶家就猛劲吃菜，边吃边说真好吃，看得姥姥和奶奶的眼睛发酸。奶奶在爸爸跟前抱怨了妈妈，爸爸没对妈妈说什么，亲自上阵了。他是个工程师，干啥都有股认真劲儿。油盐分量都是称好的，灶上的一切行动都按书上来，虽然没姥姥、奶奶做的好吃，总比妈妈做的好吃。

一个人做什么事都是习惯。自己做习惯了，别人也看习惯了。一旦不做，谁都不习惯了。爸爸的家务一旦上手，就再也没撂下。因为妈妈越来越忙了，就像一台永不停歇的发电机，忙是动力，忙得两眼冒光，嗓门高大。但只要家里事一烦到她，她就不耐烦。

爸爸对妈妈的拼命工作架势颇有微词，说："咱们比上不足，比下绝对有余了。用不着那么辛苦的。"

妈妈就说他是小农思想，非富即安。"人活着，不就是为了在人前显贵，说话占地方吗？现在没钱、没权，你说什么，即使是金玉良言，也没人听的。我可不想活成一株植物，杵在哪儿都没人理。"

爸爸没能说服妈妈也就不再提了。家里的物质条件火箭式上升，房子越来越漂亮，离城区越来越远。现在都住在大外环边上了，联体别墅。车也越换越舒适。爸爸的家务放不下了，也没怨言，有时说你妈挺忙，很辛苦的。没想到，爸爸竟然提出了离婚。就像城市的上空突然掉下一坨鸟粪正砸在头顶一样，妈妈愣在那儿，从自己的强大的备存库找不到相匹配的答案。不过久经历练的人不是吹的，老妈淡定地说了句："我上班去了。"

爸爸这时才回头看张佳璐。他的目光澄澈而坚定，张佳璐突然有丝恐惧，心慌意乱地提溜着书包走出门去。"我会照顾好你的。"爸爸的话从门里追了出来。她相信爸爸能做到，可是她也不想失去妈妈，她喜欢妈妈充满力量走路的样子，尽管她不能像别的孩子妈妈那样总带孩子去公园玩。

张佳璐班里四十二名学生有十一个孩子的家长离婚了，他们在校也没表现出有什么不一样。不过听他们说父母在离婚前都打得不可开交。有个女孩用那种市井粗语骂人，骂得非常难听。跟她住得近的一个女孩说她爸爸和妈妈打架的时候就骂得很凶。骂过，打过，家里的家伙什摔了好多后，才离的婚。几乎都是这样，像自己爸妈这样的也能离婚吗？张佳璐觉得不可能，别看爸爸像下了决心似的，可妈妈总有力挽狂澜的本事。别人搞不定的生意，妈妈出马准能搞定。这方面的故事妈妈没少讲，讲着，讲着，有时候就睡着了。

妈妈上班，接着出差了十多天，爸妈两人也没再提那事。妈妈出差回来的第二天，爸爸就交给妈妈几页纸，妈妈带着轻蔑的笑，唰唰每页纸扫了几眼，一抬手，犹如几只舞蹈的白精灵，在空中划着优美的曲线施施然还是毫无悬念地落在地上。"咱们存在着财产划分吗？"她挑着眼轻声问。张佳璐看见爸爸的脸色大变。

两个人到底离婚了。父亲只带着他的衣物和张佳璐离开了那个家。对张佳璐伤害倒不大，父母都争着要她。爸爸取得她的监护权，作为净身出户不要财产的条件。妈妈一来在财产上没损失，二来她也真没时间照顾孩子。还有张佳璐觉得妈妈就想把自己安插在爸爸身边，这种戏码电视剧中早教过了。电视剧里更狠的招式还有呢！估计老妈没防范着婚变，也没进一步学习、深造。

可能是分开的缘故，张佳璐觉得妈妈更关心她了。隔几天就打个电话，半个月一个月抓空就带她出去吃饭、玩玩。会装做漫不经心地问起爸爸，倒是爸爸从没问起过妈妈。

爸爸再婚了，是个正好与妈妈脾性相反的女人，脸上总是带着甜糯的笑，性子慢慢的，说话走路也是慢悠悠的。就连家务活，也是不紧不慢。每当爸爸说等你做顿饭吃，非得饿死几口子。也没外人来吃饭，不要那么讲究了。爸爸的语气中听不出埋怨，有几分得意。女人不在意爸爸说什么，照样细致地洗着菜，连盛菜的盘子都得研究一阵。做个大虾，盘子周边还要摆上几片生菜做装饰。红色油汪汪的大虾被绿色掩映，甭说吃，光是看就够流口水的了。任砂锅冒着气泡顶得锅盖咣哩咣当，偶尔顺着锅盖出来的气体噗噗作响，不到时间她是不会把食物端上桌的。家里的每顿晚餐都会有精心熬制的汤，时间足，用料精，味道醇厚。可能是经常喝汤滋润的缘故，女人的皮肤嫩得很，仿佛毛孔里都能滴得出水来。老妈就没法比，生活上的马虎和旺盛的心火，把她体内的水分烤得干干的。她的皮肤干涸得厉害，脸上是靠化妆水来找平衡的。晚上卸了妆，就像电影《画皮》里面的女鬼一样，彻底变了个人，暗黄的皮肤，眼角和嘴角的皱纹即使在昏暗的灯光下也无处遁形。

　　想到这里张佳璐就为老妈不值，每天风风火火。人家花着老爸的工资汤汤水水的大补特补，弄得像荷花初开的样子。人家没挣你那些钱，照样吃好、穿好，花着男人的钱不心疼。

　　女人和爸爸同在一家有几千员工的大型企业上班。她是单位的图书馆管理员，每天打扮漂亮的去看书，到下班点就回家。听说单位里先后有几位领导很是赏识她，让她到办公室工作或是当个人事啥的，她说啥也不干。

　　爸爸是工程师，总到图书馆借技术资料，一来二去，两人相见恨晚。中年人恋爱的火焰烧起来不比青少年的温度低。旁若无人，熊熊燃烧。老爸提出离婚。

　　张佳璐后来在姥姥那里隐约听说妈妈对自己的婚姻进行了极力的抢救。这符合妈妈的性格，她当然不会坐以待毙。没想到，她使多大力，反作用力就多大。道德的大棒没能打散那对野鸳鸯，倒激起爸爸的斗志，甘之如饴地享受起道德堕落的快乐。老妈又气急败坏地找那女人的丈夫，还有单位领导。在别人眼里，老妈用的劲头能把出轨的火车拽上正轨。无奈，出轨的不是普通列车，而是速度极快的动车组。它呼啸而过，无可阻挡。

爸爸和那个女人结了婚。妈妈有些不顾形象地在张佳璐面前说爸爸和那个女人的坏话，越是这样，张佳璐越觉得老妈有些可怜。可是可怜这个词是不应该属于老妈的。老妈应该是"巾帼不让须眉，高山仰止……"不过，那个女人的到来，倒把爸爸在厨房解放出来了。没有家庭琐事的磋磨，爸爸那张古板而木讷的脸上时常泛着笑意。看女人的时候，不仅是笑着，笑容中还带有谄媚、讨好的成分。这种笑容张佳璐看过，那是爸爸对她独有的笑容，张佳璐曾心安理得地享受着那种笑容。连妈妈都没享有过，现在曾经独有的东西被分享了，张佳璐马上就憎恨起这笑容来，连带着憎恨起这笑容面对的那张脸。

老爸再用这笑容面对她的时候，她觉得这笑容没了独享时的溺爱，而是充满了阴谋、陷阱，专等着她跳下去，捕获她。她不用费心思猜想这枚糖衣炮弹后面是什么，肯定与那个女人有关。她把糖衣吃了，糖衣吃得不情不愿，弄得老爸没敢亮出炮弹，而是给她买了个P5。这更让她不屑，以前磨了好久都没给她买的东西，说什么费眼睛、费耳朵的，现在自己不提这茬了，竟然，啧啧……

没给她吃更多糖衣的机会，老爸就提出了让张佳璐怎么称呼这个女人的问题。听到这儿张佳璐想笑，没等笑出来就想哭。最终，这两种表情都没出现在脸上。这是个简单的问题，她早就想到了，根本不值得老爸如此大费周章。正因为老爸的大费周章，她才感到难受。以前想"妈"只是一个称呼而已，现在如何也张不开嘴。是老爸让她为了难，她可不是难为自己的人。她张嘴管那个女人叫"二妈"，尤其第一个字喊得响。她甜甜地大声地叫，爸爸一脸颓败地站在后面。那个被叫做"二妈"的女人还是那样甜甜地、声音和蔼地对她说："孩子，你叫我什么都没关系，因为我不是你妈，这骗不了任何人。但我也不会虐待你，我会让你健康的成长，至于能不能从心里爱你，就像你能不能真的接受我一样，我不能保证。"

父女俩被这心里话惊呆了。尤其是张佳璐，这超乎她的经验，哪部电视剧里也没这台词。做父亲惊讶的是这个女人敢把心里话对女儿讲，两人结婚前就关于怎么对待孩子的问题就已经达成共识，看她敢明讲出来还是有些诧异。这样也好，说到做到，总比嘴甜心苦好。

惊讶过后，张佳璐对这个女人有些刮目相看的意味，觉得这个女人有些意思。要是老妈不在她跟前说爸爸和这个女人的坏话，老妈也是一个很有分量的女人。

相处下来更知道这个"二妈"不是一般人。她不像电视剧中演过的后妈那样当着孩子爸爸一套，背后做的又是一套。她也从不刻意讨好张佳璐，更从不指责张佳璐的对错。刚开始张佳璐挑剔食物的味道、里面的作料，因为这个女人做饭的味道和张佳璐十多年惯常的口味不那么一致。人家也不生气，但也不会按张佳璐提的要求来。爸爸瞅瞅这个看看那个，只好亲自动手去给女儿做。结果就是张佳璐自己吃爸爸做的颜色和味道都很庸常的食物。几次过后，她也不挑了，乖乖地跟着两个大人喝汤，吃着色彩俱全看起来就食欲大增的食物。

张佳璐准备好对付"二妈"的计谋都流产了。没用，人家不接招。吃的，穿的，没少了她的，可也不会单给她准备什么。零花钱，爸爸给。爸爸是个工程技术人员，虽然没妈妈能挣钱，好赖还有门手艺，薪水、奖金也蛮可观的。"二妈"不给她发泄的渠道，爸爸更是对"二妈"一点指责的意思都没有。渐渐地，她觉得一个人的游戏很没意思，尤其是别人带着怜悯甚至一闪而过的轻视表情。怜悯让她难受，轻视让她愤恨。这又激起了她报复性反弹，处心积虑地为下一轮恶作剧做准备。

食物淤在胃里不消化人不好受，各种事淤在心里没个出口人更不好受。食物堆积在体内会发酵，各种事叠加在心里会发生什么反应，会产生什么物质不好预料。他们各自发酵，气味混杂，横冲直撞。把张佳璐本就拎不清的头脑越发的搞乱了。酝酿报复的过程也是一个发酵的过程，先是一丝一缕的怒气，时间就像一个不断升温的孵化器，一丝一缕变成一团，渐渐地气愤填膺，终于不可抑制地发泄出去。暂时的快乐，气愤又随之而来。她觉得自己一定被魔鬼暗中操纵了，明明不想说的话，不想干的事，不想生气，可遇到说不清道不明的那一刻，还像在公园里坐翻斗车那样，吓得哇哇大喊，也控制不住车向下翻去。于是她的状态就成了时而气愤，时而高兴，更多的时候她自己都搞不清是高兴,是痛苦,还是无所谓。

真的,要不是在学校里偶尔有点乐趣张佳璐都怀疑自己的存在还有没有意义。

3

"张佳璐,等等我,走那么急干嘛?"不用回头,就知是死党杨雯雯。她也在被单独请家长这一拨。想想都怪这个花痴女,要不自己也不会那么失态的,现在倒好,连请家长都得浪费这么多脑细胞。

杨雯雯气喘吁吁地追上来。"我说,张丫,想好了让你家谁来了吗?可惜,'师太'不让姥姥、姥爷来,回家我也不知该怎么说呢!"

"那有什么,你就实话实说呗!说爸,我喜欢上一帅哥,成天眼睛盯着他跑来着,所以学习成绩才下降了。"

"丫头,咱俩可是一根绳上的蚂蚱,谁也跑不了。你还不也一样,看见强哥眼睛就不会动。"

真的就像杨雯雯所说,俩人谁也别笑谁,一对花痴。张佳璐和杨雯雯上了初中就好上了,女生之间的友谊不知是怎么开始的。像几百年前就熟悉一样,自然而然就好上了。这没道理可讲,更没天理。按理说,张佳璐和杨雯雯性格、相貌乃至成绩都没相通之处,跟张佳璐的性格内敛、相貌差强人意相比,杨雯雯纯粹是个小辣女,样貌辣、身材辣、脾气也辣,什么都敢说甚至没说就干的主儿。张佳璐在她面前唯一自信的就是学习成绩,总是高她好多。两个小女生,除了上课、回家外,几乎是形影不离的那种好。好着,好着,就什么都不瞒了。自己心情如何,家里有什么事,别的同学说什么了,谁跟谁好了,谁跟谁又闹掰了,哪个男生和女生有苗头,还有回家怎么对付家长。张佳璐很多对付"二妈"的损招都是这个"狗头军师"给出的……尤其让她们蠢蠢欲动的、像磁石吸引铁块那样勾着她们眼睛的是——男生。

她们喜欢的都是各自的小学同学,都不和她们一班。因为熟悉他们的过去，才发现上了初中发育了的男孩子有多吸引人。突飞猛进的成绩，几乎一眨眼窜得老高的身子，骨骼匀称，四肢纤长。尤其是学习成绩，小学几乎都是女生领先。可到初二、初三，男生的学习成绩以不可思议的速度往上走。学生，只要学习好，就有傲气的资本，气质、形象立马不一样。

像张佳璐的小学同桌刘子强，小学的时候比她还矮半头，如今高出她一大头，现在跟他说话，得仰着头了。体育还出奇的好，运动场上，一千五百米，能拉下第二名二十米。他可一点不低调，一边跑一边趾高气扬地往后看着。杨雯雯冲张佳璐说："看你喜欢的人，得瑟也太过了吧。"张佳璐眼盯着赛场："得瑟那也得有实力才行啊。"杨雯雯哈哈大笑。杨雯雯喜欢的男生叫李航，被评为学校之星。是不用参加中考就能保送重点高中的，也是她的小学同学。她俩在一起的时候就互相夸耀自己喜欢的男生的优点，要不就是下课的时候满操场逛荡搜寻那两个人的身影，找到还彼此告诉一下，其实这只是两个女孩子单方面的游戏。那两个男生，当然知道有女生追逐着他们的背影，可他们硬生生地把背影拔得更直了，却不肯回一下头。不仅不跟她们说话，遇到她们的时候还故意躲开。两个女孩子还是乐此不疲地做着这游戏，也没顾得上瞅别的男生，这成了张佳璐痛苦的学习生活中的一大乐趣。

运动会后，张佳璐觉得"师太"知道了什么，时不时地用利剑扫射她，弄得她脊背凉飕飕的。

两个女生总黏在一起，有同学开玩笑说杨雯雯和张佳璐是百合。她们都知道百合是说两个女孩子好，两个男孩子好的就说他们搞基。杨雯雯对这话反应极大，她一挑眼睛："我跟张丫是百合？拜托，你们看清楚，她还是个没性别的小孩子！况且我的那啥正常着呢！俺喜欢的可是男生！"

每听到这话，张佳璐都像落水的狗，身上的毛再也支愣不起来。这是她的一个心病：到现在还没来月经。

在小学六年级的时候，一些女同学背后满脸通红嘀嘀咕咕的，互相默契的样子。以前跟她无话不说的几个女同学也避着她跟别的大女孩嘀咕起来。张佳璐问她们在说什么，她们一起说："你还是小孩子呢！"闪闪烁烁的多了，她也明白个大概。可那个让别的女孩觉得既麻烦又兴奋的东西一直没来找她。看着那一群不屑于和她们没有麻烦为伍的人，她内心里总是祈祷让那个神秘的麻烦来找她。

越渴求的东西越没有，那个麻烦一直没来。她内心想起这些就十分焦虑。偷偷地在家上网查，说每个女孩根据自身状况，那个东西来的年龄也不同。她又泰然了。

到了初中，女同学之间可以随意谈论这个话题了。不再遮遮掩掩，不再羞涩。尤其是在要出去游泳，或是激烈的体育运动的时候。张佳璐羡慕地看着那些理直气壮地拒绝运动的家伙。好在她十分喜欢运动，多少平衡了她的自卑。

到了初二的时候，跟她好了一年多杨雯雯终于觉察出她到底哪儿不对：她竟然没有麻烦的那几天。"没长大的小孩"成了杨雯雯心情不好时候的开心果。别的同学偶尔提及，张佳璐只是感觉尴尬。杨雯雯一提起这事，她的心就缩缩一次。又开始一番大规模地查找资料，暗自比对。以至于忧心忡忡，神思恍惚。这都引起那个"二妈"的注意了。证据是多日繁忙的爸爸竟然有天跟她正儿八经地谈心，问她有什么事，坐卧不安的。一霎那，她的眼圈就红了。爸爸慌了手脚，赌天发誓说他可是她的亲爸爸，无论发生什么事他都会站在她这边的。她嚎啕大哭起来，再怎么问，也不回答。后来还是老爸给老妈打了电话，听完她的陈述，电话里老妈笑得震天响。最后妈妈用她多年的经验大而化之地说："该到来的一切都会来，不用着急。"

网上不说有石女永远没有这麻烦吗？万一自己的身体……妈妈说她是杞人忧天。

老爸从老妈的转述中听明白了是怎么回事，再见女儿就成了有些尴尬的表情。他肯定马上把情况通报给了"二妈"。第二天，二妈似笑非笑地看着她的时候她就知道了。那几天她泄气极了，根本就没想起怎么报复对那个人。她觉得怎么斗自己都是失败的，起跑线上就输了。

周末，爸爸让她和那个"二妈"一起去街上。她蔫蔫地跟在后面，发现竟到了中医院，直到一个老大夫为她把脉她都没弄明白是咋回事。把完脉，大夫说孩子身体没大问题，平时注意少吃生冷的东西，至于月经晚来几年不是什么事。

张佳璐心里的一块石头放下了。结论一样，但医生说过感觉就不一样了。阳光依然灿烂，生活是如此美好。她觉得"二妈"这个人也是不错的，如果她不是"二妈"就更好了。

对了，"二妈"不也是监护人吗？反正"师太"也不知是不是亲妈。想到这儿她就轻松多了。

可她愿意不愿意来学校见老师呢？谁都知道，来就意味着挨训。

她磨磨蹭蹭走到家。"二妈"已经做好饭了，连爸爸都坐到桌前了。"二妈"干活是慢了点，但做出的饭菜超级的好吃。一样的饭菜，一样的调料，只是不同的手做，味道竟然有着天壤之别。爸爸都问她做菜有什么诀窍，她说干什么事用心而已。

张佳璐看着荤素搭配、有汤有肉的菜桌，一时默默地不知说什么好。菜吃得没滋没味。老爸问她是不是没考好才会垂头丧气。她倒是没隐瞒，不过没提老师请家长的事。

老爸还给她夹了菜，说胜败乃兵家常事。"只要用心就好。"老爸特意说这句话。说完，还看着"二妈"笑了一下。

第二天，爸爸出门上班了。张佳璐背着书包又回到客厅。"二妈"没吃惊。

"二妈"去了学校。跟"师太"怎么谈的不知道，反正张佳璐能确定的是她真保守了秘密，没告诉爸爸。张佳璐对此表示感谢的时候，她那双小狐狸眼往上一翘："知道吗孩子？这世界上，有些事、有些人你不看他就没了。喜欢看就看呗，有什么大不了的。不过，你要想一个男人不忘记你，你得有出现在他视线的可能。你得有引起他注意的东西，他自己要看的东西才记得住，才能放在心上。"

张佳璐想刘子强肯定要上重点高中的。自己不就是担心再也看不到他在运动会上的英姿才被"师太"发现的吗？如果自己考不上高中，肯定就与他无缘了。

张佳璐一改往日的心浮气躁，把看似学会的知识稳扎稳打地复习了一遍。几次模拟考试下来，竟然有了质的飞跃，比以前的最好成绩还要好上好多。看见她，"灭绝师太"那副被多重乌云笼罩的脸偶尔也会透出一闪即逝的光线来。

4

张佳璐虽然没时间留意树木和青草，树叶还是从鹅黄变成了茂绿，油汪汪的，从春天的青涩到现在的尽显丰腴。太阳也扯下温情脉脉的面纱，把泼辣的一面直直地露在外面。外面是火海，教室里是蒸笼。张佳璐们都要透不过气来。还有半个月就要中考了。她们默默地祈祷，快点考完，她们就像精疲力尽的渡者，咬牙强撑着，期盼快点脱离这苦海。

可是，已经身在苦海了，还有人要打翻这艘苦苦挣扎的小船。

"灭绝师太"竟然要大家报名参加假期初中升高中的过渡补习班，说是为了更好地衔接高中课程，尽快转变初中学习思维，掌握高中学习方式。中考后两天就开课。同学们除了唉声一片，再也发不出别的声音。能坚持到中考不崩溃就已经不错了，没能彻底睡够觉，没睁眼看看外面的花花世界就又一脑袋扎进书本里太残忍了吧？"师太"说学习就是需要一股劲，劲松下来就学不进去了。趁着中考这股热乎劲，把高中课程趟一遍，开学会省很多事。张佳璐实在不想再学下去了，她觉得自己已经进入迷幻状态。明明以前做对的题，乍一看之下思维竟然有些模糊。赶快结束吧，然后啥也不想，就是睡觉、吃饭，吃饭、睡觉才好。

全班只有张佳璐一个人没参加补课。"灭绝师太"给不想参加假期补习的几位学生家长打电话，力陈利害关系。别的家长实在是扛不住"师太"的凌厉攻势，纷纷倒戈。电话是"二妈"接的。自打上次去过学校以后，张佳璐有什么情况"灭绝师太"都找她。

"二妈"问她对补习有什么想法，她说贵。确实是贵，比初中补课贵多了。一共十天课，数、理、化、语文、英语，一共需要四千多，近五千块钱。

"二妈"听了这话，没回应，转身回她卧室，很快取来一叠钱。"这是五千块。"

"你非得让我补课？"

"我哪有那个权力？""二妈"漫不经心地说。"但我会把补课的钱给你。补不补在你。要我说，高中的课程也不是补十天课就能解决的，有这时间还不如看点自己喜欢的书，多阅读比多补课强多了。先休息一阵，愿意出去旅游就去，开学前提前看看书就够了。"

"你真这么想？"

"我是这么想，你怎么想我不知道。不管你怎么想，这钱都是你的了。"

张佳璐吹了声口哨，拿着钱乐呵呵地走了。

"她是想用糖衣炮弹把你腐蚀掉，让你长成个一事无成的家伙。"杨雯雯听了张佳璐关于"二妈"对于补课的理论后说。

本来夜里张佳璐是有这种想法来着。可现在杨雯雯一说，坚定了她的决心。她再也不想坐在凳子上听课了。她要逃，逃得远远的，逃到有阳光的地方去，就那么懒懒地在阳光下发呆，就是在烈日下顶着太阳站着也比很多人挤在一个屋子里闷得发呆好。

她考上重点高中了，杨雯雯和李航也都考上了这所重点高中。刘子强考上了另一所更好一点的实验高中。

5

爸爸没让她在烈日下发呆，带着她和"二妈"走了趟江南。张佳璐为了中考，已经两年多没出来旅游了。初二那年，国庆长假只到城郊的采摘园玩了一天，摘点苹果、葡萄，吃点大铁锅贴的玉米饼子，炜地瓜、土豆、茄子。

一切都是新鲜的。山、水、树木、园林、游船、美食，江南园林的妙处只有身处其中的人才能体会到。细节讲究，布局精妙，南方人细腻的心思，缜密的个性，骨子里的高傲毫不张扬地体现在细节之中。这种气场很熟悉，张佳璐看见站在父亲身后那个袅袅婷婷的女人，从不高声说话，穿着也不夸张，张佳璐知道那个女人穿的都是品牌服装，很是衬托她的身材，好东西就是能扬长避短。

如果女人有属性，那"二妈"就是江南的，柔和媚沁入骨子里。这种不动声色的柔和媚有着无穷的力量，大若无形，能包容一切。任何硬性的、倔强的遇到这种无边无际的柔都会软下来。老妈则是北方的，干练而大条。别看老妈在工作中精细，在生活中却大条得很。厨房里，微波炉和电饭煲并排放在一起，共用一个电插头。一次，妈妈用电饭煲煮米饭，家里人都饿得不行了，米饭还没熟。爸爸忍不住掀开电饭煲一看，米是米，水是水，清亮亮地界限分明，原来妈妈把微波炉的插头插到插座上。还有一次妈妈下班买了几袋鲜牛奶，跟她在市场买的菜放一个大塑料袋里。塑料袋里有妈妈买的刺刀般锋利的地瓜宽粉，到家，就成了牛奶泡粉。

西湖边，走过花港观鱼，东岳庙，长桥、断桥，听着许仙和白娘子、梁山伯和祝英台的传说，老爸感慨地说西湖和这些传说互相成就了彼此，就像好男人和好女人，是需要互相成就的，配错了，就大煞风景。说完又用张佳璐看来带着诌媚的笑容看着"二妈"。

苏小小墓。游人们读着那首"妾乘油壁车，郎跨青骢马，何处结同心，西泠松柏下。"都叹息。"看来最靠不住的是男人的誓言。"张佳璐顺口说出这句。爸爸听了脸上有些不自在。她倒没有丝毫愧疚，本来就是这么回事嘛！就像爸爸、妈妈的婚姻一样，看起来光滑无比，没有疮疤却一下子就分崩离析。那个女人幽幽地说："女人总以为自己的爱情超乎寻常，其实，人人都一样。苏小小找的也不过是个男人。"

"你和我爸的爱情也一样，平平常常呗？"

爸爸终于忍不住，怨怼地看了她一眼。

"我和你爸，就是一个普通的男人和一个平凡的女人，在茫茫人海中发现了彼此，发现了自己喜欢的人。幸运的是我们走到了一起。"

"你为什么喜欢我老爸，他是那么木讷的一个人，一点都不会浪漫！"

"什么叫浪漫？天天送花？还是会说不重样的甜言蜜语？那都是表面的浪漫，或者那只是浪漫的外衣。男人真正的浪漫是对生活的追求，是向上的能量，最高级的浪漫就是忠诚。"说完，"二妈"还深情地望了爸爸一眼。

"忠诚？"张佳璐差点把嘴里正喝着的酸梅汤喷了出来。爸爸长的貌似忠诚、憨厚的样儿。因为这，老妈才说错看了这个人。为了眼前这个狐狸精般的女人，抛妻弃女。哦，只是抛妻，但没弃女和弃女有什么分别吗？在亲妈跟前用得着小心翼翼或是一肚子气总是别扭着？老妈再忙，再顾不上管自己，家里流动的也是自由的空气，想干嘛就干嘛。这可好，只要在家，就猫在自己的屋子里，眼不见心不烦。

"忠诚不是对别的人忠诚，是对自己忠诚，对爱情忠诚。现在你父亲爱我，他就忠于爱情，一旦这爱情不在了，他离开我了，那也不妨碍他是一个忠诚的人。"

要是从这个角度说爸爸也真够忠诚的。忠于这份爱情，眼看到五十岁、从没拿过大主意的人，毅然抛弃以前舒适的生活。斩断那么多已经长在心里的藤藤蔓蔓，可真够有勇气的。

在学校里，一直关注着那个男孩子。可奇怪，赏美景、吃美食，自己一点也没想起刘子强来。他考上另一所重点高中，如果张佳璐不能跟他考上同一所大学或同一城市的大学，以后就不容易见到了吧？

天热得很，想想杨雯雯们还在和物理、化学各种符号奋斗，张佳璐的心情好得更是不得了。

如果没有买丝绸那段经历江南行还是很完美的。女人不管年龄大小，爱好都是相通的，珠宝、衣服……有女人第二肌肤之称的丝绸当然也在此列。在丝绸专卖店里，张佳璐轻轻地抚摸着领口、袖口极其讲究的睡衣，滑滑的、凉凉的，像玉握在手中的感觉，让人爱不释手。丝绸的被罩、床单，用导购员的话说最好是什么都不穿，裸睡，人就像鱼那样滑进被里。想到这个场景，张佳璐觉得还是"二妈"

这种女人，柔软的腰肢滑进被里比较耐看。她眼前出现一幅被翻红浪的图景。

也许是天热的原因，张佳璐突然地胸闷、气躁。那个女人还在买个不停。丝巾、被罩、睡衣、文胸、短裤，肉色的、嫩绿色的、带刺绣的、纯色的……在爸爸的怀中拥挤着、摇曳着、新鲜着、怒放着……

张佳璐随手拿起货架上的一款文胸，对那两个忙得不亦乐乎的人说自己也喜欢。爸爸愣在那里，不知如何作答，只好把求援的目光投向还在挑拣的女人。"二妈"笑了，当然不会捧腹大笑，是那种脸部肌肉向上一提就完事的笑，笑得极其暧昧，又去低头看那些泛着光芒的物件，但她的话还是像美国导弹精准地命中目标那样准确地射到了爷俩的耳朵里："这可是女人的专利。"说完又买了一套桃红色的文胸和短裤。

"老黄瓜刷绿漆"纯粹是装嫩，也不看看自己啥年龄了，还买桃红色。

6

从江南回来，张佳璐还是忍不住给杨雯雯打了电话。那边有气无力地说刚从补习班回来，"谁让我有亲妈呢！"她就是那样，明明掉坑里，还不忘损一下比她掉进更深的坑里的人。

这次，张佳璐没怎么受伤，毕竟江南的美食、美景的滋润劲还没过去。"二妈"给的五千块补习钱还好好地在自己兜里，高兴得很。"出来吧，我给你带了南方好吃的。"不过是些龙须糖什么的，张佳璐没舍得花太多的钱买纪念品。

她的好心情在杨雯雯吃着她的龙须糖，满嘴边都是沫子的嘴说出的话后，突然没了。杨雯雯告诉她，李航也参加了补习班，两人续上前缘，最近好得很呢！早上两人故意走到一起，一起去上补习班。

张佳璐突然觉得那五千元钱没那么重要，西湖一望无际的荷花在脑海中也变得面目模糊不清。补习班成了他们两人的媒介，想想真的可能唉，毕业了，初中的老师管不到她们，还没轮到高中的老师管。考完试，心情放松得很，压抑多年谁不想释放一下？

张佳璐闷在屋子里哪儿也不想去，连那些偶像剧也不想看了，那么热闹跟自己一点关系也没有。自己就像一个弃儿，没人会想到自己，就连妈妈、爸爸忙起来也想不到自己。妈妈好多天都没打个电话过来了，爸爸吃完晚饭就猫进书房，很晚才出来，要不就在他们的卧室里，和二妈唧唧咕咕说什么，不时有笑声从门缝里欢快地挤出来。被门挤变了形的笑声异常刺耳，张佳璐的心脏也跟着一抖一抖的。心在抖动中，大脑也晃动起来。两个桃红色的小山峰就那么立在她眼前，晃动着发出柔和的光亮。晃来晃去，山峰成了炸弹，在眼前爆开，一刹那，桃红满天，纷纷扬扬。

第二天，爸爸和二妈都出去上班了。张佳璐胡乱吃了口早饭，在沙发上歪着，直到手脚发麻，再换个姿势躺着。实在腻歪了，就在屋子里乱走。鬼使神差，她进了那间屋子。这是那个女人住进来后她第一次进这间屋子，她像电视剧中潜进敌人心脏找情报的特工，刚一进来有些摸不清头脑，站在门口，四下张望。第一眼就看见床上那套光滑的被子，她摸摸同样光滑的床单，一屁股坐在上面。她的眼泪就流了下来。

她对面靠墙是一排衣柜。打开，里面整齐地挂着颜色各异、多种款式的服装。多是女装，男装只有几件。衣柜下面平台上整齐地码放着两人的内衣。女式内衣上面放着两件文胸、内裤。张佳璐认识她们，都是从江南的丝绸店里买的。此刻，在张佳璐面前，她们就像江南美女一样，安静还有些羞答答地，掩饰不住骨子里的高傲。"这是女人的专利。"这句话像锤子一样重重地敲击着张佳璐的耳膜。她恨不得撕烂眼前的物件，就像要撕烂那个女人一样，剥掉她的伪装，让她再也软不起来。无奈，看起来很柔软的东西还撕不烂。两件丝绸文胸被张佳璐愤怒的双手揉搓得变形了，松手，又恢复到了原状。"越柔软的东西越坚硬。"张佳璐今天非得要打破这句话。她找来了小剪子，仔细地选好位置，用剪刀磨了几下。她粗暴地在衣柜里翻着，没找到那抹桃红色。难道她穿在身上？心情刚好些的张佳璐觉得胸口有些发闷，眼前又适时地开起三朵很艳的桃花，其华灼灼。

过了两天，"二妈"在饭桌上说起现在什么东西都不可靠，怎么挑都没用。菜场里，没法看农药残留量，没法辨别肉是不是病死猪。连信誓旦旦说是中国最好的丝绸也是假的，没穿几次就坏了。张佳璐往嘴里塞了一大口饭，把脸闷在饭碗上，第一次觉得米饭真香。

那个女人接着说了："还是什么东西都得去大商场买，贵是贵了点，但给开信誉卡，有保障。丝绸内衣穿起来蛮舒适的，今天我在大商场又买了两套，价钱可是江南的三倍还多哦。还好是用你的钱买的。"张佳璐抬起脸的时候，看到那个女人说最后一句话是冲着老爸甜甜的撒娇的状态且没忘了用余光看张佳璐一眼。愚蠢的老爸忙不迭地说："什么我的钱你的钱，我的钱还不是给你花的……"忽然看到张佳璐对他怒目而视，闭上嘴，剩下一脸幸福地傻笑。

好不容易得来的喜悦还没等爬上高峰，就被一阵狂风吹下谷底。

7

立秋过后的秋老虎更热。它没有夏热的湿度，是那种无遮无拦的干呼呼的热。太阳明晃晃地照着，像缺心少肺而热血奔腾的年轻人。

市高中的操场上光秃秃的，一块遮荫的地方都没有。张佳璐全身都是汗，在太阳的照耀下，脸上、头发上的汗珠发着亮光，反射着钻石才有的光芒。两天下来，十多天的江南行都没晒黑的她现在简直成了非洲人，只有牙是白的。在这种天气里，卖力伸展肢体的时间长了倒有种让人说不出来的快乐。趁着休息的当儿，几个刚熟悉起来的同学开始凑到一堆议论哪个班的教官长得帅，幽默。教官们比学生大不了三、五岁，黝黑而健壮的身体流露出的是稳重和男子汉的味道。长得再高的男学生们跟教官比起来还是大男孩。

军训结束好多天，她们还谈起教官。

杨雯雯和张佳璐又成了同班同学，理科 B 班。杨雯雯很高兴，张佳璐则没杨雯雯那么高兴。

高一理科二十个班,根据入学主科成绩分为两个 A 班,六个 B 班,剩下的就是 C 班了。最好的、最有经验的老师教 A 班。学生家长怎么反对也没用。校方说有能耐让孩子考上 A 班、B 班,我们不能让打铁的好手去锤不成形的牛粪。话当然没这么明说,意思就是这个意思。重点高中就是牛,好多年就是这么走下来的,也没人敢挑衅这个权威。局部还是公平的,学校有月考、期中和期末考试,在 A 班、B 班不是一劳永逸,成绩不好的同学是要向下流动的。全年级排大榜,几次月考成绩不佳,就有可能从 A 班降到 B 班,B 班降到 C 班的。当然也有从 C 班升到 B 班甚至直升 A 班的。

开学不久的第一次周考,就给了张佳璐当头一棒。物理像听天书一样怎么也听不懂、学不会,尤其是什么加速度,周考才答了四十多分。杨雯雯当然比她还差,三十多分。两人头一次课间没在一起,也没到操场上或是走廊里溜达。张佳璐在 B 班算是中上游,成绩稳定,保住 B 班没问题。杨雯雯在班级可是后几名,要是下去就到 C 班了。

给学生减负的口号喊了好多年,张佳璐除了觉得越减书包越沉外,就是有时候越来越像与敌人捉迷藏的游击队。教委三令五申不准补课,那就在校外偷摸补。教委到校外补习班去偷袭,补习班就换成家长看守。从初中就这样,高中也如此,就是班主任嫌麻烦,不补晚自习,家长也会联合起来到外面找自习室去上晚自习。张佳璐的班级就是这样,学校六点放学后,学生们再到校外自习室学到晚十点。有了周考的当头一棒,张佳璐也不敢托大,只好老老实实地去学习。老爸去接她,回到家,简单吃点水果、点心,再复习一阵就睡觉了。

一天、两天还可以,半个月后张佳璐就是觉得困,睡不足觉。每天早上不愿意起床,甚至连闹钟响都听不到,每天昏昏沉沉地冲进教室。

一天早晨,张佳璐没听见闹钟响。下意识地惊醒,一看时间,又吃了一惊。跳起,三十秒穿好衣服。用冷水洗了把脸,胡乱地喝了口牛奶,拿了块蛋糕背上书包就跑了出去。赶车的事情往往是这样:上一趟车刚刚开走,下一趟遥遥无期。张佳璐下楼,出了小区,看见马路对面二环公交车刚刚开走，下一辆车在理论上要九分钟以后才能来。那样的话自己就该迟到了，在张佳璐的班级里，迟到是要被罚做一个星期值日的。那样的话就意味着张佳璐要连续一个星期比平常早起好多。正纠结着，从车站后面小区里窜出一个和她穿着一模一样校服的高个男孩子，只见他焦急地对着来往的出租车挥舞着他长长的手臂，可车上都有客人。终于一辆车停在了他面前。张佳璐着急了，要是能坐上这趟车自己就不会迟到。她冲那位男生大喊一声："大哥哥，把我捎上可以吗？"

那位男生看了她一眼，冲车一甩下巴。

她赶紧冲过去坐在车后座上，男生坐到副驾驶的位子上。车子开动，张佳璐才有心思从后面打量这个个子高高、手脚都长长的男生。只能看见他的侧影，就够帅，像自己在暑假中追的韩剧中的一个大男孩。微长的鬓角，干净、棱角初现的面颊和下颌。不知怎么，张佳璐此时竟想起在杭州西湖边吃的莲子，从青青的花洒一样的莲蓬里挖出一颗颗白嫩的莲子，放进嘴里欢快地咀嚼，清香、稍微苦涩的滋味荡漾在其中。

下车，两人往校园里走的时候才说上话。原来帅哥是高二理科 B 班的学生。看着足足比李航高上一头的他，没来由地张佳璐一阵骄傲。她知道，杨雯雯和李航没断，而且走得更近了。

功夫不负有心人，张佳璐摸清了他的上学规律。她心里管他叫"蟋蟀"。不自觉的，只要早上她站在站牌下等车，就会往里面小区瞄一眼。直到那个身影出现，她就转回了头。见面，两人还会点头致意。接着，她上她的环路车，他上停在身边的出租车。偶尔，环路车没来，出租车先拦下了，"蟋蟀"用头和眼神招呼她同行。

昨天，高二刚结束月考。在走廊里，有 A 班降到 B 班的学生，也有 B 班降到 C 班的学生，哭丧着脸甚至有人含着泪水搬着自己的桌椅板凳到新班级去。这个学校还有个好政策：哪个班都没多余的桌椅板凳，桌椅板凳随着学生走。你到哪个班，不管是升到 A 班还是降到 C 班，都得扛着自己的桌子、椅子。张佳璐和杨雯雯在走廊里看着都被吓到了，赶紧回到各自的座位上，就那么低着头，默默地发呆。以现在的成绩，杨雯雯危险，就是张佳璐也没保险到哪里。真的像人说的那样，到了高中，男生的智力和他们的个头一样猛长，理科班成绩升上来的多是男生。

张佳璐和杨雯雯从那以后有一阵子没在一起了。她们都沉默了，在一起也不知说什么话题。暗地里，她们都在拼命地做题。除了学校发的每科两本练习册，张佳璐又在书社买了好多辅导材料和练习册。题海战术是笨点，可也有效果。张佳璐觉得会做点题了，最起码不是看到题就懵。

张佳璐松一口气的时候，才有心情看看周围。嗨，杨雯雯最近神采飞扬，连带着那颗榆木脑袋都有些开窍了，那么高深的物理题竟然做对了好多。张佳璐根据那丫头的蛛丝马迹稍一分析，肯定是李航的功劳。李航分到了理科A班。聪明就是聪明，到了高中，这家伙更显出出类拔萃、游刃有余。杨雯雯这个丫头在和李航的亲密接触中还没忘从那颗聪明的大脑中转移出点能量来。相比之下，张佳璐还是有些吃力，虽然经老师多次讲解也能听明白，领悟的还是慢。她要靠自己理解的基础上多做题才能彻底弄懂一些知识点。

连着两次周考杨雯雯都在数学和物理两科以小比分优势领先张佳璐。这是开天辟地的事，尽管这领先并不明显，也没有最终意义，但也足够她高兴好久了。她哏哏地笑着对同学们说："你们不知道，张佳璐还是个小丫头，还没开窍呢！"张佳璐脸腾地一红。

张佳璐觉得自己病了，一点力气都没有。看什么都心烦，尤其是看见杨雯雯那张泛着光的阳光灿烂的脸。在家，她躲在卫生间偷偷地照镜子。两头不见天日的生活使得她脸色萎黄、暗淡，眼睛呆滞无神，一头像茅草一样乱蓬蓬的头发。是不是自己的思维也像自己这个人一样混乱？连自己的精神、身体、头发都不能打理好还能梳理清自己的思路？想学习好？

早晨，她比平时早起十分钟。仔细地梳头、洗脸，让自己看起来舒适，人也清醒了很多，不像每天没睡醒那么痛苦。

张佳璐能听懂物理课了。因为底子本就比杨雯雯好，很快成绩就又超过了杨雯雯。两次周考后，在回家的路上，杨雯雯问她是不是请了家教，进步如此神速。"物理有什么难的，掌握了自然规律就行了，这点小事还用请家教？"张佳璐都不知自己为什么也会坦然地吹牛了。其实，这也不是吹牛，这是那只"蟋蟀"这么对她说的。杨雯雯那张嘴张的像喇叭花似的，眼睛带着不屑和不相信的目光。

爱信不信，张佳璐才不想对她坦白一切。她觉得杨雯雯这个闺蜜有时候就是天敌，如果杨雯雯知道她和"蟋蟀"的秘密，会有危害的，尽管这危害是什么目前还不知道。何况，那只"蟋蟀"是那么帅，杨雯雯这个花痴要是知道不犯痴才怪。上个星期一，轮到高三的一个班级升旗。升旗手是个帅哥，阳光、挺拔，杨雯雯下课就念叨个没完没了。终于在下午最后一节课的时候没忍住，偷偷拿出手机，跑到高三班的教室外，给正在学习的帅哥升旗手拍了很多张照片，差点让人家老师抓住。回来后，她一边看手机的照片一边得意地嘿嘿笑。张佳璐吓唬她：老师来了。她飞快地藏起手机，后来发现是虚惊一场，她嘿嘿笑着说她不是怕手机被没收，而是舍不得手机里这些照片啊。

杨雯雯不愧是杨雯雯，她到底寻着蛛丝马迹抓到正向"蟋蟀"请教物理题的张佳璐。"好啊张丫，真能啊，什么时候变得这么厉害了？"杨雯雯大喊。

张佳璐腼腆而又得意地笑着，不吱声。

"哎，你不是忘了刘子强吧？"

也真怪，在初中的时候，满脑子都是他，他的一举一动都牵着她的心。可分开了，竟然就不想他了。自己难道是个无情的人？虽说刘子强没回应自己，可高中开学刚刚一个月，自己就忘了他……"你别说的那么难听，我只是向他请教问题而已。"

杨雯雯似笑非笑地斜着眼瞅张佳璐，弄得她一阵恼火。生气自己为什么要解释，关这个人什么事。

被人点破，再跟"蟋蟀"说话的时候，张佳璐就有些跑神。说完话，就想这句话是不是代表自己对这个大男孩有意思了呢？"蟋蟀"倒没觉得，还是很正常地跟她在一起。

"蟋蟀"是个很有女人缘的男孩，有时下课后，张佳璐故意从他班门前走过，假装不是故意寻找某人地往里一看，不止一次看到有好几个女生围在他跟前。

张佳璐心里不舒服，她找"蟋蟀"问题的频率越发加快了。当然瞒不了几乎形影不离的杨雯雯。"你不是来真的，真喜欢上那个帅哥了？"张佳璐想了一阵，没想明白，自己肯定有点喜欢他，只是喜欢他酷酷的外表和他说话的样子。至于别的，真的不了解。可看见别的女生围在他跟前就不自在，就觉得在他跟前听他低头含笑说话的只能是她张佳璐。

张佳璐对两人的交往很满意。尽管他对她跟对到他跟前的其他女同学一样，都是笑眯眯地应答着。这就够了，能有人听自己说话，肆无忌惮地说话就好。他们心照不宣地一起坐车，下车默契地走向校园。下学，也是互有灵犀地碰到一起，一路回家。他们倒从来没像其他恋爱的同学那样，出了校园就偷偷地拉手，做着别的亲昵动作。

唯一让张佳璐觉得芒刺在背的是杨雯雯瞪着她那双探照灯般的眼睛总是在她身上扫视个不停。即使是和"蟋蟀"走在路上，她都觉得背后那双带刺的眼睛在盯着自己。在学校的时候，杨雯雯总是缠着自己，走到哪里就跟到哪里。她说去问"蟋蟀"题，杨雯雯也要跟着。说什么看看和李航是不是有不同的思路，让张佳璐无可奈何。

8

有一天，她借做别的事之机，拐了个大弯去找"蟋蟀"，一路上轻松极了。最近几天杨雯雯不使劲缠着自己了，可能又跑到李航那里去了吧。见到"蟋蟀"那一刻，张佳璐血液都停滞了，就像一泓沸腾的水突然遇到冰山一样。不，是感觉到血液都倒流了。热受到冰冷的阻挡，顺来路溃败下来。

他竟然和杨雯雯在一起，两人有说有笑。张佳璐的心骤然一紧，接着就是疼。那两张笑脸在阳光下就是两把闪亮、锋利的刀子，唰的一下，就割掉了她心头上某些东西。她愣住那里，没说也没动。事后她想所谓世界末日也就这感觉吧，甚至都没这么痛。世界末日毕竟是全体地球人的灾难，他和杨雯雯这样只是她一个人的灾难，个人的灾难永远大于集体的灾难。以前看见别的女生围着他和他说话她也不高兴，但从来没痛过。看见杨雯雯神采飞扬、他低头含笑的样子她就受不了。

杨雯雯先看见了她："嘿，张丫，'蟋蟀'真是不错的老师，我有很多想不通的问题他都给解释明白了。真的要谢谢你呦。"

那只"蟋蟀"还是一如既往地冲她笑笑，根本没有愧疚的意思。

由原来的一对一补课变成了三人行。杨雯雯的活泼很快领先了话题，惹得那只"蟋蟀"不由得跟她的思路走。张佳璐独享的那种静谧，两人间的默契被冲得七零八落，荡然无存。渐渐地，张佳璐觉得自己是个多余的人。谈话，通常是那两个人之间进行。偶尔，杨雯雯跟她说句话，或是"蟋蟀"跟她说句话，她都觉得那是两人在敷衍她。三人在一起的时候她烦躁、不安起来。有时她想退出这种三人状态，可想想杨雯雯在他面前巧笑如兮的样儿就不安，也不能放过在场的机会。

在一次散了之后她问杨雯雯："最近李航没给你辅导功课吗？"杨雯雯诧异地看了看她："李航没'蟋蟀'讲的明白。我说张丫，你不是真喜欢上'蟋蟀'了吧？我跟你说，你俩好像不太合适。"

"你和李航就很合适。"张佳璐淡淡地说。

杨雯雯先是愣了下，然后就呵呵笑了。说："人哪能知道以后的事呢？对了，'蟋蟀'星期天邀请我去看他收藏的武器，你去不去？"

"武器？他敢私藏武器？"

"别那么山炮好不好，就是男孩子从小玩到大的玩具，不过'蟋蟀'的可都是真品，都是他姨从国外带给他的。很多枪都是照着世界上有名的武器一比一的比例制的。还有很多宝剑、刀之类的冷兵器。'蟋蟀'喜欢武术，跆拳道到了蓝带级别。"

张佳璐强忍住泪，说："星期天跟妈妈约好去看她。"

这要是"蟋蟀"邀请她，就是妈妈真要来看她，她也会想办法赴约的。"蟋蟀"没邀请她，也从来没跟她说过收藏"武器"的事，更不知他的跆拳道蓝带。今天是星期三，她盼望着在星期四、星期五的某一时刻，"蟋蟀"笑意盈盈地来到自己面前，邀请她去看他的收藏。

星期四在盼望中过去了。

星期五在盼望中、忐忑中、失望中也过去了。

星期六当然没有妈妈来探望。她躺在被窝里不起来，想想他和杨雯雯聚在一起兴高采烈地比划那些破刀、烂枪她的心就揪在一起。

直到肚子不争气地饿得疼，她才把头从枕头上抬起，发现枕巾竟然湿了一片，索性用枕巾抹了一把脸。看看时间，已经九点多快十点了。老爸应该上班去了。最近他们单位有个工程，需要老爸一直在现场盯着。她去洗漱，眼睛又红又肿。用凉水洗了多遍，消肿的效果并不明显，好在今天不需要出门。她一边洗，一边眼泪又不自觉地流了出来。男人就是心粗，她昨天晚上饭吃的就不多，老爸也没看出来。或者他的心思根本就没在她这里。至于"二妈"那只狐狸，她压根就没敢指望，老爸都不关心的事，人家更是多一事不如少一事了。像今天自己不起床吃饭，要是爸爸在家的话，爸爸肯定会喊自己的，她也会过来看看吧。爸爸上班去了，"二妈"也就拿她当空气了。

餐桌上的饭和菜都用盘子扣着，摸一下，还温热。老爸上班出去的早，只能是那个女人给留的饭。那个女人，有时候真琢磨不透。吃了两口饭，眼泪不自觉又掉了下来。

"吃饭的时候不能哭。"那个令人厌烦的声音传来。这个女人可真是无处不在，能眼听六路、耳听八方。你觉得她没看着，偏偏她不仅看到了，那眼睛就像X光似的，把你的沟沟脉脉扫个遍，看个清晰、透彻，让人无处躲、无处藏。

"我说的是真的，吃饭时哭会得病的。也许你是遇到自认为痛苦得不得了的事了。什么事都会过去的，事后回过头看，原来觉得天大的事比绿豆还小。"

"你不知道。"她有气无力地答复那个女人。她不想跟她多说什么，那样只能惹来无端的嘲笑，母女俩都这么没能耐，自己让人抢了男友，老妈让人抢了丈夫。

"有什么呀，肯定不是学习上的事，要不不会哭得这么伤心。这个年龄的男孩子、女孩子，无非就是你爱他、他不爱你这点破事。不用瞪我，我也是从那个年龄过来的，有什么可神秘的。""狐狸"翻了下眼睛说。

第一次觉得"狐狸"翻白眼珠也挺好看的。这个东西，真是个妖精，无论做什么动作，看起来都是那么好看。

"你说为什么男生都喜欢杨雯雯那个小'狐狸'精？"说完，看见站在面前的"狐狸"一捂嘴。

"因为"女人故意拉长了声音"因为，狐狸可爱呀！哎，就那回，我到学校参加家长会，看见一个男孩子在后面追着喊你。看得出，男孩子可是真心实意地喜欢你。"

"人家不喜欢他嘛！"

"这不结了。爱情就是这样，你喜欢别人，那人不喜欢你。喜欢你的人还不对你胃口。真正能碰上你喜欢正好还喜欢你的人很不容易的。人都是一路从爱与被爱中走过来的，直到真的成熟，知道自己想要的是什么，什么样的才是好的，什么人才适合自己。与我们擦肩而过的人也许不是我们的爱，只是当时我们以为是爱而已。还有，人在太年轻的时候真的不知道什么才是好的。"

以为是爱而已。自己和"蟋蟀"也是那样吗？自己是什么时候开始爱上"蟋蟀"的？开始恐怕只有好感或只是虚荣心而已。是因为有杨雯雯的存在，杨雯雯有李航的存在，才会有自己和"蟋蟀"的进一步交往。自己问他题，也是私心在作怪，根本谈不上爱。可当看见杨雯雯和他在一起，自己就受不了，好像她抢了自己的东西。只有自己一个人和他在一起的时候，没有得失，看见别人和他在一起，清楚看见自己的失，所以才会那么难受吧，也许自己在乎的是不想输给杨雯雯而已，而不是这个大男孩。

"多看、多想让你快乐的东西。相由心生，心里美事想多了，人的面容也渐渐舒展了，长得自然就越来越好看了。总想着纠结着的事，人也就长拧了。你说人们为啥都喜欢那个小眼睛的歌星呢？那个女人爱笑，总是笑眯眯的，看见她就喜气，长相有别的缺点就略过了。唱得好的多了去了！就她很有男人缘呦。"那声"呦"拉得又长又绵，连张佳璐都不得不看她。

吃完饭她竟然破天荒地帮张佳璐梳起头发来，光溜、顺畅，还拿棉签沾了爽肤水给她擦脸，又帮她抹上一层润肤露。若有若无的香气浮动在周围的空气中。张佳璐自己都觉得脸清净透彻。以前只是用洗面奶洗完脸抹些儿童用的那种润肤霜，忙的时候连润肤霜都忘了抹。根本不会想秋天到了，面部也需要水分的滋润，需要补水。

"你不记恨我？"

"呵，为什么要恨你？与你相比，我足够成熟，你根本伤害不到我。恐怕受伤更多的是你吧？还有，我觉得，一个人的心要是被恨占满了，爱就无地生存了是不？也不认识爱了，即使爱在眼前也看不到，感受不到。就算为了自己活得快乐点，也应该给爱留一份空间。"

晚上临睡前，张佳璐洗漱。"狐狸"进来递给她一个包装盒。说："用这个吧，应该适合你。"

打开一看，原来是护肤品。看说明书，张佳璐知道这是正适合自己这个年龄段用的。爽肤水是中性的，润肤乳是水性的，所有原料都不含刺激性。

学着"狐狸"的样子，用洗面奶轻柔地在面上打着圈，很快脸上满是泡泡。再用棉签沾着爽肤水，之后是润肤乳。

躺在被窝里，她都感觉自己浑身的毛孔是通透的。想着对面卧室中滑溜溜的丝绸被下那个浑身香喷喷、娇嫩的肉体，也许还有低声娇俏的话语吧。她摸着纯棉舒适的被罩，想老妈这功夫干啥呢！出差该回来了吧？都十来天没打电话了。

9

一个人最爱的就应该是自己，最应该的就是一心一意对自己好，对自己好的表现之一就是要做最好的自己。这是"二妈"那个女人说的。怎么才算做最好的自己呢，这她可没说。张佳璐就按照自己的理解慢慢地做最好的自己。首先，不能让杨雯雯看笑话。

每天她都把自己穿戴整齐，深吸一口气走出家门。告诫自己不要失态。要是那两个人没晃到她的眼前，她那一天就算过得稳定。要是，那两个人不小心出现在她眼前，就快速地闪开。实在不能马上闪开，杨雯雯就对她呲牙一笑，虚伪而又得意。她报以冷淡毫不在意的样子。保持原来特色的是"蟋蟀"，还像以前那样没心没肺地对待张佳璐。这让张佳璐更加暗自难过。

即使一闪而过的相遇，强压在张佳璐心底的那丝忧伤还是像无声手雷一样炸开了。把心底炸得七零八落，一片狼藉。奇怪的是每次炸开后都觉得不能复原了，但还是复原了，该干什么还是干什么。但每次见面都要炸那么一下，一次比一次杀伤力小，一次比一次复原快，渐渐地云淡风轻起来。现在她忙于学习，忙于思考。

开始杨雯雯尽量躲着她，也许不是有意躲着她，而是和"蟋蟀"约会很忙，根本就忘了她。时间长了，也忘了禁忌或她就想看看张佳璐的反应，时常带着"蟋蟀"在她面前出现。看她无动于衷的样子，杨雯雯略有些失望。杨雯雯主动跟她说话，她也搭话，但是话中的距离感傻子都感觉得到。一来二去，杨雯雯主动跟班级别的女生示好去了。但别的女生都有固定的友谊、固定的玩伴，她一时插进去有些不尴不尬。张佳璐也面对这样的处境，好在她一心扑在学习上，对别的事反应不大。杨雯雯把自己尴尬的处境归罪于张佳璐对自己的拒绝，开始对她愤愤然。有机会，还会暗讽她一下。说什么，小孩子不成熟，没本事守住男生啥的。她当然不点名指姓，张佳璐既生气又好笑。

最近李航下课的时候总来班级找杨雯雯，不像过去高高在上的样子。可十回有八回扑空，因为杨雯雯已经去找"蟋蟀"了。面对李航的询问，张佳璐几次话到嘴边都咽了下去，还是杨雯雯跟他解释的好。张佳璐有些佩服杨雯雯的手段，两边都不放。秋风渐紧，张佳璐周末出去买复习题的时候看到道路两旁的树叶都黄了，在风中有摇摇欲坠的样儿。阳光格外的亮，亮得使人认为生活永远、到处充满了阳光。

太阳下山，月亮升起。月有阴晴圆缺，日子有欢乐就会有阴霾。张佳璐发现杨雯雯变得心事重重，不再高声谈笑。下课也不像子弹一样飞出去了，而是静静地坐在座位上发呆。有时，上课的时候走神。老师最能知道学生的状态，物理老师已经连着三堂课对杨雯雯表示不满了：学不会还不好好听讲！

难道她和"蟋蟀"闹别扭了？已经有几天没见两人在一起走了。尽管一再告诫自己他们发生什么事都和自己无关，张佳璐的心里还是有东西在流淌，原来淤积在心底的东西活动了，化开了，就像终年的积雪终于让阳光捂化了，露出了许久不见阳光的土地，贪婪地呼吸着，吸进肺腑里的全是新鲜、快乐的空气。

杨雯雯开始用目光找她，却不敢直接找，躲躲闪闪。尤其是她和杨雯雯的目光不小心对在一起的时候，那对无助的目光流露出求助却又像公园里受惊的小松鼠慌乱地躲闪开来。

至于吗？一个高高在上的女王，一个眼神就可以勾来很多男生围在身边。还缺自己这个丑小鸭的友谊？且用求助的样儿？没看错吗？杨雯雯怎么会向自己求助？装可怜，恐怕这只是她的一个手段而已。自己只有装做看不见，不能任她为所欲为。践踏友谊的人是她，现在又可怜兮兮。活该。

一连两天，张佳璐确信，杨雯雯除了发呆就是向自己投来求助的目光，几次下课，来到她身边转悠，转悠来转悠去，直到上课铃响，也没能开口。

面对自己的幸灾乐祸，以她以往的脾气，可以视而不见，或是挑衅地硬挺，这样一再地向自己示弱，不是她的性格，装可怜也不能这样真可怜啊。面对他们一段失败的感情，求助我张佳璐又能起什么作用呢？有病乱投医？杨雯雯不会这么弱智吧？亏得以前自己还挺信服她，就这水平……那双无助的眼睛似乎含着某种晶莹的液体不停地在张佳璐的眼前晃着，晃得她心烦意乱，连放学的铃声都没听见。

放学，张佳璐最后一个走出教室。

路灯下的阴影里，站着杨雯雯。

"张丫，你得帮我。"

张佳璐听完杨雯雯的话，浑身的毛孔仿佛都被秋风吹开了。风就像一根根细小的银针顺着毛孔扎进去，扎得她心一跳一跳的。

10

张佳璐看着市中心医院妇产科手术室墙外贴着的价格单，可视人工流产680元，无痛人工流产1200元。她问明医生可视和无痛的区别，下意识地回答医生说做可视的。中年女医生轻蔑地扫了一眼她的肚子。"他妈的。"张佳璐愤愤地在心里骂着，去交费。她带了一千五百元，从"二妈"给她的五千元补课费里拿的。那只"蟋蟀"听杨雯雯一说，就吓得钻进洞里再也不敢露面了。杨雯雯自己也有钱，犹豫了几天也不敢自己来，只好求助于张佳璐。

医生说手术几分钟就完事。医生眼中的几分钟就让张佳璐彻底了解了可视和无痛的区别。不仅仅是价格上，也不像医生说的那样只是一点点痛楚。杨雯雯的叫喊隔着几层玻璃几道门尖利地汹涌而出。刚开始几声，张佳璐听到耳里，心中竟然腾起一股热浪，愉悦遍满全身。可很快，那声嘶力竭、杀猪般的嗥叫像鞭子一样开始抽打她的心，她的心一缩一缩的，人也开始哆嗦起来。她祈祷，这几分钟快点过去，她可不想年轻轻的就得心脏病。就像她以前验证过的一样，祈祷什么，上帝不给什么。上帝为什么这么愿意跟人做对呢？是上帝太了解人的本性吧，太轻易的给予不会得到珍惜。

从手术室里出来的杨雯雯好像不认得她了。杨雯雯一下子就老了，跟张佳璐不是一代人了。眼里空洞无物，嘴角和眼角都耷拉下来，脸上的皮肤拧拧着，痛苦的纹路清晰可见。从这张脸上张佳璐看到以前的世界远离了杨雯雯，是痛苦的叫喊把以前的世界推开了，痛苦的哭喊能令人瞬间老去。张佳璐相信此时处于虚无中的杨雯雯不会看到医院走廊拐角处的那个男生。那个男生，把女生的叫喊听在耳里、女生的恍惚看在眼中。他整个人也是一片恍惚。

杨雯雯在张佳璐家里住了三天。由张佳璐给她向老师请假，她自己对父母说跟张佳璐一起学习。

两个男生之间的战争是从杨雯雯上学那天晚上开始的。

在学生基本走净的校门口，那三个人终于碰面了。李航和"蟋蟀"就像两只毛都竖起来的公鸡，就那么互相盯着，眼睛恨不得喷出血来。杨雯雯一声不吭地站在一旁。

两只公鸡终于斗在一起。左勾拳、右勾拳、绊子，散打结合蒙古摔跤，血流了出来，后来就是毫无章法地扭打在一起。最后还是练过跆拳道的那位占了上风。

衣服上色彩斑斓的李航像只发怒的大鸟煽动翅膀冲出校门，一边往外跑一边叫嚣着让"蟋蟀"等着。

"等着你拜师练功回来吗？""蟋蟀"冲着那个逃跑的背影喊。一辆飞速而来的别克轿车急刹车停在李航面前，从里面冲出一位二十多岁的年轻人。

李航和那人截住"蟋蟀"。混战，"蟋蟀"以一敌二未见下风。年轻男人返身拉开车门。

"蟋蟀"倒在夕阳中，汩汩流出的血水闪着金光，让人目眩。

11

已到深秋，树上的叶子快落光了。一阵风吹来就会有几片叶子被抖落在地。别说叶子都战战兢兢，没啥心气招摇。上学，放学，张佳璐一个人默默地走着，像道路两旁的树木一样沉默。她更加内向了，不跟同学说话，不跟老爸说话。老妈来电话她也是无精打采、敷衍了事，她的青春活力仿佛随着倒地的"蟋蟀"汩汩流血流走了。

一天晚上，张佳璐又被噩梦惊醒了。她梦见自己躺在地上，身边一个看不清的人在不断地流血，血已经流到她的身上，她想躲开，却说什么也动不了。惊出一身冷汗，她醒了。打开灯，一声充满恐惧变了声的尖叫把小小的卧室塞得满满的。挤破了门，冲向客厅、厨房、卫生间以及另一间卧室。

张佳璐从卫生间出来，迈开走路觉得不太舒服的腿，慢慢推开卧室的门。没有人，她松了一大口气。床单和被罩都换过了，散发出阵阵的清香。床上，一个透明的塑料袋装着粉色的、软软的东西，在灯光下发出柔和的光。"这可是女人的专利，心底要给爱留一份空间。"她耳边反复响着那几句话。

张佳璐摸着如皮肤般光滑的柔软的物件，睡着了。睡得香甜、舒缓，再也没有往日梦中的纠结。醒来，打开窗帘，躺在床上，任清晨的阳光欢快从窗上穿越到床上，肆无忌惮、好不知耻地摩挲她。一会儿是额头，一会儿是脖子、肩膀，再后来……她的心空了，轻了，飘飘欲飞，灵魂随着跳跃的阳光起舞。

张佳璐清清楚楚地誊写好周考、月考的试卷，装订好。

听说那个叫杨雯雯的女孩到一个普通高中借读去了，找到她不难吧？

雪 藏

1. 告别

你今天能不走吗？

看着面前撅起的小嘴他笑了。这个小东西就是贪婪，笑起来的酒窝里，每个张着的汗毛孔里透出的都是欲望。婴儿般的小嘴下面是个深不可测的无底洞，里面好像住着一个吸风怪，起劲地吸着一切能吸到的东西，食物、钱、他的身体……可自己还是喜欢她。

这个小女人在对他的亲昵中还透着崇拜。活到这个份上，崇拜的目光见得太多了，刚开始听着直起鸡皮疙瘩的恭维现在听着也顺溜了。耳顺了眼睛还亮得很，透过那些崇拜的目光他看到熊熊燃烧的贪欲的火焰。嘴上说着拜年的话，眼睛死死盯着他的腰包，恨不得冷不防冲上来咬一口。他多次梦到置身一群眼冒绿光的狼群之中进退不得，醒来一身冷汗。

眼前的小女人也是一个地地道道吃钱的机器，可他实在是愿意看到她得到满足后的发自内心的高兴劲儿。他无限制地满足自己的妻儿，可他们没有丝毫感激之情，觉得花他多少都是应该的。花一点点钱既满足了一个人对物质的渴望，又满足了自己给予的快乐。

没想到，跟这个小女人交往上后他头一次感觉男女之间的感情是如此之妙，看来人和人真的是不一样。以前那些女人尽管三教九流、环肥燕瘦各不相同，可他觉得她们就是一个人，他也不记她们的名字，统称为宝贝儿。她们也不恼，笑嘻嘻地管他叫大宝贝儿。和这个小女人相比，以前那些女人可以说得上妖，是妖艳的妖；这个女人也是妖，是妖精的妖。那些人只得妖的皮，却没有妖的髓。这个小女人算是修炼到家了，她的一切都那么有活力，对一切都那么渴望，连贪欲都不加掩饰。可他像看不到似的，他在她身上看到令他着迷的东西。连她有些乖张的性格他都喜欢。只要她高兴，做什么他都愿意。他有时觉得诧异，自己明明在讨好这个小东西。以前都是女孩子讨好他的。他从来没带她去过那些他带别的女人出现的场合，更没向别人介绍过。以前，他换了个新妞也会在那帮人面前炫耀一番的。难道自己是得了个宝贝怕别人知道？

"过了今天我就可以好好陪陪你了，我和别人约好了，有重要事商量。"

"才一个月你就觉得很长了是不是？依我看，你一定是有别的女人了。要只是公司里的事为什么不能跟我说说，怕我听不明白还是怕我听得太明白？"

"你个小人精，还有你听不明白的事？不过今天的事不适于让你知道，女人嘛，会享受生活就得了，明白太多会不快乐的。"

"你真的碰到什么难事了吗？用不用我帮你？"

他宽厚地笑笑，摇摇头。"就像上茅厕一样，有些事别人是代替不了你的。也不是什么难事，我问你，如果给你开一家公司的话，你是喜欢有自己的经营思路呢还是听我的指挥，照我思路去做？"

"听你指挥，照你的思路去做那还不等于是你的公司？跟我有什么关系？敢情我去跑那儿当个傀儡经理？我不干。"

"以我经验和实力可是能保证你稳赚的哦？"

"多谢你关心，那也不劳您大驾，我喜欢自己的东西，一切是按我的想法来的。"

"我也是。"他坚定地说。

他拍了拍扬头瞅着他的那张有些婴儿肥的脸蛋，笑着说："相信我,过了今天,一切都会好起来的!"

要办的这件事除了自己谁也不知道。不是他刻意瞒着,而是这些年的经验告诉他有些事情越少人知道越好。尤其是身边人。

"对了,这个给你。"他从西服上衣的口袋里取出一张卡。将卡塞进她的小手里,拎着黑色手提密码箱走了出去。

女人看见他坐进那辆毫不张扬的黑色奥迪车里。她问过他为什么不换辆好一点的车,像他这样身份的人开奥迪,别人会小瞧他的公司。他笑着说现在如果我骑自行车去公司可能效果还要好一些。不过,人老了,就用不着出那风头了。

启动性能很好的奥迪车悄然滑过楼下的花坛,向小区外驶去,很快就与灰暗夜色融为一体。

女人按了下手里的物件,甜甜地笑了。

一切并没有像想象中的那样好起来。

2. 枪战

夜很静,只听见风刮过树枝的声音,唰啦唰啦的。一辆小轿车开了过来,没开大灯。车轮在沙土路上飞快地滑行竟没发出什么声音。车丝毫没有停顿就开过这片树林。

随着小轿车开远,树林里传出一片咳声。"到点了,妈的,线报准吗?给咱们弄到这兔子不拉屎的地儿喝风来了!"低沉的抱怨伴着树枝的唰啦声传出来。

这是市林业局的苗圃,地处郊区,一条不算宽的油漆马路穿过这片树林,就到了临市的地界了。整个苗圃就像砍成两半的大洗澡盆,南北地势高、中间凹。也不知谁选了个这么地方交易,四周高点控制住,连只耗子都难钻过去。这不上赶着让人一勺烩吗?可能是自认为动作迅速,那样的话,外市的毒贩子就可以顺原路很快就跑了,市内接应的也可以不出地界就能接着货。不过,还是想差了点,这又不是国界,轻易不能越过。结案后王晓阳还在想这个问题呢。

今天下午王晓阳正在那装腔作势的茶馆里与那个装腔作势的淑女相亲的时候接到的线报，说晚上有人在苗圃里要进行大额毒品交易。这把他乐的，一蹦高就逃离了那倒霉的地儿。甩掉假淑女和跟前虎视眈眈的老妈当然也是高兴之一。

啪的一声，王晓阳把装满子弹的弹夹上到枪里，前后拉了拉套筒，子弹上膛。关上保险，看着黝黑锃亮的枪管他幽幽地说："我保证他的爪子来不及缩回去。"线报说这次出货的很可能是"八爪鱼"的贴身马仔。几次行动打得他的贩毒网络七零八落，不得已要出狠招了。

这只"八爪鱼"的爪子舞动起来可让石城市的缉毒警察丢了不小的脸。可以说石城市百分之七十的毒品是经他手流进来的。这小子是搞批发的，不小打小闹，出手就是大的。他手底下的网络十分健全，四通八达，石城市没有他网不到的地方。他非常狡猾，几次下线落网，设套想钓这条大鱼都被他溜了。毒品还是源源不断地流进来。

队里人憋足了劲，撒下耳报神，布下天罗网，就想网住这条"八爪鱼"。刚接到线报他就把一大队的警力布置好了，怎么蹲守，何时出击，以什么信号为准……在一起行动多了，都有默契了，一个眼神，一个手势，一个暗语，底下的弟兄们就知道怎么回事。再说了，咱王晓阳带出的兵，包括那个女内勤，有一个算一个都是好样的。要品有品要型有型。哪像别的大队，弄出几个阴阳怪气的东西来。

没想到，临出发支队长又把二大队也调来了，让他们协助一大队。"省得人手不够，这可是大案呢！"支队长说。

王晓阳一边感谢队长考虑周到，一边在心里忿忿地骂着一脸得意的二大队队长曹宪。那小子还不是怕他抢了这笔功，官迷心窍的家伙！瞅着这种人真来气，不会放过任何出头露面的机会。

年底中层干部又要竞聘了，听说支队的一个副支队长要调到别的地方升一格，环顾左右，王晓阳还是蛮有希望的。曹宪是有力的竞争对手。几年功夫，从小民警到二大队副队长到队长，爬到肩膀头和王晓阳一边高了，爬得够快的。爬就爬呗，说实话谁不盼着自己能爬到别人头上去？令人讨厌的是这小子有着一双千里眼和顺风耳，队里大大小小的事瞒不过他，自然也就瞒不住领导了。队里人恨恨地说，以后咱放屁都得小心点，屁声大了把队长熏着无所谓，弄不好把局长都熏出毛病来。队员哄堂大笑，那家伙坐在那儿像没事人似的。

抓住"八爪鱼"是他实现近期目标的最有力的保证。看得出来，曹宪那小子也瞄着副支队长腾出的窝呢！要是那小子真得逞了，还不得把王晓阳窝囊死。不过，要是今天的行动顺利，一切都不成问题了。

放下脑子里过了多遍的想法，一心一意盯着下面的"洗澡盆"。时间一点点过去，还是没有任何异常迹象，队员们心里不免有些着急。刚才发牢骚的是队员张斐然。本来都约好了晚上几个哥们喝酒，那几个哥们说还要带靓妞来。可一声令下都跑到这鬼地方喝风来了，别说靓妞了，连个鬼影子都看不到。

王晓阳没看队员们，其实不用盯着就知道，别看他们发牢骚，眼睛都不带眨一下的。毕竟是毒品交易的大案，万一真从眼皮底下漏了，那也不用回队里交差了，直接找个歪脖树吊死算了。发发牢骚只是排解一下寂寞。

强支着眼皮，盼望着此时哪跑出来一只耗子溜达溜达也好。无奈，连耗子都不出来。没办法，蹲坑守候就是这样。很有可能，夏天的夜晚正蹲在郊外的草丛里，和成群的蚊子进行无言的交流；冬天猫在雪堆上，大有和冰雪焊在一起的架势。有人还享受过免费的淋浴，不过，水的味道有些特别……不过，最古老的办法有时就是最有用的办法。只要线报准确，哼哼，任他孙悟空转世，也逃不出如来佛的手心。

突然，空气中没了呼吸的声音。原来是王晓阳他们不约而同地都屏住了呼吸。这只能意味着一件事：有情况。不是吹牛，王晓阳手下的几个家伙，看似懒洋洋，不经意的，警醒着呢，像随时准备扑向猎物的豹子，干起活来干净利索，而且第六感觉特好，可能是遇到的事情太多了，发生情况前的先兆都弄明白了。比如现在，王晓阳向苗圃里的路口瞅去，一辆小轿车悄然开过来，停在了道口。妈的，神出鬼没的，连点声都没有，没声就看不着你了？王晓阳心里忿忿地骂着，眼睛不敢错一下地盯着那辆车。越看越觉得有问题，一回头，正碰上张斐然的眼睛，从那双眼睛里王晓阳证实了自己的想法。这辆车就是刚才开过去的那辆。肯定有问题，马上王晓阳发了一个只有他们几个才懂的信号。

内心的紧张使夜显得更静了。小轿车像一个睡着的物件一动不动地停在那里。王晓阳他们等了二十多分钟，脚都麻了，也没敢挪一下地方。

这时岔道口的另一方走来了两个人，从走路的姿势和身高来看是两个健壮的男人。两个人走到车跟前，敲了敲车窗。从车里下来一个人。王晓阳夜视望远镜中的视线正好被后来的两个人挡住，车上下来的这个人具体动作什么都看不到，只觉得他们三人在说什么。后来的两个人中的一个人拿着一个类似公文包大小的袋子，递给从车上下来的那个人，那人接过看了一眼，抬头看着那两个人。不知那两个人说了什么，惹得从汽车上下来那人非常生气，把手里的包愤愤地甩在地上。后来的两人中一人直奔地上的包而去，另一人抓住扔包那人的脖领子推搡着他。扔包那人也不示弱，和他撕巴起来，看包那人也冲上去，三人登时扭做一团。此时，埋伏的队员们不知怎么办好了，是出去还是在暗地里看着，他们一齐瞅着王晓阳。

王晓阳当然也没见过如此交易的，说："先等等看。口袋里的金币，能蹦到哪儿去？"话还没掉地上，就听一声枪响，随之一声大喊："都住手，你们被包围了。"是带着几个人在对面设伏的二大队队长曹宪从暗处现身了。妈的，这根搅屎棍。王晓阳恨不得冲蹦出来的那小子开上一枪，要是能不负法律责任就好了。连张斐然都气得一跺脚，嗨了一声。没办法，只好带着人向那三人围去。

扭打在一起的三个人立刻分开，只听见一人歇斯底里大喊："好啊，你出卖我们！"顿时，枪声大作。队员们依托树干掩护向下面射击，也顾不上瘦小的树能否挡住他们，这是在枪战啊，哪怕是有一根稻草挡在前面也是好的。

枪声停止了，恢复了夜的宁静。十几个人站在夜色中互相看着，不说话。一切都隐在黑暗之中。

3. 神秘女人

　　出租车司机张强挺高兴，一天下来，活都没断，准保一个下车，走不远就能碰着坐车的。忙得自己午饭只吃了两包子，晚饭在小摊上卷了个鸡蛋煎饼凑合了。腰和肩膀有点酸，可收获大大的。照这样下去，买车的钱很快就能还上，到时就不用这么辛苦了。他自己干到晚上十点收工。据他的经验，晚上八九点钟是生意正好的时候。这不，一个客人刚到这个小区门口下车，就有一个女的冲他这辆车摆手，他停了一下，女的到了跟前，坐在车的后座位上。"到苗圃去！"她着急而又简洁地说。张强没急着发动车，上下打量了她一番：女人看起来也就二十岁出头，穿得却很华贵。说不定也三十多岁了呢，现在的女人也分不清年龄，岁数大的拼命往年轻打扮，装嫩；年轻的又经过太多的沧桑。"就你一个人去？"

　　女人不耐烦地点头，催促道："快走。"

　　这个点到那个前不着村后不着店的地方干嘛，不是挖好陷阱等我跳吧。那段路可出了不少事了，轻的钱被抢，重的丢命的都有。实际上一个出租车司机能有几个钱，在那些疯狂的人眼里还算有钱人了。有些司机为了赚钱，就忽略自己的安全。就像这上车的是个女的，有些司机就认为没什么危险，你知道半道能出现啥事。想到这，他回头对女人说："太晚了，我要交班了，近地方我还能拉你去，苗圃太远，我不去。"女人焦急的脸上立时现出一丝愤怒："今天你必须送我去，否则我告你拒载！"

　　张强也来了气："我去也行，咱可先说好喽，半道不停车，也不再拼客，而且你先把车费钱给我，到地儿你下车，我立马就走。"

　　"行。"女人急急地答道，扬手扔过一张百元票。

　　拿钱这么不当回事，看来钱不是好道来的。

　　张强锁好车上的门窗，一边开车，一边从后视镜里观察这位特殊的女乘客。这个点她要到那么偏僻的地方干嘛？跟情人约会？从她的派头看也不至于到那荒郊野岭的地方啊，现在有钱啥地方没有，安全还干净。女人上车就不停地拨打她那小巧的电话，从她拨键的方式看，她是在不停地拨打一个电话。不知为什么，一直没打通。

张强不由自主地提高了车速。

女人泄气地把手机甩在一边，又赶紧拣起来，又开始拨打那个打不通的电话。忽然，女人对着手机说起话来。打通了？他都为她高兴。听了几句，才知道不是那么回事。只听女的说是"110报警服务台吗，苗圃地区有人被打了，你们快出警吧。"不知那边又问句什么，女的只是说："别问了，你们快去吧，去晚会出大事的！"她把电话挂了后又开始没完没了地拨打电话，还是没接通。

"苗圃到了。"张强放慢车速对后面那位女乘客说。"再往前走走好不好。"女乘客着急地央求他。通过苗圃只有这一条路，再往前走就出了石城市了。

张强不情愿地把车往里开了开，没多远，就发现今天的气氛不对，以前白天都没几个人的小路上，现在人影绰绰，声音嘈杂，一溜车停在小路上，借着车灯看，竟然都是警车。他不禁回头看了女乘客一眼，难道她能未卜先知？那女的竟然把脸都贴在车窗上了，身子前倾，要不是他车门锁得紧，那架势估计都能挤出车外去。车停下，打开车门她就奔那群人跑去。张强想了想，锁好车，也跑了过去。

他跑到女人的身后，女人踮着脚伸着脖子隔着拦截的警察往里面看，张强也忍不住好奇心望着。他看见一辆轿车周围五米之内警察又围一小圈。有的低头看着什么，有的指点着地面。天黑，还离得远，只能借着这些车灯的光亮看。几个警察围着一辆车看，是黑色还是深蓝色看不清，大致轮廓觉得应该是奥迪A6一类的车。妈的，出事的还是个有钱人呢！

在这个城市里，有钱而又不张扬的人都坐这类车，实用，还算上档次。特有钱的暴发户才买那种昂贵的大吉普、跑车之类。

"干什么的，挤什么挤，没事别在这儿瞎凑热闹！"他把一个警察挤烦了，冲他吼了两声。他往后退了退。"里面到底发生什么事了？"他听女人问。

"两伙毒贩子火拼。"刚才吼他的警察答道。

他觉得挨着他的女人的身体猛地一震。"那个车又是怎么回事呢?"女人指着被警察围在中间那辆车冲着回她话的警察问道。连张强都觉得女人问得过分。真不知自己是哪棵葱了,等会儿挨呲就好了。

"是犯罪嫌疑人开的车。"

"人怎么样了?"

"死了!"

"死了?"

张强感觉前面的身体慢慢地、软软地靠在了自己的身上。

"不死能这些人围在这儿吗?女人别看这些乱七八糟的东西,会做噩梦的!"警察的耐心出奇地好。"哎,你怎么了?你认识里面的人?"也许警察发现女人不太正常,追着问了句。

"不认识。"女人虚弱地说。身子几乎要瘫倒在地上了,手却紧紧地抓着张强的袖子。

张强四周看了看,除了忙碌的警察外,看热闹的没几个。这个女的是坐自己车来的,把她扔在这儿交给警察好像不妥,虽说有困难找警察,现在好像时机不大对。他半拖半拽地把女人弄到出租车上。他看见有警察不住地往他这边看,好像还有走过来盘问的意思,这浑水可不是好趟的,他赶紧发动车顺原路返回。

车一启动,哭声也起来了。慌得他不敢往后看。他没问女人到哪儿,径直把她拉回刚才上车的那个小区门口。车停下,女人还在抽泣,没有下车的意思。都十点过几分了,再不回家,老婆该着急了。他还不敢给老婆打电话,万一女人的哭泣声被老婆听见他就死定了。被警察盘问还能有还你清白的那一刻,被老婆盯上那可是永远说不清了,以后的日子你就在侦查与反侦查中度过吧。

抬头看见站在门口两门神似的保安他来了主意。结果令他非常满意,高档小区就是好,保安们答应把女人安全送回家。

4. 他涉毒？

刚结束的苗圃树林一战缴获毒品海洛因 150 克，毒资 120 万。击毙嫌犯三名，其中两名是警方一直通缉的毒贩"八爪鱼"和他的手下。这是谁也没料到的，这条掀起那么大风浪的鱼就这么死了？这巨大的成功来得太突然了。王晓阳还有点没回过神来，别的队员满脸的兴奋。这可是禁毒支队破获的有史以来收缴毒资、涉案人级别最高的案子，这下可以扬眉吐气了，全坐在大会议室里兴奋地议论着。美中不足的是毒贩被击毙了，意味着线索也就断了。

据内线消息说这小子的毒品都从广州进来的，纯度高，价钱也能让人接受，所以他的货能垄断这个市场。他的上线在境内有毒品加工厂，要是不铲除这个毒瘤，只打掉一个暴露了的毒贩，危害还是没能减小。都怪那个曹宪，干嘛不沉住气捉活的。当时在现场王晓阳就埋怨了他几句，那小子拍拍手说："局面那么乱，不控制住咋办？"

"人死了，就是控制住局面了？"

"那种情况你说咋办？你知道他是大毒贩要抓活口，他不知道自己犯多大罪老实投降，等你抓他？"曹宪没抬头，轻描淡写地说道。

"那你也不该先鸣枪吧？"王晓阳窝着气说。连法律都规定在极其危险的情况下，鸣枪警告只能加重犯罪的情况下，不适宜鸣枪。一旦处置失当，那可是人命关天的大事。隔那么远鸣枪示警，还不如是在给他们通风报信。依着王晓阳的意思，最好是慢慢靠近，直到确定控制住嫌疑人后再采取行动。好在参战的民警没有受伤的，要真倒下一两个这功夫都乐不起来了。

听到这个消息，局领导都到场了。参加这次缉毒行动的每个人面前放了一份刚打印好的简历。

李梦阳，男，58 岁，汉族。大学文化

个人简历：

1957 年 9 月——1960 年 3 月，辽宁省石城县召束沟小学，学生

1970年3月——1985年6月，辽宁省石城市矿务局建筑队，工人

1985年6月——1988年3月，辽宁省石城市矿务局建筑队，项目经理

1988年3月——1994年10月，辽宁省石城市矿务局建筑公司，公司经理

1994年10月——至今，辽宁省石城市家缘地产公司董事长、2000年当选石城市人大代表，被评为市优秀民营企业家

家庭关系：

妻——王彩凤，55岁，家务

长子——李亮，28岁，家缘地产公司副总经理。

在石城市很少有人不知道李梦阳。开车在石城市大街小巷转转，道路两旁林立的楼房多数出自他的房产公司。

从一个工人成长为石城市地产界数一数二的人物，李梦阳绝对能牵扯石城市上上下下的眼球。每隔一段时间，他就会传出新闻，什么竞标帝豪酒店成功，参与市政府的棚户区改造计划。他还是一个法力无边的人物，在石城市可以说没他办不了的事。据说就连政府机关各局一把手的任免他都能插上一杠子，号称民间组织部部长。民警们都知道李梦阳跟局里的领导关系不一般，"家缘"地产没少赞助公安机关，当然，公安机关也为"家缘"地产的发展没少保驾护航。

这次他创造了个大大的新闻，把所有参战的公安干警还有得到消息的支队长、副局长、局长都震住了："10.24"大案现场有三人被击毙，其中两名是公安机关通缉已久的毒贩，另一名就是这位房地产老总，市人大代表李梦阳。

现在领导们都瞅着面前的简历发愣，不知说些什么好。他们在这寂静的夜里好像就听到了白昼的喧嚣，他们被这即将到来的喧嚣吓住了，好像在深秋的风中簌簌发抖的树叶，死死地咬住枝丫，不知能挺住几时。

王晓阳这个禁毒支队一大队队长负责把这次行动的前后经过已经向局领导详细汇报过了。局长问了句："王晓阳，你能确定李梦阳出现在那里是为了进行毒品交易？"

笑话，嫖娼也不能去那地方。他心里这么想，嘴上没敢说。这就是当下属的坏处，说话不自由。说话自由，最起码在一定范围内自由，这也是王晓阳积极求上进的动力之一。"现场发现的120万元现金经查证是李梦阳携带的，另外两名嫌疑人经辨认其中一名就是搞毒品批发的'八爪鱼'，另一名是他的手下。我们这样大规模搜捕'八爪鱼'却屡屡让他逃脱，早就怀疑背后有极强势力的人在为他遮风挡雨。李梦阳的出现正解释了这一点。也怪我们疏忽，李梦阳儿子'溜冰'咱们都知道。人大代表参与贩毒，还真的没敢想过。还有他手下的保安部部长宁凯三年前吸食麻古的时候被我们抓住过，同样也没发现他贩毒，就把他送到强制戒毒所了事。没想到，他出来后不知怎么的搭上了李梦阳这趟车，做到了保安部的部长。"

"我听说'110指挥中心'接到报案称苗圃树林有人打架，巡警赶到正是你们围捕毒贩的时候？"主管缉毒、刑侦的刘副局长问道。

不愧是主管业务的领导，对案子的敏感度就是不一样。

"巡警赶到的时候枪战已经结束了，不过按'110'提供的情况来看，是不是和这案子巧合？"

"这个问题你们抓紧查，除了现金、毒品，还有通信设备要仔细清查，与毒贩保持联系的都要查清。还有，李梦阳涉毒的证据要尽快找到。"副局长指示。

5. 保险柜里的宝贝

石城市的房地产公司恐怕多得都数不过来了。尤其是近几年，房产市场火爆，到处都在扒房子、建房子，道路上永远是烟尘滚滚。房价简直能比得上起楼的速度，地基刚打好是一个价，楼盖到三四层又是一个价，等楼交工，现房比期房每平米涨了好几百块。金钱的光芒灼红了人的眼睛，质量参差不齐的建筑队、建筑公司如雨后春笋般冒了出来。能不能拿到项目，那是鸡刨猪拱各有各的道。石城本来不大，打一圈电话，就能找到权力中心或是中心附近的人物，有点门路的都想分一杯羹。石城市也越来越像所有中国的城市样了。A市、B市、C市都长得差不多，楼越来越高道路越来越宽，城市建设永远在进行。

"家缘"地产在地产公司大军中是比较老牌的一个，实力雄厚，绝非为一个项目现拉的草台班子可比。

王晓阳赶到"家缘"地产公司，一队人马去搜查公司碰到了麻烦，李梦阳的保险柜打不开。

几乎每个在任或前任市领导都出入过"家缘"地产公司的大门，李梦阳与各级领导的放大照片现在还挂在公司的走廊里。摄影技术看来很是不错，照片中的李梦阳神采飞扬，各级领导脸上都挂着亲切的笑容。从公司长长的走廊通过，简直就是石城市近十年官场博物馆。三任市委书记，两届市长，市委秘书长，办公室主任，人大主任……有些正在政治中心或已经远离中心的人在这里都可以找到影像。现在这些林林总总的人跟照片一样，保持沉默。至少王晓阳他们没接到一个询问李梦阳案情的电话。这些官员很讲究原则，很自觉地跟领导保持一致，与贩毒分子同仇敌忾，不共戴天。

王晓阳带着几个人来到李梦阳的办公室。

宽阔的办公室足够开舞厅了，浅色的菲林格尔地板闪着亮光，一个大大的老板台斜对着门，老板台后墙上是一幅大山水画。老板台的右手侧是一组乳黄色的真皮沙发，后面墙上挂着两幅不知出于何人之手的墨迹。办公桌上倒简洁，电话，文件夹，最能显露身份的是那个翡翠笔筒，圆润，散发着温和的光芒。坐在沙发上，看见的是办公室的另一面墙上挂着一副石城市地图，上面插着一面面小红旗。这是几年来"家缘"拿下的土地和已经盖好的楼房。沙发的一侧，靠近办公室墙角不显眼的角落里放着一个高一米左右的保险柜，静静地墩在那里，放着金属的光芒。

不过，李梦阳近一个月没出现在这样舒适的办公室了。"他躲出去了。"秘书毫无顾忌地说。因为公司遇到难题，遇到房地产商都会遇到的难题：资金链断了。工程眼看要收尾却没钱付工程款。几个施工队要钱没有，迟迟不肯封顶。从九月末一直胶着到现在。一个多月过去，民工们挺不住了，都出来干活快一年了，家里大人孩子盼着年底拿钱回家呢。棚户区的动迁户们也不干了，本来说好十月末交房的，他们都算计好简单收拾收拾在新房里过年的，现在看来他们只好在出租屋里过年了。他们只要空闲，就会出现在"家缘"地产公司，讨永远没有的说法。李梦阳不胜其扰，只好躲了出去。他能躲出去，可市政府躲不了。民工们围在市政府门前，让市长给说法。市长也找不到李梦阳，气得牙根痒痒，没办法。

搜查李梦阳的办公室没发现与毒品有关的东西。只剩下墙角的保险柜打不开，钥匙没有，密码谁也不知道。

王晓阳拿出电话飞快地按键："李哥，求你个事，是这样，一个保险柜没钥匙没密码，我们想打开它。好，我们等你。"他回头对两个队员说："你俩在这儿等局里的开锁专家来，和这位秘书一起，见证一下柜里有什么，我去和公司里的别人聊聊。"他又瞥了眼沙发后面的山水画。秘书忙介绍说："是关山月的，不过是赝品，是一个咱们市的书画家来公司参观时说的。按说真品李总也买得起。有生意上的客人问他为什么挂副假画，李总打着哈哈说：'这是经高人"开光"的画，价值不是真品可比的。像信佛的请佛、菩萨不经高人"开光"那就是一尊泥菩萨一样。挂副山水画是因为水主财，山是有靠山，这样买卖才能风生水起。'"

靠山？以他的实力，靠山肯定小不了。不过现在他有多大的靠山都没用了，人算不如天算哪！天作有雨，人作有祸，此话不假。别看市长气得牙根痒痒，对他奈何不得，老天收拾他了吧？这种大快人心的事还是少了点，要不咋还有"好人不长寿、坏人活不够"的说法呢。

要说李梦阳人咋样，在他手下干过活的人都吐舌头。据说他当项目经理时，只要他在工地上出现，工人们都像老鼠见了猫似的快速缩回洞里，哪怕当时没活可干也躲在墙后面不跟他照面。但李梦阳为人极是义气，底下跟他干活的连工人在内都没少得到甜头。至于他是否吸毒，他周围的人都说没看出来。

没看出来，这句话本身就很有意思。王晓阳坐在"家缘"地产公司小会议室里平时李梦阳开会坐的大靠背椅上，他把头枕在椅背上，上身尽力后仰，真舒服。即使在这个角度也能看清会议室里的情况。怎么说呢，是什么感觉，君临天下？这个位置看别人一定明察秋毫，别人要是想观察他，那得仰视，仰视不是一个好的观察角度，难免看不出来。

财务总监彬彬有礼的样子，越是这样，越要小心。王晓阳告诫自己。"公司的账户上实际没什么钱了，内里支撑着都有些费劲了。别看现在地产行业这么火，'家缘'一直没断了工程，也不乏大工程，坏事就坏在大工程上，棚户区改造省里要求五年之内完成即可，李总找人预算可以赚上一笔，他就大包大揽全承包下来了，结果差头出在政府那儿。说好棚户区改造省里和市里补贴一部分钱的，可市政府迟迟不拨这笔钱……"

"那他还能提出一百多万，还是挺有实力的吗？"

财务总监愣了一下，又笑着说"烂船还有三千钉呢！不过他提走一百万的事我不知道，也许他没从财务上提钱。"

会计是个三十多岁的漂亮女人，跟大多会计一样，一看就知道是个经过各种场合的人。女人在某些方面真能顶半边天了。

"李总最近从公司账上拿钱了吗？"

"没有。眼色都没使一个。"两人同声说。

王晓阳瞅着面前的女会计，想从她那极其镇定的神情中发现点什么，可惜，什么也没发现。"在事发现场，发现李总带了一百二十万现金，他的银行卡近期没有大的支出……"

"没有，账目清清楚楚，我可以拿给你看。"

王晓阳摇头，能拿给人看的都是清清楚楚的。

女会计出去的时候特意瞟了他一眼。

王晓阳的手机响了，是"撬锁"专家大老李打来的："给你弄开了，来验收成果吧。"

大老李笑着说："这可是名副其实的有钱人，这保险柜是纯瑞士进口的，为它差点把我的一世英名混丢了。以后碰上这事千万不能再找我了，要是哪天我栽进你挖的坑里，我这张老脸还怎么在外面混呢！"

王晓阳就笑："回头请你喝老酒。"

保险柜分三层，最上面一层码着一摞子账簿，他随手拿起翻了翻，一咧嘴笑了。中间一层放些文件袋，估计是合同一类的东西。下面一层放着几个小盒子。技术人员赶紧拍照，用刷子涂粉，取指纹。技术人员对王晓阳打了个手势后，王晓阳一努嘴，张斐然几个人带上手套把柜子里的东西都搬到宽大的办公桌上。最下层的几个小盒子一拿出来，在场的几个男的都乐了。"你们李总还把这个放保险柜里？"一个队员故意逗那个女秘书。不知女秘书是没看懂还是真的不当回事，竟然脸色不变，非常严肃地说："李总把它放进保险柜里肯定有李总的道理。"这下弄得几个笑的人都觉得没意思了。

真是个没见过世面的土包子，这东西也往保险柜放。壮阳药、避孕套怎么了？现在都成了一些人包里必备的"武器"，大大方方地拎来拎去的了，还整得那么神秘兮兮的。

等等，王晓阳俯下身去，脑袋都要钻进保险柜里了，向保险柜顶部的内壁望去。"快，拿把裁纸刀来。"他兴奋地喊道。把牢固的透明胶带划破，掉下来几页 A4 打印纸。

是三张纸，上面写满了数字。是的，是手写的。一组组的，有四个数字一组，有五个数字一组。

"好像是账号哎，不过，再有钱也不会弄这么多账号吧！"

"秘密账号，哪个企业没几个秘密账号？李梦阳秘密账号多，说明他后台多。"

王晓阳不做声。他看不像是账号，账号没有这么长的，这些数字最短的也占了三四行，有二十多组数字之多。长的占半个篇幅。他能分出段落是因为段落的后面有一行数字，那行数字他看得懂，是时间。时间没刻意隐藏，年月日写得很清楚。比如，最后写的是 2014.9.22。

回去请教明白人，果然人家一撇嘴："这怎么会是账号，即使是账号也是外星球的。"

"密码，这就是密码书写。"张斐然兴奋地叫道。

"得了吧,看侦探书看迷糊了吧。他李梦阳一个大老粗能干出这么有文化的事?"

"不是有没有文化的事,现在电视剧教的多明白,小学生都会。"

"就算那是玉皇大帝给他的天书也救不了他的命。人死如灯灭,一切都结束了。"

6. 八十万哪儿去了?

"李总拿的不是一百二十万,应该是二百万。"刚和女会计见面,他就听到一个让他更为吃惊的消息。他们刚从"家缘"公司出来,王晓阳就接到会计的电话,约在公司外的一家茶馆见面。

"二百万?"女会计点头,从包里拿出一张纸递给他。

那是张带"永隆地产"字头的信纸,上面龙飞凤舞地写到:请财务处小张给我准备现金二百万元,暂不下账。李梦阳,2014 年 10 月 22 日。

是李梦阳的字迹。

"刚才你不是说李总没从财务上支钱吗?"

"这钱不是从公司财务账上提出来的,是李总的私人账户,就是他的小金库。除了我以外没别人知道,虽然李总出事了,我也不想让别人知道这事。"

"李总自己的小金库还需要公司的会计把关吗?"

"像普通员工一样,李总按时从公司支取月薪,需要大宗花销直接到财务账上支取就是了,可能他觉得有时用起来不方便吧,就单独立了个私人账号,到结工程款的时候就转这个账号里一些钱。"

"每次李总需要的话就通知我从这个账号上往他的银行卡里存钱,这次他说要提现金,我说现金银行控制得较严,200 万得等一阵子才能提得出来。他让我想办法,说他一星期之内要用。"

"他说这个话是什么时候?"

"上个星期三。"她想了一下。"我儿子那天上半天学,让我早点接他，我当时领着儿子在逛街，李总给我打的电话。"

"上个星期三，那时他已经躲出去好多天了，他取这么多钱干什么？"

"是，也够他焦头烂额的了。不过，他有什么事还会给我们打电话的。钱的用途我没问，到10月22日我把200万现金都提出来了，给他打电话，见了面，把钱给他，问怎么入账，他说暂不入账，就给我打了上面的条子。"

200万，现场只有120万，那80万到哪儿去了？80万现金也挺大一堆呢。李梦阳的家里人根本不知道他拿这些钱干什么，家里也没发现八十万的影踪。死者名下的个人账户、银行卡近期都没存入钱。他老婆、儿子的账户上也没大笔钱存入。

难道这笔钱飞了？还是给了外人？

7. 号码"22"

现场遗留的李梦阳的手机一直处于接通状态。最后一个电话是往外打的，号码22，却不是与他接头同时被击毙的毒贩的，毒贩的手机也在现场。号码22前后出现了两次，一次是晚上20时32分打进，通话30秒，另一次就是20时38分李梦阳打出的，一直没按结束通话键，是没来得及按还是有意为之？在20时30分有个打进电话，这个号码在20时28分的时候打给毒贩。两个通缉的毒贩号码与李梦阳的号码没在彼此的手机里出现过。

去移动公司查，在李梦阳的手机中出现的两个号码其中一个登记是李梦阳，就是手机里最后拨出的那个号码22。另一个是不需要登记的神州行。从移动公司打出的半年内通信记录看，这个号码22的电话打进打出很频繁，每天最少有两次通话。通话时间都很长，有时在半小时左右。

李梦阳周围的人都知道，他做事比较果断，不想好的事绝对不说，更不可能在电话里商量什么事。要知道，李梦阳不是一个机关油子，有的是时间煲电话粥。从通话频率上看应该不是生意上的合作伙伴，也不应该是毒贩子。再笨的人都认定这是一个女人的号码，而且是与他关系密切的女人。

那个不知名的神州行号码在李梦阳和毒贩的手机里都出现过，就在交易的前几分钟。仅仅是当时出现过，以前没有。难道是这个神秘的号码把他们联系在一起的？

拨打这两个号码，细细的女声：你拨打的是空号，请查对后再拨。您拨打的电话已关机。空号的是无主的神州行号码，关机的是电话"22"。

什么东西在脑海里一闪。

"'110'的报警电话上记载的号码是多少？快！"王晓阳喊道。

报警记录上的电话号码一下让人振奋起来。就是那个号码，那个以李梦阳名字开户的号码22。据接线员回忆是一个女人报的警。

"那天晚上，真有一个路过的，是个出租车，还载着一个女的，跑到跟前看，还问得挺仔细。"

"一个女的？"

"对。"

"快说那女的长什么样儿，都问些什么？"在一旁听着的支队长掩饰不住兴奋，站起来探着身子问刚才说话的警察。刘越山副局长也忍不住站了起来，在会议室的这些人都围了上来，恨不得掐住这小子的脖子让他快说。

"长得挺好看，黑灯瞎火的具体长什么样也没看清，反正穿着挺上档次，看起来挺有钱的。那女的是有点怪，她好像挺关心里面发生的事。"这是一个警校毕业一年多的警察，说完这些，他忐忑不安地看了看众人。

"说说吧，关于这个女人还有什么新线索？"支队长接着问。

"她是坐出租车来的，从外形看，是中华车，红色的。车牌号我用电筒扫了一下，也没看得太清。主要是我当时看见那女的表现挺反常，就留了下心。"这是一位从警多年的老警察。

"中华出租车,那就上出租车管理所查,实在不行就让交通台发一条来回滚动的广告,这个线索不能放过。"副局长刘越山平心静气地说。

"李梦阳最后一个电话打给的就是这个报'110'的号码,这可不可以说明现场发生什么事李梦阳都通过电话转给这个号码的主人了呢!也许这个人比我们还清楚现场发生了什么事。"曹宪接着说。

王晓阳对曹宪也翻了翻白眼,这人就是有本事把别人发现的事当自己发现的事汇报。不过,曹宪对他的白眼没做任何反应,这让他很失落。不过,他觉得冷飕飕的,一瞥,正看见支队长的厉眼瞅着他呢!好在支队长的眼神马上就移开了,给他留足了面子。因为今天这大案子毕竟是他上的线,击毙"八爪鱼",要知道他为领导解决了多大烦恼哇。没看大局长喜形于色的样子,王晓阳估计局长坐车里到市委汇报的当儿,屁股都会随着车的行进一颠一颠的。不过,局长的坐骑减震性能很好,效果不会这么明显。

"不是没有可能,也许人家要求一个人来接头,为了安全起见,李梦阳在暗地里又安排了一个人。"

"对,应该是这样,李梦阳他们俩人的电话没断,所以这人知道现场发生了争执乃至枪战,所以报了警,咱们可以猜测一下当时她并不在现场,等赶到现场才发现警察已经到现场了。看来,这个女人跟李梦阳不是一般关系,说不定李梦阳这些日子就跟她在一起。应该好好找一找这个女人啊。"副局长刘越山做了总结。

这应该不难,一个活在众人眼皮底下又张扬得很的人应该没有私生活秘密的。

"找专人一直打这两部电话。这个工作女同志干正合适,段晓航就交给你了!"

段晓航刚要噘嘴,"告诉你,这是一项重要任务,要是从这上找到突破口,你的功劳可比谁都大。"王晓阳忙着就把她的话堵了回去。

8. 伸张正义的人

张强开着他那辆出租车溜线溜到公安局门口，早上七点多钟出来到现在还没挣到三十块钱，真够背的。突然，他看见一个穿白色风衣的背影有些眼熟，他开车往前凑了凑，看见那女人的侧脸，哦，原来是她。当时就觉得她有事，果真有事。那件事够引起震惊的了，有女人搅和在里头肯定更热闹。今天就是不干活，也要过把侦探瘾。他把车停在视线较好的出租车乘降站。这时有人敲车窗问他走不走，他指了指不远处还在徘徊的女人说有人把车包下了。

打死他也不相信，这个女人和那天的事没关系。她会跟三个人其中的哪个有关系呢？据说另外两个人是公安部门通缉很久的毒贩，从她居住的环境看不像是和那两个毒贩有联系。毒贩是挺有钱，可也不能光明正大地住在那么高档的小区，到连保安都认识他们的份上吧。那么她就只能是和那个表里不一的优秀企业家、人大代表有关喽。能是什么关系呢？从她当时的神情上看，哈哈，一定是见不得光的男女关系，要不她住的为什么那么远？李梦阳在石城市的楼盘可是遍地开花，高档小区也有，犯得着跑到临近郊区的地方去住？他猛地砸了下方向盘，为自己高明的推理叫好。

他听说警察在找一辆那晚出现在苗圃的红色中华车，肯定是在找这女人。他不想浪费时间去提供什么线索，也不想跟警察打交道，说不清道不明的。再说了，李梦阳那王八蛋早该死了，现在天遂人愿，可别节外生枝。

他捋起袖子看了看胳膊上的伤疤。那还是两年前自己家搬迁跟家缘地产的拆迁队起纠纷被砸的呢！拆迁给老百姓安置费那么低，转手盖完商品房要价那么高，给拆迁户的房款还不够原地回迁的。妈的，说是为老百姓造福，老城区改造，改造来改造去，连个住的地方都没了。这帮王八蛋是死少了，挣的钱到阴间去花好了。

女人好像有什么心事，在这儿溜达好一阵了。她到底要干什么呢？女人终于走进那个她徘徊了一阵的大门口了，张强也松了口气。他抬起腕子看了看表。

她进去干啥呢？是把知道的事情讲清楚？没等他将顺思路呢，女人出来了。他又看看表，不到十分钟。难道她没进去，像在门口一样只是在走廊里溜达溜达？不像，即使在远处看，看不清她的表情，从她的步伐看，轻松了不少。

他想了想，下车找到一个公用电话。拨打那个在广播中反复播送的号码："你们要找的女人住在都市家园小区，二十多岁，穿白色风衣。"没等对方说话就放下了电话，他也一身轻松地回到车里。

9. 他最后和谁在一起？

李梦阳最后一个月和谁在一起成了揭开谜底的关键。以为找一个男人身边的女人是很简单的事，可没想到一点眉目也没有。连李梦阳的司机、下属通通不知道这个女人的存在。用他办公室主任的话说："男人是离不了女人的。何况在生意场上，有些生意没有女人还真谈不成。依我们看，那都是逢场作戏，没啥真实内容。"

那些平时跟他来往密切的男人、女人都矢口否认最后一个月见过他。有些人竟然否认与李梦阳有来往。直到专案组拿出证据，那些处长、主任们一边擦着流下的冷汗，一边开始痛苦的挤牙膏的回忆过程。

专案组接到一个电话称他们要找的女人住在都市花园小区。电话是从公安局门口的一座公用电话亭打来的。

段晓航报告说那个"22"电话打通过一次，但没人接。

王晓阳来到那片高档小区。拿出李梦阳的照片，保安连连说看过这个人。他到这里的5号楼311来过。对了，前天晚上一个出租车司机把311的女的送回来，那女的看起来哭得很伤心。

"几点的事？"

"大概是晚上十点多钟。"

时间对上了。不巧的是这两天小区里的监控录像线路坏了。

来到 5 号楼 311，开门的是个中年女人。没等他们说话呢，女人就气哄哄地冲两保安喊："还是物业费那么高的小区呢！贼进来随便翻都不知道。"

王晓阳愣愣地看着保安。

保安摇头。

"我的房客给我打电话说被盗了，这里不安全不在这里住了。房租都没到期就走了。"

房主拿着租房协议和身份证复印件一看，是李梦阳签的约。

10. 结案

李亮一直在找市委、市政府和公安局讨说法，说他爹是有人陷害。支队长一撇嘴，别听他瞎扯，那几个银行行长和竞争对手害他不会用别的方式？雇杀手在大街上把他打死不更简单吗？没听说现在最便宜安全的干掉对手的方式就是假车祸，故意和过失是没法分得清的。再说了，他们怎么会知道在那儿有毒品交易？怎么会清楚地知道咱们通缉的毒贩的准确交易地点？

不管怎么分析，还是派刑警队的人去找了那几位银行行长。果不其然，听办案的刑警回来说那个韩行长挺吃惊，认为公安是不是梦没做醒。"我安排杀了李梦阳？我怎么安排？我安排他到哪儿也许有可能，我能安排得了毒贩的行程？再说了，全国呆账、坏账多了，石城市的工商银行为什么就不能有坏账？何况李梦阳的房子还在那儿立着呢，我怕啥？大不了拿房子顶账呗！我为什么要杀他？我好日子还没过够呢！我犯得着担这风险？"

至于李亮提到的那个王胖子更是一脸无辜："我还要求公安机关彻查此案呢，别听他妈的外人胡扯什么商场如战场，商场也是有人情味的地方，别看争地的时候都恨不得咬对方一口，私下我还是挺佩服他的。我看你们还是干点正事去吧，别在我这儿浪费时间。这里肯定有哪块砖砌歪了。"他是施工队里瓦匠出身，一切事都可以砌砖喻之。

李亮告到省里。

很快，省厅工作组就派下来了。

被别人审问的滋味很不好受。明明知道自己是清白的，没自己啥事，可看见省厅下来的几个办案人员的嘴脸还是不舒服。王晓阳耐着性子把经过一遍遍地讲，恍惚中，他都怀疑自己是不是真的做错什么了。

尤其是一个有些秃顶的中年人皮笑肉不笑、阴阳怪气地提问："出现在交易现场的三个人是你们通缉的毒贩吗？"

"其中的两个人'八爪鱼'和他手下我们一直在通缉。在得到这个情报前，我们也通过别的渠道了解到他的行踪了，只是时机不好没有抓捕。要说是工作上的失误，我个人觉得没有抓住'八爪鱼'的活口是此次行动唯一的失误。"自信心又回来了。

"那个李梦阳以前到底涉没涉过毒？"

"我们以前未发现他有这方面的违法行为。"未发现，这个词太好了。未发现说明他隐藏得很深，现在发现也不晚嘛！他不禁又得意起来，还跟我们斗呢，我们办案接触的犯罪嫌疑人总比你们接触的违纪干警多吧！

像是回应他的得意似的，秃顶微微一笑，不过，瞅的不是他，而是看自己面前的记录纸。

妈的，他们还真有什么翻天账？

"你说接到线人的报告，这个人现在在哪里？"秃顶平静地问。

问这个干嘛？要知道这是很忌讳的事。这种事知道的人越少越好。"这个人我用了很长时间，他向我报的告，说那晚在苗圃将有大宗的毒品交易，有可能是'八爪鱼'的手下，谁承想是那条大鱼。过后，我想兑现线人的奖金，还没找到他。"

"这么说在案子发生后，他失去了你的控制，可以这样理解吗？"

"这种事以前也有过，几天联系不上他也是正常。"他有些不耐烦。坐机关的人究竟想了解点啥。

"以前他也不领钱就消失过吗？"

想都不用想，根本没有过这样事。有时情报价值不大，不想给他钱，这小子还像癞皮狗似的在后面追着你要呢，领钱从来不超过二十四小时。"可能他是有急事不在本市。"

"我们也是警察,我们以一个警察的身份和党性作保,说出这个人的名字,用我们自己的力量去查这件事,不会泄露出去。"

"这两位是代表省厅来的,我们应该绝对信任。你知道的情况要毫无保留地说出来。"李明生在旁边敲着边鼓。

"我可以告诉你们,请你们找到他后告诉我一声。而且这事只有咱们四个人知道,如果露出去……"他扫视着面前的那三张脸。

那三张脸波澜不兴。

这是心里无愧才会有的表情。王晓阳说出了那个名字。

整个案件事实清楚、证据无误。案情汇报会上,王晓阳汇报说他还没破解出三张纸的秘密,支队长一挥手:"放下它,破解它也没大意义。顶多就是和哪个贪官勾结的小账,把它备档,以后哪个部门需要再送给他们好了。现在我宣布:'10.24'大案成功告破,王晓阳写结案报告。"

支队长已经给他透露了,局里正考虑副支队长人选。局党委对他很有倾向性。

能在关键一步上压了曹宪一码,他心里更想感谢的是给他线报的那个人。虽说那小子也基本上是五毒俱全,毕竟干了回人事。奇怪的是,案发后他一直没找到这个叫二疤瘌的家伙,想给他奖励费都找不到人。电话不通,人影不见。他家人说好久没看到二疤瘌了。这很正常,因为二疤瘌本身就居无定所,这些年,有家跟没家一个样。王晓阳见到他比他妈见到他的时候多。找了一圈,没找到,有人说:"疤哥现在发财了,听说跟别人到山西倒煤去了!"

妈的,发财了,这点钱不在乎了。他抖了抖手里的钞票,看来还得重新物色耳目。

11. 女神出现了

王晓阳坐在那张宽大的靠背椅上,半闭着眼,头向后仰着。这个姿势保持18分40秒了。他在思考一个问题,准确地说是在捋清思路。干任何事情都得有思路，破案如此，追女人如此，升迁更是如此。

现在他考虑的是如何把屁股从这把椅子上挪开，挪到更大的一把椅子上。

人在江湖，身不由己。只要你踏上这列快车，就得随着它飞快运行。即使累得精疲力竭，也得死死抓着车沿不放，唯恐不到站就被甩下来。即使不被甩下来，别人上升你原地不动，咱也丢不起那个人。王晓阳是深有感触。别看自己现在年轻，这次聘不上，下次就不占优势了。这不是吓唬人，听说过一步赶不上，步步赶不上吗？尤其是公安机关基层科所队，超过四十还没提拔基本就没戏，就被划到上不着天下不着地的那类里了。

最近有消息传来一个副支队长要调到别的支队去了。一些人心思活分起来，一个位置意味着一连串的变动啊。有很多人从一个空着的位置看到了升迁的希望。

现在人们见面寒暄不多，可眼神交流就太丰富了。关系铁的，早都私下沟通好了，要互相扶持一下。最起码，群众海选百分之六十通过。现在需要联系感情的是那些关系不太铁，并不交恶的人。那些是自己竞争对手的只要保持基本的礼貌不要去碰就行了。

环顾左右，能是他竞争对手的有那么三四个。

除了曹宪以外都不是禁毒支队的，虽然资历、人气都不比自己差，不熟悉业务也是一大硬伤。

这次竞聘他占点优势，年前的"10.24"大案给他带来了好运。支队长透露了让他当副支队长的意思。不过，即使胜券在握也不能掉以轻心，不到正式宣布随时都可能变动。就像一个经营已久的案子，前期侦查、收集证据都差不多就等临门一脚了，最关键的时刻犯人跟丢了，如泥牛入海，再也找不见。这样的事不是没有过。

做完第一步分析后，第二步就是确定自己的主攻方向。首先得过支队长和主管副局长这关。支队长已经算是明确表态了，关键就看主管副局长的了。

找主管副局长他有点打怵。

正没头绪时手机响了。王晓阳看了一眼不想接,知道不接的后果会更严重,她会打到办公室的座机上来。办公室的座机是报警电话,真要影响报警事可就大了。用脚趾头都能想得出来老妈的电话想说什么,果然:"晓阳,你徐姨问你上回看的对象怎么样,你要是有心思我就给人家回话了。"

"哪个?我没心思,哪个也没心思,我的事你别操心了好不好。"

"我不操心谁操心?眼看都要臭到家了,你是不是还对那个狐狸精蔡晓婷挂着心呢?我告诉你,就是她回心转意,我们老王家也不要那样的女人进门,咱可不要那娱乐圈的人。"

老妈可真逗,天天在报上署名的就成了娱乐圈的人了。

他妈想起来就骂一顿蔡晓婷,说那个小妖精把她儿子拐带傻了,都不知找女人了。在她心里,她儿子心理受的伤害太大,弄得跟太监差不多了。

前一阵子不忙,王晓阳在老妈的监督、陪伴下开始了相亲大战。这不,七天之内相了三次亲。哪一次都没下文,老妈的脸色一次比一次难看,觉得儿子是在和她故意较劲。

王晓阳还委屈着呢,人们都说天涯何处无芳草,为啥自己找不着。以前让他动心的女孩也有过,可是他动心人家不动心,害得他伤筋动骨,弄得对别的女孩他倒不会动心了。真的,经过一次伤筋动骨后他对女孩子的认识有了质的飞跃。怎么说呢,比如看一件东西,你要是平着看,或仰着头看,肯定不全面,也看不清,你要是居高临下那么一看,呵,沟沟坎坎尽收眼底。现在,他看女孩子就是这感觉,在他眼里女孩子都成了水晶人,甭管她自认为多老练,多有城府。水至清则无鱼,看得越透,他觉得越没劲。基本上跟她们在一起两个小时他就能知道她的一生,包括她的前半生和将要过的后半生是什么样。一次就兴致索然根本就提不起与她们再见面的兴趣。连见面都不想,真要过一辈子,那不比掉火坑里还难受?

就像前几天那次相亲。二十分钟,他忍不住三次掏出手机,看了又看,确定是开着机。不禁咬牙,每天不想听到电话的时候,它偏偏响个没完,都要快变成热线了。等你盼着它哪怕响一下也好的时候,它偏偏不响,真活活气死个人。

"妈,男人四十一枝花你听过吧。你儿子我还是香饽饽呢!"要是老妈知道他喜欢一个到迪厅里去的女孩会怎么样?会不会抹着眼泪说不行?

那天跟段晓航几个家伙在一个不起眼的小烧烤店吃得满嘴流油。王晓阳起身说:"走,锻炼锻炼身体去吧,把吃的能量消耗出去。"他锻炼身体的地方不是健身房,是"菜包子"开的"野马迪士高",到那儿蹦上一阵不比跑一万米强度小。蹦了一阵,他坐在一边喝东西,笑着看摇头晃脑的人们。他看见"菜包子"跟一个女孩起劲地摇着,动作配合非常默契。这一定是那小子才勾搭上的,跟"菜包子"来往那些女人他都认识。"菜包子"就有这份本事,几分钟,就能把一个头一次见面的女孩子逗得前仰后合地笑,之后就是自然而然地交往了。

"菜包子"勾搭女孩是挺快,可是那些女孩子们跟他热乎一阵子后就不理他了,又找别的帅哥去了。他总说是因为王晓阳哥几个挡了他的路。

"我呢,喜欢的是美女,真正的美女,跟你的眼光有些出入。"王晓阳笑着说。

这话让"菜包子"很受伤,发誓找一个让人们都眼馋的美女气气他们。

现在正跟他跳舞的女孩从背影看绝对一流,青春的气息随着她舞动的头发、扭动的腰肢自然地流露出来。盖过以往他勾搭上的任何女孩。不知从正面看怎么样,不会看着想让人防卫吧。

那个女孩终于转过身来了。天哪!一刹那,王晓阳觉得自己要上不来气了。世上真有这样的女孩?他紧紧盯着,看着她在拥挤的舞池里扭动腰肢,看着她的长发随着节奏一次次甩在那细嫩的脸上,他突然涌起一股想吻她长发的冲动。他就这样随着舞池里的她挪动着目光,周围的一切都不存在了,什么声音都没了。她就是一个独自在嫩绿的草地上跳舞的精灵、仙女。

有人捅他,他不耐烦地耸了一下膀子。咣,一记重重的拳头打在他的肩上,挺疼。他转过身去准备大吼,竟是"菜包子"!

火一下子发了出来:"你那么使劲打我干什么?"

"我问问你,你看啥这么用心?"

这句话提醒了他。想到还有求于眼前这个人,王晓阳马上笑了起来,把"菜包子"拉到座位上,给他倒了杯酒。

"菜包子"翻着白眼,拿着酒杯牛哄哄地说:"说吧,求我啥事?"

这个狗东西,恨不得一拳把这脑袋砸进酒杯,从来都是"菜包子"有事求他,今天这主儿倒端起架子来了。他换上笑脸说:"看你这么大岁数了,婚姻大事还没着落,哥哥我不替你愁嘛。"

"打住,打住,你要是不跟着掺乎,我儿子都说不定会打酱油了。有这精神头替自己愁愁吧,女人我不缺,要爱情不容易,要婚姻还不容易吗?"

王晓阳上上下下好好打量了一番,这是认识他二十多年以来说的最有道理的一句话。"啧啧,真是士别三日当刮目相看啊,怨不得你小子能勾搭上那么漂亮的女孩子跟你跳舞。"

"菜包子"扑嗤一声乐了,"我说你直目愣眼地瞅什么呢,怎么样,不错吧?"

"外表上看还可以。"

"去你的吧,你小子啥时候关心过女孩子的内心?这次我可警告你,不要打她的主意,她可是我千方百计联系上的。"

"哎,你是怎么跟她联系上的?"

"菜包子"本能地往后缩了下,然后坚决地摇了摇头。

王晓阳开始感情攻势:"亏咱们还是从小玩到大的哥们呢,好了,我不打她的主意,她姓什么叫什么应该让我知道吧?"

"菜包子"还是摇头,像叼块肉的乌鸦防着狐狸似的,明知要上当受骗,还要挣扎一下。好像只要不被骗得那么快,耻辱感就减少似的。

"你小子再跟我装蒜,别说我找着她撬你的行啊!"王晓阳开始威胁。

"你能不能讲点哥们间的义气呀！古话说得好，朋友妻不可戏。"他软了下来。

王晓阳哈哈大笑，"什么朋友妻，我看你俩连什么，啊，连手都没拉过呢吧，还谈那么远干嘛！"

"正因为我俩确定不下来，才不给你介绍的，我怕你这小子眼热，要是定下来，也就不怕你知道了，你小子脸皮再厚，也不好意思抢我女朋友吧？"

王晓阳嘴里说着那是那是，心里却想这女孩要真成了"菜包子"的女朋友还抢不抢呢？要是换了另外的女孩都不会有这种想法的，可那个女的太那个了。真的，她不是特殊的漂亮，而是有那么一股子劲叫人看见就忘不了。从来不相信小说、电视里所说的一见钟情，可今天他愿意相信这种奇迹存在。真的，这辈子如果真的非得和一个女人过一辈子的话，他就愿意选择她这样的。

她有什么神情呢？纯情而忧郁的，就像一朵百合花那么无助地开在荒芜的旷野上，空旷的原野狂吠肆虐，没有大树可以遮挡，没有任何哪怕是几棵小草可依靠，更没有一丝的防卫能力。柔柔弱弱的样子让人一看就想把她搂在怀里，不忍心看她受到复杂世界的伤害。那淡淡的眼神仿佛放着什么射线，一下下就把人的心抓住，抓进那双深潭里，再融进那颗跳动的心里。现在王晓阳的心就已经和那颗心隔着人流、车海跳动在一起了。

王晓阳软硬兼施地才从"菜包子"那儿得来她的姓名：唐棠。

第二天一上班，他就坐在电脑跟前查唐棠，全市查，全省查，查着查着，自己都乐了。还唐棠，不是唐璜？那个"菜包子"让人卖了还帮人数钱呢！

从"菜包子"口中得知她喜欢到这里蹦迪，从那以后王晓阳每天吃过晚饭后就跑到迪厅去守株待兔。无奈，那只小白兔就是不出现。"哎，她没告诉你她是干什么工作的？"

"都说多少遍了？我不知道她是干什么工作的！""菜包子"的情绪明显不那么好。

不能怪他，搁谁也堵得慌，碰上一个喜欢的女人，却发现喜欢她的不止自己一个人。

12. 狼外婆来了

王晓阳想着怎样才能挖出那个唐棠，毒贩都能逮到，一个小女子能跑哪儿去？办公桌上那台报警电话响。

"你好，石城市禁毒支队。"电话里没声。妈的，又是骚扰电话。电话又响了，这次他没忙着接，看了下，还是刚才那个号。接通，还是不讲话。"有话你快说，是报案，还是举报？我告诉你，这是报警电话，没时间跟你磨蹭着玩，到时查出你没事儿打电话有你玩的！"

"城南野玫瑰歌舞厅有人贩卖摇头丸你们管不管？"那边猛地冲出一句。

"只要有人卖我们就管！"王晓阳大声回答。他有些生气，什么话，还你们管不管？不管我们是干嘛吃的？

王晓阳立刻安排人去查野玫瑰歌舞厅。很快查线的报告：是有人倒腾那东西，量都不大。"咱们还动手吗？"队员们探询地问。

"当然动手了，量大量小都是违禁品嘛！不能因为量小就放过那帮王八蛋，到后来出大事了还不得说咱们姑息养奸。"王晓阳一脸正气，那几个人也连连点头。王晓阳心说：不管行吗？那口气还听不出来，肯定跟野玫瑰歌舞厅结下什么梁子了，借公安之手除之后快。保不准就是附近的歌舞厅搞的鬼，妈的，拿公安当枪使呢！等我先端了"野玫瑰"，再拔掉你这个"烂玫瑰"！

没空撒网，一勺子就捞着好几条鱼。有卖的，有嗑的，有个别的带回队里药劲还没过呢，在那儿一个劲地摇，像极了舞狮队里的"金毛狮子"。取材料，按指纹，忙得不亦乐乎。他抽空给支队长打个电话告诉了这件事，工作得会干，光埋头干肯定不行，关键得让领导知道你干了些啥。很快，效果就出现了。

"晓阳啊，听说你带人端了个歌舞厅，抓了不少吃丸的？很能干嘛！"电话里主管刑侦的刘副局长声音异常柔和地问。

王晓阳有些兴奋难抑了，支队长果然没辜负他的重望。他把嘴闭紧了点说："只是抓了些小苍蝇"。

刘副局长在电话那边大声说："小苍蝇也是苍蝇，贩卖摇头丸虽然和贩卖海洛因没法比，也不能忽视，纵容了小恶就有可能发展成大恶。你们的这次行动非常好，肯定给那些自以为没多大事儿，只是小打小闹的人敲了一记警钟，让他们知道警察的眼里是不揉沙子的。"

"你的能干领导是看在眼里的。"刘副局长电话那边声音又缓和了下来。

这算是明确表态吗？看来自己又比曹宪占了先机。

正美呢，有人敲门。来人正是他心心念念的曹宪。他先是恭贺王晓阳又七扯八扯地说些闲话。王晓阳也热情地跟他唠着，心想这小子干什么来了，是不是上我这儿探听什么来了。

太虚了。他越对自己恭恭敬敬的，越觉得他没藏着好心眼，黄鼠狼给鸡拜年没安好心！

他有时自己想想就笑，只要一想起竞争对手第一个蹦到他脑海里的就是曹宪。

听到最后王晓阳才明白原来他是跑到这儿给一个吃丸的家伙求情，说是愿意交点罚款。

"行，我给你查查看，要是问题不严重就放了。别客气，咱俩谁跟谁呀，还扯这套，你听回话吧！"

王晓阳把所有笔录材料拿过来仔细看了一遍。曹宪求情的那小子交代自己禁不住诱惑在歌舞厅嗑了摇头丸，只买过这一次，至于谁卖给他的舞厅里太黑没看清。其他被抓的人的材料也没牵扯到他。王晓阳心想这倒是符合从轻处理的条件，这顺水人情做得值。

张斐然正从外面进来，王晓阳一招手，"看样子这几个人也没多大事儿，把材料整理好报个罚款一千元得了。"他拿着一叠材料说。"对了，指纹捺印了没有？"

"这点小活早完事了。"

"那就好。"

"剩下的那些咋办？"

"看情节轻重该拘的拘，该罚的罚。"

"好咧，那你不再问问，不再深挖一下了？"

"别罗嗦了，既然你们就审到这种状态，我问也是一回事儿。"

听到这话张斐然高兴地走了。其实，审问太有技巧了，虽然问的都是一个问题，得到的答案可不一样。张斐然的业务水平嘛，那是相当可以的。现在他是一大队的副队长。他非常盼着王晓阳能升一步，那样的话他就有机会占上王晓阳腾出的坑了。在进步上，这小子也没少给王晓阳出谋划策。活也抢着干，就是想让王晓阳多出点政绩。

王晓阳站起身，拧拧腰，坐久了太难受了。到走廊里伸伸胳膊踢踢腿，看见张斐然领着一个三十多岁的瘦瘦的男人往外走，像有什么东西突然拨动他的心，一种久违的熟悉感紧紧地掠住了他。他站在那个男人面前，问："叫什么名字。"

"张鹏"。

王晓阳一皱眉头。男人嗓音沙哑得厉害，自己糟蹋身体的后果从这儿就看出来了。

"年龄？"

"三十八岁。"

"住址？"

"恒河小区 18 号楼 513。"

王晓阳摆摆头。那个男人佝偻着腰走了。他刚才看见的材料里张鹏是属于偶尔吸食毒品的，没发现别的问题。现在看那身体……

好一阵，王晓阳站在走廊里一动也不动，总是觉得有什么不对劲，却不知哪里不对劲。甩甩头，前后活动活动胳膊，走回办公室。

将近午夜的露天烧烤摊还是红红火火，人声鼎沸。玻璃杯相碰的声音，酒瓶子倒地的声音，喝多的人划拳、乱喊的声音，这些声音就着烧烤炉子上的碳火，一窜一窜地奔向夜空，透彻的夜空多了几分缭绕之气。

这是石城市公安局后身的一条大街，白天看不出特别。一到晚上，桌子、椅子放在街边，小海鲜，烧烤，混杂着啤酒味若有若无的飘荡在空中。没了白天的炙热，人们像久旱的禾苗遇甘露一样支棱起来，男人们光着膀子，举着啤酒瓶子，啃着烤得喷香的烤翅，瓦凉瓦凉的啤酒顺着嗓子眼流下去，流下去后胃猛地一缩，那叫个爽。这样的夜晚是男人的天堂。互不认识的两桌人，喝多了，酒瓶子满天飞的事是不会断的。被打得鼻青脸肿、头破血流，第二天醒了，却不知为什么打架也是常事。啤酒瓶子不断地碎，一拨拨吃喝找乐的人也不断。

收工太晚了，王晓阳带着弟兄们在大排档吃点夜宵。突然刺耳的警笛声响起，几辆警车飞驰而过。他们认出那是刑警队的车，肯定是发生什么案子了。

很快就有人喊道："前面街头有人被捅死了。"又有人回来说："很惨，基本上是面目全非，很是吓人。也不知和什么人结下了仇，下这么狠的手。"

噼里啪啦，一些酒客听说这事竟然急着结账去看热闹。

王晓阳几个人没动。这几个人啥现场没看过？是看腻了，看够了。

喝酒却喝不出气氛来了。王晓阳也怪，一听警车拉着笛过去就不舒服，心发慌，今天尤甚。看来是落下职业病了。

"明天还有事呢！改天再喝。"王晓阳提议。

于是就散了。

13. 他在躲谁？

一上班，王晓阳的二道茶还没喝完，张斐然就急慌慌地闯进来。"妈的，咱们受骗了。"说完，递给王晓阳一张纸。

原来是技术大队的一份检验报告。报告上书：经过科学比对，张鹏的指纹与指纹库中张国庆的指纹一致，结论是：张鹏与张国庆为同一人。

"就是昨天放的那孙子，原来有案底。得亏我去的早，技术大队刚出来结论正好被我赶上了，估计这时还没来得及上报，咱先做做工作吧，别弄被动了，他以前就有吸毒案底，也怪了，昨天咱们咋都没认出他来呢？"

张国庆，张国庆，看到这三个普普通通的字王晓阳的脑袋就晕了起来。这时才明白，为什么昨天从张鹏身上看到了熟悉的东西。张鹏——张国庆——二疤癞，找他找得这样苦，那个人改头换面在自己眼皮底下出现，自己这双肉眼凡胎竟然没看出来。他为什么整容、瘦身？为什么不和自己联系？他在躲谁？他不应该躲我，可见到好像不认识似的。

王晓阳浑身凉嗖嗖的，一摸后脖子，水唧唧的，全是汗。

恒河小区内一共十七座楼，没有18号楼。他们当然没有找到18号楼513室。查户口，张国庆的户口还在已经消失了的平房上呢。

回来王晓阳把那天在野玫瑰歌舞厅抓住的那些人从头到尾过了一遍筛子。终于从卖摇头丸的那几个人嘴里挤出点干货：原来张鹏是他们供货的上家，是两个月前在野玫瑰歌舞厅一带开始贩卖摇头丸、大麻什么的。张鹏说他在局里有人，万一有点什么情况，只要不供出他来，他就会想办法捞他们。据他们讲张鹏为人很谨慎，身上从不带货，也不随便出货，只卖给他们这些二道贩子。没人知道他在哪里住。

好啊，还是总批发。

与张国庆建立那种关系还是一年前。当时缉毒队工作陷入了前所未有的低谷。"八爪鱼"疯狂地往石城市运送毒品。缉毒队工作也干疯了：拿起扫帚一顿狂扫，石城上下一阵鸡飞狗跳，底潮的被翻了个遍。

"疤哥"被请了进来。这个"疤哥"跟他们打过好多次交道了。"行啊，二疤癞，又上档次了，现在不仅嗑粉还捣腾上了，是不是有人在桥上等你啊，你怕人家等急了，就自己加点劲？"

"什么桥，谁等我呀？"

"奈何桥，听过吗？没听过，死神知道吧，一定是你怕他老人家等着急了。"

"二疤癞"那张脸上，除了那块疤癞不动，其余的肌肉都毫无规律地抽搐着。

商量好对策，王晓阳就借着职务之便把二疤癞放了。后来二疤癞给他提供几次线索，都是"八爪鱼"的手下小马仔，作用不大。直到那次……提供完线索就不见了。

二疤瘌和他的关系张斐然都不知道。

以前和二疤瘌有联系的都不知道他在哪儿。咋的,他从山西倒煤回来了?有半年多没看到他了吧!都是这套嗑。

这小子回来难道一个旧友都没拜访。那他在"野玫瑰"歌舞厅咋落的脚?干哪行都是有规矩的,一个外来人抢市场想都别想,呆不上二十四小时就到局子里去了。地盘比什么都重要。

没找到张国庆,王晓阳的心里总觉得有块石头不能落地。他整容消失,这里面一定有事,会是什么事呢?他究竟在躲什么呢?

他们还是找到了张鹏,也就是张国庆,也是二疤瘌。不是他们找到的,是刑警队给找到的。不过他再也不能说出任何秘密了,他已经变成一具尸体。正是那天晚上他们在烧烤大排档喝酒时发生在前面路口的案子,离他们几百米的地方张鹏(张国庆)被杀了。法医说我们到现场时死者身子还有热气,尸体被移动过,第一现场应该在离发现尸体的地方二百米远的黑暗的胡同里,之后弃尸于繁华的路口。听到刑警传来的消息,王晓阳彻底呆了。

这一系列动作的完成再快也要十多分钟吧,可从张鹏离开刑警队到被在路口发现也就是半小时。也就是说,张鹏从离开禁毒支队的那一刻起就落进魔鬼张好的口袋了。

刑警很快就查明了他生前最后到的地方。

面对那些质询的目光,王晓阳的汗直往下流,身上凉凉的、腻腻的。

终于得到点蛛丝马迹,与一个叫"狐狸"的家伙有关。

14. 堵住了狐狸窝

张斐然把嘴放在羊肉串的一头,从左到右那么一抿,一串羊肉就全进嘴了。竹签子一撇,"真他妈的香,你咋发现的这地方?"他意犹未尽地用舌头舔了舔嘴边的油,又拿起一串。王晓阳也顾不得答他的话，全心全意对付肉筋。肉筋做得既烂糊还有嚼头。这家烧烤店的店面不大，破桌子、烂凳子的，却总是红红火火不断人。肉串、肉筋都做得非常地道，吃完他家的羊肉串，别人家的吃着就没味了。

"别吃了，快走。"

张斐然刚想问他什么事，那句话就像一块大大的馒头被生生地咽下去一样给瞪回去了。原来，一个臂上纹着猫咪的家伙出去了。王晓阳扔下一张百元钞票就跟了出去。

"妈的，该死的四丫头，她连这地方都知道！"被堵在了狐狸窝里的"狐狸"骂道，原来就是在烧烤店先走的那个猫咪。

"人们管你叫'狐狸'，你知道别人管'四丫头'叫什么吗？"王晓阳笑着问。

'狐狸'听这话就泄了气。"你想知道什么尽管问，求你从我这儿出去的时候不要出太大动静就行。"

"那就看你的了。'二疤瘌'整容后是投奔你来着吧？"

"是。"这家伙真干脆。

"他在歌厅被抓你知道吗？"

"听到信儿我到处打听，也不知你们怎么处理。第二天，知道他出事了。""狐狸"脸色惨白，浑身都哆嗦起来。整个人像一片轻飘飘的在秋风中时刻都要落下来的枯叶。

"他被什么人杀的你知道吗？"

"那是你们的事！""狐狸"很冲地回了一句。

王晓阳没介意，笑笑，"那确实是我们的事，要是我们不把它当回事也不可能来找你了。我想更可能的是：不只是我们想找你，也会有人想找你，不过，跟我们的目的、手段还有后果肯定不同。我们先找到了是你的幸运。"

"狐狸"的身子又是一震。

"我们来找你就是想知道'二疤瘌'死前都做过什么，跟你说过什么，还跟谁接触过。你不说也可以，想必你也听过世上没有不透风的墙这句话吧？我们不说出去，还会有人很快找到你的。"

恐惧像一条毛毛虫扭曲地爬上"狐狸"的脸。

"如果一个人知道了一个非常危险的、涉及到自身生命安全的秘密，怎样才能保证自身的安全呢？不用我教你，凭你的聪明才智应该轻易就能甩掉这个包袱。不过，你要是有别的想法，像你的朋友那样，以为掌握了一项别人不知道的秘密就可以控制住什么。惹火烧身的事是从来不少的，到时秘密就成了一个烫手的山芋，想扔出去不见得有人敢接，哈哈……"

汗从"狐狸"的脸上流下来了，不断线地流。他不吱声，王晓阳也不催他。过了五六分钟，还是没动静。王晓阳冲张斐然一努嘴，"走，打道回府，人家自认为比"二疤瘌"聪明，能扛动就不劳咱们操闲心了。唉，人为财死，鸟为食亡。淹死的都是会水的……"他说走，脚底下却不动地方，嘴里还一个劲地叨叨着。

"等等，我什么都告诉你，真像你说的那样，要是秘密不成了秘密，我也就没危险了。"

"记得去年的那天，五点多钟吧，他来找我，一脸兴奋，说咱兄弟又要有钱花了，还请我到街头吃驴肉饺子，喝了一斤半老白干。我问他发财了。他笑笑说过了今晚你就知道你兄弟的厉害了。结果，第二天全市都知道那起案子了，我想找他问问，结果他不知跑哪里去了。大概过了三四个月吧，一个人找到我的住处，尽管容貌和身材都大变了样，一说话，我还是听出了是他。任凭我怎么问，他就是不告诉我为什么变成这样。他只是一个劲地叮嘱我他回来的事不要告诉任何人，否则我们俩就都没命了。他说这话的时候身子都有些颤抖，眼睛不停地四处乱扫，一看就知道受惊非浅。我问那个案子是不是跟他有关。他一下子就用手结实地堵住我的嘴，告诉我忘掉这件事，永远不要提。看那神情，他绝对逃不了干系。"

狐狸说"二疤瘌"找他就是想有个落脚的地儿。"二疤瘌"被抓，他没跟第二个人提起过。消息绝不是从他这儿泄露的。

犯罪嫌疑人被抓后，讯问材料没取完之前没允许他们跟外界联系，他被抓怎么会有人知道？

15. "变态色魔"

林超在这场不到半小时的队会上都出出进进好几次了，表情极其痛苦。"你怎么了？像得了失心疯似的。"

"得了失心疯就不遭这罪了。可能是昨天晚上那点啤酒没喝好，哎，难受死了。"

"你不是喝的石城鲜啤吧？"

"正是，怎么了，有什么情况吗？"

"可怜的孩子，咋什么好事都让你摊上了。咱们市的啤酒让外埠啤酒顶得啥也不是，给回扣都卖不动，尤其是鲜啤放上两天就不是个味。你喝的可能超过三天了，哈哈。"

"哎呀，谁能想到啤酒还有过期的？妈的，非得把那烧烤摊子砸了不可。"他一边捂着肚子一边说。

"你砸啥都行，告诉你啊，千万别暴露自己是警察，你就说你是从里面才出来的，打完就跑，兴许没事。你要让人知道你是警察就完了，非得把你整出尿来不可。"

"真他妈的窝囊，你说现在当警察咋怎窝囊呢？"

"哎，晓阳，咋的了？中风面瘫了？"刚才还叽叽喳喳的人们围在他跟前仔细端详着他。他一把扒拉开站在他跟前研究他面部表情的家伙，向自己的办公室冲去。翻箱倒柜，从办公桌里的最底层抽出一个牛皮纸信封，倒出几张照片，拿起其中一张冲着阳光眯着眼看。他又抄起电话，拨了两位号，停了下来。他按下电话挂断键，又重拨。

很快他的电子信箱里就传过来一组照片。他把照片翻来覆去的看，放大、放大，终于看到了让自己血脉喷张的一串数字。他揉了揉太阳穴，太阳穴一鼓一鼓的，跳得厉害。怎么会这样？难道像很多商品一样把生产日期打出时间差了？还是李梦阳回去打开过保险柜？

走到支队技术办公室。

宋技术是个三十多岁的人，钻研业务有些大劲，好像时刻都在琢磨问题，对别人的问话反应有些迟钝。就像现在，王晓阳走进去，他好半天才反应过来："最近也没案子，王队长到这里干什么来了？"

"去年李梦阳的案子，他办公室里的保险柜上的指纹咱们取了吧？"

"取到几枚指纹，当时认为这个跟案件无关，取指纹也是例行公事，回来根本没做鉴定。"

"那你帮我做下鉴定行不行，看看谁对那个保险柜感兴趣。"

"怎么的，又有新发现了？"

"没啥，我只是想知道谁对他的保险柜感兴趣。对了，这事是我的私事。不要告诉队里的人好吗？"

"你们办案的都故作神秘。知道了，有什么结果我告诉你。"宋技术到堆得如山的档案堆里翻找着。

出了办公楼他定了定方向，走向最繁华的那条街道，这条商业街上有两家连锁大药店。走到保健品区，仔细查看。他怕时间长了被熟人看见，回头不一定流传成什么版本的故事，还不得成了十恶不赦的大淫贼！

"我就想要这种，我已经用惯了。"他拿出照片。

"我们没这种。"

"那我以前怎么买到了呢，就在你这儿买的。你这是什么服务态度，我找你们经理去！"

"你去找吧，他有能耐就专门给你生产好了！"售货员火也上来了。

他没计较女售货员甩给他的"土老冒"的称号，心满意足地向下一家店走去。

穿大街，进小巷，连保健品一条街都逛遍了。在白眼、吐沫、蔑视中走得筋疲力尽、满脸倦色，看起来像个色中恶鬼，他也没找到这种安全套。

走到离市中心好远的平房区。道边只有两座楼，楼后面是一大片扒得乱七八糟的平房。有扒完的，还有没扒完的。他在一个挂着便民超市牌子前停下脚步，想买瓶水，现在是走得口干舌燥。这是一个民居改成的网点。走进去，原三室一厅的结构全打通了，看起来还蛮大的。里面货品齐全，连袜子、内裤的都有得卖，都是五元、八元的价位。他拿了一瓶水，突然，他一个箭步冲过去，拿起一件物品放到眼前看，那一刻，他激动万分。

据经销商记载，8月23日上午他刚从厂家拿到8月21日出场的新货，下午就接到要货的电话，只有这一家超市要货。别的都是8月25日以后才发的货。

宋技术打来电话：李梦阳保险柜上发现一个在逃犯的指纹，是一个专门盗窃保险柜的家伙。五年前落网一回，两年前出来，省城发生一系列保险柜被盗案，嫌疑人是他，就列成网上逃犯了，不过一直没抓住他。

王晓阳赶紧回队里，打开网上逃犯资料，照片上那个人长着一双耗子眼，灵活而又狡诈的样儿。看他犯案记录，都是省城或是周边城市的，在石城市老实得很，没有案底，绝对讲职业道德。因为他是石城市人，手痒了，想练练技术了就出去旅游一圈，把外面闹个天翻地覆他就回石城休养。为什么这次他选择了石城市？而且是李梦阳的保险柜。

李梦阳不应该在那个地方买那种东西，而且在那个时间段返回公司，把它放进保险柜。像超市老板说买那种安全套的人都是民工或附近居民。耗子隐藏在那种地方应该说得过去。是那个家伙把那种东西放里的吗？他在李梦阳的保险柜里拿走了什么呢？是那八十万吗？

他把自己关在办公室里足足半天，任谁敲门、打电话他也不应。李梦阳的保险柜被盗了，是巧合还是有意？以"耗子"的作案手段看，巧合不大可能，他没在石城做过别的案子。难道是受别人指使？在李梦阳死后盗窃他的保险柜，想找什么呢？要是那样的话，第三股势力真的存在？倏地一下，全身的汗毛孔张开，冷风一下灌进骨子里。

眩晕中有个熟悉的背影离自己越来越远。像"狐狸"所说"二疤瘌"掌握了或者猜到某些秘密，才惹来杀身之祸。谁告诉"二疤瘌"那晚有交易的也是个谜。难道真像李亮说的那样有人想置李梦阳于死地？有人总结了：车祸是成本最小的消灭对手的办法。要操纵的不是李梦阳一个人，能同时操纵李梦阳和"八爪鱼"的能量得多大？

已过五点钟，别人都在收拾东西准备回家，他办公室的门打开了，随之汹涌而出的是一团团辛辣的气体。"你在里面干什么呀，不是想自焚吧？"段晓航捂着鼻子说。王晓阳没理她这个茬，直接往支队长的办公室走。

静，那么静。支队长看着他，他看着支队长，像不认识似的。仿佛空气都被他俩吓住，不流动了。

16. "耗子"洞在哪里？

刑警支队现行大队。黄浩正忙着在电脑上挖地雷。

"你咋没出去呢？这个点可是干活的大好时机。"

"出去个啥，就我这张脸都混成名片了，现在出去也是象征性地走一圈，你不知道，那帮'钳工'们都认识我们，跟我们玩游击战，只要我们一出现，他们立马消失、转移，另开辟战场。"

"嗨，连贼都苦练基本功了。我听说贼也分个三六九等，你给我讲讲这最高级的贼是啥样的。"

"溜门撬锁的就排不上边了，大街上掏包的那也不行。真正高手是专门对付保险柜的，无论国产的进口的，无论几道锁，通通毫无破坏性地打开。这才叫技术活呢。"

"咱石城市有这高人吗？"

"倒是有个叫'耗子'的家伙专跑到外地作案。没有他进不去的地方。没有他打不开的锁。"

"回石城他住哪儿？跟谁来往密切？"

"耗子能住哪儿？住耗子洞呗！跟谁来往密切，这你就不懂'耗子'的习性了，它喜欢独来独往，吃独食。"那小子撇了撇嘴又接着扫雷。

"哥想求你个事，帮着打听打听他在哪儿，还不想惊动他，也别惊动别人。这能办到吗?"

"这样吧,我找道上的那帮家伙帮你打听打听,看他最近在不在石城。"

黄浩很快传来信息:"'耗子'目前不在石城,不过去年的时候他在石城出现过。"

按他说的时间,'8.24'案件发生前后他正在石城。从那以后,就没在石城出现过。

想想"二疤瘌"和"耗子"的行为越琢磨越有点意思了。李梦阳到底有什么东西让人惦念呢?

他开始有意接触李梦阳原公司的人,尤其是那个女会计,肯定知道不少隐藏下来的事情。

赶巧,队里的活也多得很,王晓阳忙得有点顾头不顾腚,连队里的段晓航都看出他心不在焉了。

不仅心不在焉,大脑还有点短路。听纪委书记跟他谈话,好一阵子没明白是啥意思。

原来市局纪委查来查去,认为张国庆被杀是警察失职的问题。结论是王晓阳身为行动负责人负有审查不严的领导责任。局党委研究决定给予王晓阳停止工作的处分。他那副支队长还是代理,自然也就没戏了。队里人都觉得很意外:领导不都说没事了吗?不过有的人挺高兴,别看尽量憋着,那种看别人掉井里的兴奋劲儿还是掩饰不住。

王晓阳请了病假,猫到狗窝里前思后想了大半夜。好像是想明白了,美美地睡上一觉,睁开眼太阳已经明晃晃地挂在空中。一个人住真好,没人唠叨你起床,没人打扰你思维。这不,牙刷都杵到嘴里好久,牙膏沫顺着嘴角流下来。张着嘴时间长了,不舒服才想起自己在干什么。胡乱地擦下嘴,拿出笔记本,把昨晚和刚才想的东西梳理一遍,用自己才看得懂的文字记录着,还不时地勾勾抹抹。这还是刚参加工作时师傅给他培养的习惯:好记性不如烂笔头。"停止工作,哼,更不错,我正愁没时间呢!我要是不把"二疤瘌"生前的活动查个底掉我还不上班去了呢!"他一边写着一边气哼哼嘟囔着。

王晓阳将近夜里十二点才回到狗窝。比上班还累,他一边敲着小腿肚子一边兴奋地想,总算没白跑一天。今天出去的时候,他把手机扔在狗窝里,就想图个清静。拿起手机,哈哈,曹宪的,张斐然的,段晓航的……

第二天刚想出门,段晓航就门神般堵在门口了。在队里段晓航跟王晓阳走得比较近,他也愿意和她在一起,跟她说话、唠嗑乃至呆在一起就感觉特爽,想说什么就说什么,天南海北的,特放松。跟别的女人在一起就不行,但他不想跟她有那种关系,真的不想,这对段晓航来说有些残忍,可真的没办法。跟队里其他人在一起绝对没有这种轻松。可能同性之间都有戒备吧,尤其是雄性之间。

看见她王晓阳挺高兴。

"听说你病了,来看看你。病在哪儿呀?你小子是吓唬人玩呢吧,看气色蛮不错的吗!"段晓航在他身前身后转着圈打量着。

段晓航给他带来的消息是曹宪当上代理副支队长了。昨天临下班的时候支队长到咱队里开会宣布的。

听到这个消息,王晓阳刚开始有点不舒服,但很快就过去了。可能是自己不上班的原因吧。

打发走了这个小姑奶奶,他连狗窝都没回,接着昨天的线索查。不是说我有过失吗?那我把过失改正过来再看。他决定要是不查清"二疤瘌"的事就坚决不回去上班。

中午了,王晓阳坐在一家小吃部想对付一口午饭。没吃上几口,张斐然坐在了对面。

"我就要看看你得的是什么病,不行咱就上医院。"

"闭上你那狗嘴吧!"王晓阳气呼呼地说。

"不行,没吃着肉狗嘴岂是轻易闭上的!"

"还吃肉?狗擅长的可是吃屎!"王晓阳开始扶着肚子大笑。太开心了,这是这段时间来最高兴的一次。

张斐然上来捶他,两人又说笑了一阵子。张斐然突然说:"哥,我看你得的是心病,光靠你一个人这心病也难治呀!"

王晓阳想了一会儿,没张斐然这个搭档活干得挺难,就说我也想找你商量呢，他把自己的想法跟张斐然大致说了下。

张斐然一下把手里烟蒂弹出好远："我说吗，我哥也不是那熊人，官当不当还在其次，被整得不干不净的不能这么算了，咱得洗清自己！

17. 雪藏

王晓阳正查得乐呵呢，队里通知他，市局政治部找他谈话。谈下来才知道让他到市局督察支队任副支队长，立刻报到。

出了市局办公大楼王晓阳的嘴都没合上。去督察队，用政治部主任的话说这是领导对你的重用，现在上面要求加强督察力量，要求选调具有高素质的民警充实督察队伍。对选进的人员实行优来高走，干得好的话以后还有更好的机会。考虑到你年轻，各种经验也丰富，原来干得也不错，局领导才决定给你这次机会。

还重用？督察队那是重用人的地方？那不是香港警察中的督察。在内地，督察就是监督警察执法过程中有无违法行为的，好听点的称督察是警中警，内部人不这么看。知道底下警察管督察队叫什么，难听劲就甭提了，什么养老队呀，编外警察呀……反正是没人把督察队放在眼里。尤其是王晓阳这样的到督察去，简直就是天蓬元帅投生成猪，发配嘛！

"那我不要这次机会好吗？把这机会让给比我做得更好的人行吗？我在原单位干得不好，都被停职了。"

政治部主任脸拉得像长白山似的："你把局党委的决定当什么？过家家？你要是不服从分配，就脱掉警服愿意干嘛干嘛去吧！"

苍天哪，大地呀，谁能帮帮我呀！

督察支队在局办公大楼顶楼最里边的一个角落里。

王晓阳站在办公室中央，打量着。木质办公桌都露出纹理了，除了桌子、椅子就没啥象样的东西。一个老式的木头卷柜死气沉沉地戳在那儿，跟整个环境倒是很相配。

李书记坐在晃悠的椅子上，喊着："老张，给你介绍一下，这是咱督察队新来的王队长，以后具体工作他负责。"叫老张的警察冲王晓阳点下头就算打招呼了。

"哎，我说老张，队里其他人呢？不是通知了吗，今天新队长报到，都干啥去了？"李书记问道。

"小麦孩子小，想多喂口奶，说晚来会儿。老白的老伴有病，在家伺候病人呢！"

"真多事！对了，小王，我看你上任的第一件事就是先整顿整顿督察队的纪律，自己的纪律性都没个保证，还要整顿别人，人家能服吗？你说是不是？"

"队里就这几个人吗？"

"目前就这三位。"看了看王晓阳的神色，李书记又接着说："这不是要加强督察力量吗，马上要开党委会给督察增加人手，到时你的工作就好开展了。你小子有股冲劲，好好干，我给你撑腰！"说完，他先走了。

好不容易挨过一天。第二天，他就请了病假。

在床上赖到骨头疼的时候才起床。神不清气不爽，他想起自己到督察工作的现实。抑郁得喝了口牛奶，窝在家里用电脑看大片。经典的台词，精良的制作，宏大的场面。看累了，在沙发里窝着又睡着了。大片看够了，他又捡起自己的工作笔记。刚参加工作的时候，带他的师傅就说好记性不如烂笔头。他养成的良好习惯，什么事都记笔记。每次出警记，痕检，梳理线索，如何定侦查方向，包括后期的抓捕人犯详细得很。这要是好好组织组织，结构结构，是很好的侦探小说嘛。外国的比不上，怎么也比国内那些没实地破过案子关在屋里瞎编的好。翻着，翻着，看到了"10.24"大案。他把笔记扔在一边，不想再看。这个案子绝对值得大书特书，可这个案子给自己带来什么呢？

第二天，正合计上不上班呢，李明生的电话打过来："你的心病该好了吧。行了，谁年轻的时候不挨几回踹，不经事不长智。你要是不上班，彻底倒下，那整你的人才乐呢！"

"你一定知道他们为啥把我踹出禁毒支队？谁在背后整我？"

"我知道的也不见得是真相，真实的东西往往是说不出口的。所以原因不重要，你还是该干什么就干什么得了。"

"可我想办案。"

"如果你真想办案，恐怕真得来上班，那样还会有机会。否则，真不好说。"

王晓阳翻看《公安机关督察条例》《公安机关督察条例实施办法》《公安机关警务督察工作规范》，一边看一边晃着脑袋喃喃自语。

李书记带着两个人来到督察队。"王队长，咱们又增加新生力量了！来，我给你们介绍一下，这是小陶，陶国力，体格很棒，绝对能适应艰苦工作。"那个叫陶国力的棒小伙还有些不好意思了。

别人以为他见生人腼腆，王晓阳可知道他咋回事儿。这个陶国力的体格确实很棒，曾经在市体育队效力，还得过长跑冠军。退役分配到公安机关。他总自诩自己是公安局里跑得最快的，领导就把他分到刑警队让他有机会发挥自己的特长。可在一次抓捕持刀杀人逃犯过程中，他的鞋带却开了，把自己绊了个跟头，落在了队友的后面。冲在前面的几个队友在和歹徒搏斗过程中有人负了伤，还是奋力地抓住了歹徒。第二天，陶国力的办公桌上就多了一双鞋，还有一张纸条：这双鞋没有带，一定不会绊倒你的，"冠军"。从此，人们都管他叫"冠军"，有案子也不愿意带着他了。提起"冠军"这个名字上上下下都知道，倒是大名陶国力鲜有人知。

但愿陶国力没注意到他的笑容。李书记接着介绍另一位小伙子，这位与陶国力相反，身子有点单薄，瘦长瘦长的，尤其是两条瘦长腿支撑着长长的上身显得很吃力。这位叫钱猛的被李书记介绍成计算机专家。有前面那位"冠军"垫底，王晓阳对这位计算机"专家"的可信度就打了个对折。说不定是上班玩"偷菜"成的专家呢！

18. 重色轻友

督察队工作不像在禁毒支队那样忙，王晓阳的闲暇时间多了起来。没事他就在"菜包子"的舞厅呆着,只有他自己知道在盼望着什么。在这儿蹲守,再"偶遇"一次就好办了,盼星星、盼月亮似的盼着见那人一面。也许他暗暗的祈祷感动了上苍,那一天终于来了。晚上,他在"菜包子"的迪厅活动完筋骨,以为今天又空守了,兔子还没撞到树上,带着一丝遗憾走出迪厅。忽然也不知什么感觉提醒了他,鬼使神差地回头瞅了一下,看见一个做梦都想见到的身影进了那扇他刚走出的门,他追了进去。

"王晓阳,我哥们,专门破大案,你打听打听,尤其是那些"吃药"的,有谁不知道缉毒队王哥的!"

这小子猛吹嘘他,还真挺够意思的。弄得他自己都有点不好意思了。"别听他瞎吹,现在我不办案了,到督察队了。"

他们俩就这样正式认识了。她愿意听别人叫她唐棠。什么毛病,也不是明星艺人,还整这出。可他实在是太愿意看见她了,愿意看见那张漂亮却琢磨不透的脸。别的女人漂亮是一望见底的漂亮,她呢,妩媚、风情、历尽沧桑后的满不在乎,一切可以形容女人勾魂夺魄的词都可以用在她身上,她是一混合体,单单一个词没法形容她。别说叫她唐棠了,就是叫她奶糖什么糖他都愿意。她给人的感觉可不像糖那么好接近,非常冷。仔细听她说话,发觉话里风趣的同时还有一丝幽默在,冷幽默。她一点也不像别的胸大无脑的漂亮女孩子,那种女孩子都有不可救药的自以为是的愚蠢。

他们在一起蹦迪,喝酒,喝茶,胡乱说一气,但不说工作和家事。恪守着初识的人应守的规则。即使他想有近一步的表示,也被她巧妙地带过去。她连联系方式都不肯给他,想找她,只能到迪厅里去碰。她也不是天天去迪厅,没办法,他舔着脸让"菜包子"帮他通风报信。菜包子在他的威逼利诱之下答应了。但这小子良心大大的不好,有一次晚上他们到基层科所队检查值班情况,收工后他就直奔"野马"而去。七彩灯光的闪烁下,在激情万丈的人群中他看到"菜包子"和唐棠舞得正来劲。"菜包子"过后一个劲地说他正要给他打电话呢,他就来了。他都想把那张圆圆的包子脸打出馅来,想想那小子还有用,只好忍下这口气。

有了这样的经验，以至于"菜包子"打电话告诉他唐棠在等他的时候他都怀疑是不是做梦没醒。

见面，唐棠就说"督察大人，我想求你办件事。"嘴里说求，语气和表情没有求的意思。

"什么事说来听听。"

"我的车被交通队扣了，没什么大问题，只是违规停车，被拖走了。我可不想被扣分，帮我要回来。"

她说"帮我要回来"就像说"我的自行车放在商场门口的停车场上了，你帮推回来吧一样随便。"天，她以为他是公安局长呢，说要回来就要回来。一听就知道这是被男人惯坏了的美女，不知道人间有难办的事儿。

他抬头看见"菜包子"在旁边一脸幸灾乐祸的样儿心一横："行，愿意帮你这个忙。"这话说得夸张了些，他自己听着都有些不好意思。可在这样的美女面前，所谓的男人尊严真的算不了什么。再说了也不能让"菜包子"这小子看笑话。

哎，只见"菜包子"做晕倒状，以极其悲惨的声音问："你们知道我现在最大的愿望是什么吗？我要做个美女，一个人见人爱的美女，最好像妲己、西施那样的美女，我一定把世间所有男人都迷惑住，愿意为我办一切事，全能的主啊，帮帮我吧！"

他们伏在桌子上笑。他摸摸"菜包子"像刺猬似乱蓬蓬的头说："好好念经，争取下辈子当个像你说的那样的美女吧，不过得掐算好了，不要生在只有几户人家的大山里哟，要是跟前最有权的男人只是村委会主任就太可惜了！"。

他敢痛快地答应是心里有底，张斐然有个同学在交警队当个小头头。张斐然领着他来到交警队。他那哥们正板着脸给一个违章的司机上课呢，回头看见他们，说了句："怎么跑到交警队缉毒来了？不会我们这儿也有毒贩子吧！"一句话他就知道这小子也只能干个交警。那挨训的司机也回头瞅了他们一眼，又赶紧别过脸去。他犯的可是交通管理法规，见着他们咋也像犯罪嫌疑人呢！人啊，可真别犯事，犯个小错误，就弄得自己灰头土脸的。

交警领着他们到停车场，先对那犯罪感很强的司机说："开走吧，以后出车注意点。"那司机飞快地开着一辆红色中华车走了。王晓阳刚想笑着说，这家伙真有意思，看着远去的中华车心中一动。这时张斐然的哥们指着一辆宝石蓝的马自达新款车说："给，开走吧，现在的美女都蛮有经济实力的嘛！"

他开着车到了"野马迪士高"，给唐棠打电话。只听到一声淡淡的谢谢。他恨不得把手机撇出去，心里骂着自己犯贱。可看到下了出租车在阳光中向自己走来的女孩时，不禁眩晕起来。高挑、弹性十足的身材，高傲而又迷人的眼神，高傲的下巴，吸引着一切包括女孩子的眼神。她就像个公主，一个享尽宠爱却对一切都毫不在意的公主。当这个女孩站自己面前时，他觉得别人的目光都聚集在他们身上，太高兴了，心想她要是不傲慢才不对呢！

"只用嘴表示谢谢？"

"今天不行，明天晚上如果你有时间的话我请你吃饭。"

"OK"。他乐得屁颠屁颠地走了。

回去好一阵还沉浸在美好的幻想中。他又想起在交警队看见的那司机。总觉得那小子不只是交通违法那么简单，难道是逃犯？转身给那交警孙超打电话，问关于违规红色中华车主的情况，那家伙噼里啪啦查了一阵电脑，给他回话。

他赶紧上警网查询。哈哈，查到了那个家伙，倒不是逃犯。原来以前被治安处罚过，因寻衅滋事被处以行政拘留十五天。就这点事值得他见到警察如此诚惶诚恐的？也怪，现在越没机会办案，越是空闲，他骨子里警察的本性就像炖菜开锅一样压抑不住地往外冒，不解开这个疑问就难受。顾不得是不是越权，也没去想当事警察会怎么想，他直接用电话找到办理此案的派出所民警，询问此事。这个案子都两年多了，没想到民警记得还挺清楚。"张强啊，说实话，他还真有点冤枉，不过那也是没办法的事。"

原来那个司机家住在望花区的平房里，后来李梦阳的公司开发那片地，给动迁户的补偿款非常低。有几户说什么也不搬迁。任凭开发商给他们断水断电，周围都是被推倒的房屋，他们也坚守在自己的房子里。那段时间，当地派出所总是接到报案，一到晚上，留守的几户人家不是玻璃被砸就是房顶上被扔东西。到最后大多数人家都挺不住了，接受了开发商的条件搬走了，只剩下这个司机一家。

开发商还一反常态，既不派人到他家闹，也不找他谈价钱。那天，司机家的人恰巧出去有事，回来就找不到自己的房子了。正看见有几个农民工在他家原址上收拾废旧暖气片、铁筋什么的。

民警带这几个农民工去找开发商，几个农民工探头探脑地转了一大圈，也没说出个子午寅卯来。其实，民警们早知道会是这个结果。自从城市改造步伐加快，平房大面积动迁，他们已经见识过好多见怪不怪的事了。气得房主把开发公司的玻璃都砸了，碎玻璃刮伤了两个公司的工作人员，住进了医院。闹事的房主被行政拘留。

王晓阳打电话说要包车，那个叫张强的家伙在十分钟之内就出现在他面前。他坐在副驾驶的位置上，说了句往苗圃方向开。他觉得那司机挺特别地看了他一眼，没说啥。到了那个他永远不会忘的地儿，说了声停车。其实他没说这话之前，车就已经开始减速了，简直就是在滑行。"不会忘了这个地方吧？发生过那么大的事，还是亲历的。"王晓阳斜着眼瞅着司机。

"不就是苗圃吗？亲历过什么事呀，我就知道每年都会有些窝囊人跑到这儿了断自己。"

"你别告诉我，不知道你的仇人在这儿被灭掉的事儿。"

"仇人？我一开出租车的上哪儿找仇人去？再说了，现在是和谐社会，有仇也化开了。"

"真那么大度？因为动迁你和李梦阳有点冲突，没错吧？"

"要是以那个为标准的话他的仇人也太多了，多到一人一口吐沫就能把他淹死。……嗨，不说了，反正那家伙也遭报应了。"

"你恨他，所以那天你出现在现场的事也不报告公安机关？别说你听不懂。那天晚上，你载着一个女人出现在这里。我们认定那个女人与案子有关,你要是再隐瞒下去我真的怀疑你的动机了。"

司机不以为然地一笑,没说话。

沉默,只有微风刮过树枝发出哗啦啦的声音。

"我拉的那个女人是有点反常。第二天,我才知道是李梦阳那王八蛋死了,后来听广播知道你们在找我。多一事不如少一事,我就没去。不过我打电话告诉你们了,那个女人住在哪儿。"张强把一年前发生在车上的事学了遍。

"其实,在案发的第三天上午我又看见她一次,在公安局门口,她进了公安局,十多分钟又出来了。"

王晓阳挨个给去年办案的人打电话询问,谁也不知道有这么个人来过。她肯定有什么事想告诉公安机关,进去却犹豫了。她是谁?在哪里呢?

19. 她的心里还有谁?

唐棠跟王晓阳以前交往过的女孩不一样。像"菜包子"所说,她真就不好接近。别看她找你办事,她会说声谢谢,或者是请你吃饭,心里却不能靠近一点。好像有一层紫光神衣护着她,不让任何人过分接近。为那次帮她取车的事她请他吃了次饭,他借酒遮脸,表达了想和她交往的想法。她没否定,但神情绝不是肯定。人就是有些贱,尤其是男人,越是难以把握的东西越想控制住。可她就像传说中无情的女妖,惹得众人神魂颠倒,她却站在高处无情地注视着一切。

是的,她是在高处。尽管个子没他高,可她的神情令人不敢小觑,仿佛她是高高在上的女皇。

她也蹦迪,喝酒。可是玩着,玩着,好像有只手自遥远的过去伸来,一下子就把她的魂灵扯过去了。一丝忧郁倏然而来,在别人探询的目光下又倏然而去。正是这丝忧郁的目光,置身舞场灵魂却飘然在外的神情吸引了他。他的眼里只有她,扭动的人群在他眼里就是纠缠在一起的水草、藤蔓,天地之中只有一个洋溢着生命激情的人。

她越有抻头，他越来劲。打电话，发短信，去迪厅里等，去她公司外面堵。只要王晓阳有时间就会开着车到永隆地产外面转转，也许是希望碰到那个人吧。这些年蹲坑守候的经验告诉他，这个方法虽笨点，却也最有效。有时自己都觉得是不是着了魔，就像有人买彩票上瘾一样，明知道五百万就如晴朗的天上掉下一粒冰雹正好砸在自己脑袋上一样，还是锲而不舍地买、买，直到无力承受心理崩溃为止。

还好没等他心理崩溃就看到了她。看到她与这个世界若即若离的神情，看到她结实而有弹性的身姿在午后的阳光中跳跃，实际上她也没蹦蹦跳跳的，可给人的感觉就是在起伏、跳跃。想想挺有意思，青春怒放的身体和历尽千山万水的神情合在一起，还让人感觉协调，感觉到美，真不容易。在暗中观察人挺有意思，很多人都是人前一套面具，在以为别人看不到心灵放松的时候，身体也会放松，这个时候的表情才是内心的直接反应。王晓阳发现，唐棠总是独来独往，在没人看她的时候，她不仅是与这个世界若即若离，而是好像很害怕这个世界而刻意当这个世界不存在。她把自己紧紧地包裹起来，仿佛不那样，就随时会有什么猛兽扑过来撕咬她一样。她到底经过一些什么伤害呢？情感经历？现在的人情感史很少是一片空白。遇人不淑遭遇到伤害？还是家庭遭遇变故？反正那部分是她刻意隐藏起来，是不想与别人分享的。起码在王晓阳面前如此。在他面前的她，永远是妩媚、充满诱惑的。转过头去，倏忽间，灵魂就不知飘向何方了。蓦地，有一丝疑惑和妒意在王晓阳的胸前揉搓着、翻腾着。难道她有什么秘密瞒着自己？年轻、漂亮的女人除了男人还会有什么秘密呢？

有时意外看到他，比如在公司外，或是"菜包子"的迪厅里，她对他既不恼也不特别接近，但绝不疏远，让人近不得退不得。有时他也气得牙根痒痒的，发誓长一回志气，不去想她，也不给她打电话，看她能不能挺得过他。

没想到，不争气的他，总是看手机，还不时拿出来，看是不是把铃声调到振动上了，要不怎么还听不到铃声呢！

20. 圈套

督察队的电话响个不停，内勤小麦忙得什么似的，一会儿登记，一会儿喊老张他们出警。老张他们一边往外走一边嘟囔："把举报电话公开，这可方便群众了，可也要累死咱们呢！""哎，别罗嗦了，真是报应啊，原以为岁数大了找个清闲地方呆着，没成想啊，要累断咱们的老胳膊老腿了。""冠军"和"专家"他俩就哈哈大笑。

接近中午的时候，刚要去食堂吃饭，麦子接到一个报警电话："警察打人了，你们管不管！"小麦不自觉地把电话拿离耳边一点，简直要振裂人的耳膜。

"您能慢点说吗？把事情说清。"

"说清个屁！再说一会儿老子就得被你们警察打死！你们来不来吧？"

"说明你现在的位置！"麦子也没好气了。真是的，即使投诉是真的，也没必要把气撒到他们头上。

等王晓阳带队来到报警人所说的位置时，已经围了一堆人。分开人群，三个衣衫不整的人在里面。其中的两人瞪着一个个头高大、体格壮硕的年轻男人，那男人的衣服和胳膊上也有撕扯的痕迹。

"谁报的警？"王晓阳问。

壮男人瓮声瓮气地说："我。"火气还挺大。

那两位已经把证件掏出来了，原来是当地派出所的两位民警。

到了派出所，那男的躺在值班室的地上装起病来，还一口咬定两警察打了他。其中一个姓马的警察气得要跳起来。王晓阳调侃道："跳什么跳，再跳你也拿不到奥运跳高冠军。得亏今天你没喝酒，要是喝了酒你干啥有理的事也没理了。"

"我喝啥酒？到吃饭的点了吗？那个王八蛋跟人打架，有群众报'110'，我们赶到，被打的那小子都血呼啦的了，就先送医院了。我俩要带他回派出所，他就跟我俩撕巴，还大喊：'警察有什么了不起，我以为是抢劫呢，吓一跳！'之后的事情你就都知道了。"

这时，那个人的家属也来了，说人让警察打伤了，非得让公安机关给个说法。看热闹的人把派出所围个里外不通。

王晓阳一看不能再拖下去了，就把一同来的计算机"专家"给支出去了。之后他就围着躺在地上那位绕起圈来，那位有些发毛，以他那粗壮的脖子为轴随着王晓阳的移动转动他的大脑袋。"别再转了，求求你，我的脑袋都让你给转晕了。"王晓阳一下子蹲下身子，手指着他的鼻子："你的脑袋不说让警察打晕的吗？怎么成我转晕的了？你他妈的再在这儿装犊子我整死你！别看外面看热闹的孙子多，看谁敢给你作证。门外那俩警察已经测过酒精含量了，他俩喝没喝酒你比我清楚，到时候你就是诬告警察的罪名，你的那些七大姑、八大姨就是妨碍执行公务，怎么办你自己掂量吧！跟我们做对，你还没熟呢！"

地上那位眼睛转了几转，起来拍拍尘土，冲着还在吵的那些亲属们喊了一嗓子，人们都散了。

两警察自然是对王晓阳感激不尽，还说督察要总是这么为干警撑腰、说话就好了。

王晓阳美滋滋地带着"专家"回到队里。刚进办公室屁股还没等坐稳，李明生的电话就打了过来。他现在真怵这位兼职的支队长，一天天地总能看到他们工作中的不足，大家起早贪黑地干活他看不着。

王晓阳到李明生的办公室，看见他耷拉着脸。猜想准是谁又告黑状了。果然，没等王晓阳开口，他就说"行啊，你小子长能耐了，还会威胁当事人了？我告诉你，干督察就得有点正经样子，别把你们刑警队里对付犯罪嫌疑人那套无赖手段使出来！"

王晓阳张大嘴巴："这么快？'专家'这小子也太不地道了。转身就学舌了？学就学，本来也没什么。我觉得什么人就得什么对待，对付那种无赖就得用无赖的手段。要不眼瞅着咱们警察被他信口雌黄地诬陷？"

"谁说让警察受屈了？一件有理的事都让你办成这样，都让人怀疑你当刑警是不是靠着严刑逼供破的案。"

王晓阳满脸通红，"你可以侮辱我的人格，但你不能侮辱我的智商！"

"如果你认为我侮辱了你的人格我表示道歉，至于你的智商嘛，"他上上下下打量了王晓阳几遍，"还没看出来你有那个东西。"他拿出一个 U 盘，插在电脑上："给你妈了 X 说法，……跟我们做对，你还没熟呢！"王晓阳张着大嘴听着自己的声音在办公室里回响，他都不会动了。每个声音都像一枚小小的炸弹，炸得他心惊肉跳。这正是自己半个小时前说的话，我靠，见鬼了，这么快就到这儿了？

李明生似笑非笑地看着他："王队长，你的智商可真够高的！这是快递公司送来的。说委托人是一个身材高大、衣衫不整的年轻男人。"

真真的见鬼了，那小子是什么人？恨他恨到这程度？设个套让他钻？他起身就要走。

"上哪儿去？"李明生在后面不紧不慢地问。

"出去透口气。"

"透气行，出气不行。我劝你还是冷静一下，不要再做出让人抓住把柄的事。"

那个家伙溜了，跑到外地去了。跑了和尚跑不了庙，已经给他安好楔子了。这口气不出他永远也喘不匀乎气。

21. 多种流向的雅鲁藏布江

他百无聊赖地蜷在沙发上，举着电视遥控器一个劲地按下去。却什么也没看到。现在他整个工作状态就像这频繁按动的遥控器一样，一点不闲，却不知自己忙些啥。督察队的生活让他厌烦，真没劲，暗中调查"二疤癞"的死也没进展。一切突破口好像都随着那个死去的人关闭了。不知从哪儿下手能撬开一条缝。自己知道，要是不知道谁杀了"二疤癞"自己一辈子也安宁不了。现在督察队里"冠军"

和"专家"非常信服自己，有啥自己不方便出面的事，他俩都乐意效劳。

这是唐棠的香闺。经过一系列不可言说的努力，他和唐棠已经走得很近了。留在这里吃饭，她也不防着他。她在厨房忙碌，让他随便歪着沙发上，看电视、看看书什么的。

这是近郊的一个高档小区，小小的一室一厅房，结构紧凑，布置得有些简单，绝不简陋。小巧的客厅东南角有一个舒适的沙发，是宜居的货。对面是精致的小书柜，里面多是些时尚类书籍、爱情小说。还有一些玄而又玄的探案类的，那个以写密码、密符著称的美国作家的书也在此列。也许只有女人才会喜欢这类不着边际的书。

唐棠在厨房做饭。她一点也不像这个年龄段的女孩子，她不愿意出去吃饭。但每次出去吃饭一定是比较大的馆子，而且饭菜还得有特色的。

很长时间他才知道她不是本地人，从财经学院毕业招聘到永隆地产公司。他想不通为什么她愿意到这个小城市来工作。只要她自己想，留在省城工作也不是不可能。唐棠说她喜欢小城市的宁静，压力小，何况公司待遇不低。

摸着舒适的沙发，王晓阳想起这地方的房价很贵，即使做财务人员的有灰色收入也不能买得起这样的房子吧？好奇心陡起，他查看起她衣橱里的衣服，翻看领子后的标记，都是有名的牌子。想想还有她的钻石项链，A货的翡翠戒指，不张扬却奢侈的做派，还有那辆宝石蓝的马自达……

也许是财务总监能多给点，但待遇能高到如此地步吗？还是她家里条件好能资助她？他想问问她家里的情况，她却聪明地转移了话题。

难道……想到这儿，王晓阳恨不得给自己一嘴巴。自己心里怎么能这么龌龊。对待女人，尤其是还有几分姿色的女人，男人的想法都是一样的，不管这个男人粗俗与否，跟男人的年龄也没大关系。有时他想，她是不是还有别的男人呢？她的独特风情会让任何一个正常的男人想入非非。

饭还没端上桌,他百无聊赖的一本本翻过去。书柜的下层是一些专业书,会计学之类的。竟然有一本建筑类的书,看起来翻过很多遍,边都黑了。跟其他的书放在一起如鸡入鹤群。他翻了翻,里面竟然有很多圈圈点点的批示。真行啊,够用心的。在地产公司做会计也要懂点地产、建筑知识才顺手吧,看来哪个行业都得苦练基本功。看着那刚劲有力的字迹他的心莫名的一动,说不上来的感觉。翻着,看着里面的批示。都是对各类建筑特点的评价。她懂这些?一行批示下的几个数字吸引了他:2014.10.23。从上下行文看这是个明确的日期。这个日子她还没到郝争的地产公司上班。没到过任何地产公司上班,她就开始看建筑类书了?放进去,里面有几本账簿。拿出来翻了几下,看不明白啥。

唐棠端着一盘水果进来,看见他那样微微皱皱眉头。"来,吃点东西。"顺手把账簿就收起来了。"公司的秘密不方便让我知道?"他故意逗她。

"哪儿有那么多秘密呀,是一些平时的收入账。"

"是假账?"

"真真假假,假中有真,真中有假。"说这话,她的神情就是分不清真中有假还是假中有真。

"天天跟数字打交道不腻味?不眼花?"

"那你天天跟犯罪分子过招腻歪吗?"

听到否定的回答。"那不结了,别以为数字是死的,你要是研究起来很有意思呢,比如,公司账上进来一笔资金,就像雅鲁藏布江的源头一样,她会流向很多地方。期间,也许还会有别的暗流涌入,不仔细看,还以为是从源头上流下的一股水呢!还有的报销单据更有意思,明明是巧立名目,却弄得破绽百出。"

"比如?"他来劲了,赶紧问,也不吃东西了,等着她往下讲。

"有什么好比如的,这种事哪儿没有,靠山吃山呗,有点权力的不都这么用吗?比如有的警察收钱就可以放人。"

"别听人瞎说,哪个行业没个臭鱼烂虾。"

饭菜上桌了。西芹炒腰果炒的又脆又香，他向来不喜欢吃芹菜，满嘴纤维丝嚼也嚼不烂。唐棠炒的西芹不同，水灵、没有缠缠绕绕的纤维丝。瓦罐里据说熬了两个小时的菌汤味道那叫个鲜，汤色清亮，一看就没加那些乱七八糟的佐料。这才是真功夫呢，靠调料调出的味还叫煲汤吗？他喝了一勺又一勺，闭着眼让全身的毛孔都参加这场味觉的盛宴。突然觉得日子就这么过下去也挺好的。

"咱俩结婚吧！"话一出口，自己都愣住了。意识到这句话他从来没对别的女孩说过，不，是自己的心里从来没想过的。她正拿着牙签叉着一块菠萝，结果菠萝在嘴边停留了整整有30秒。"这种自由自在的日子我还没过够呢！"她耸了下肩膀，菠萝到了嘴里。

"一个人不管心想飞多高，终究还是要落地的。"恐怕这是劝自己的话更合理些。

"在落地之前我还想飞一会儿。"

"你想熬成齐天大圣？哎，我的丈母娘和老丈人身体还好吧，退休了吗？是不是退下来前呼后拥的人少了，感觉寂寞多了？"

唐棠很有深意地瞅了他一眼："谢你的关心。不劳您挂念，两位老人身体好得很。我父母都是草根阶层，无论何时都没有过前呼后拥的场面，所以他们还耐得住寂寞，不，是适应寂寞。"

他告辞出来，天还早得很。望着熙熙攘攘的人流，头一次感到寂寞。难道自己真老了吗？他要跟她结婚，她想的什么他知道吗？记得在哪本书上看过说女孩子拒绝男人的求婚有两种情况：一是心里高兴得不得了，碍于面子假装推辞一下，盼着男人的再一次求婚；第二种就是真实拒绝，真的不愿意嫁给眼前的男人。

他仔细回想唐棠的拒绝是那么自然，一点害羞的样子都没有。自己真的那样一无是处吗？到底什么样的男人才符合她的预期呢？还是她心里有别的男人放不下？

"现在我想结婚了，可是人家不跟我结。"这话真的没法跟老妈说。

22. 谁没有秘密？

从那个小镇回来，他为唐棠心疼。

一个人穿上厚厚的铠甲那她一定有柔软的地方，有曾被伤害而又最怕伤害的地方。把自己的伤口捂得严严的就以为别人看不见，自己也就不受到伤害了。跟掩耳盗铃没什么两样，这是人的一种本能的自我保护。

他要告诉她，不管以前她经历过什么，以后他都要保护她，保护她不受到伤害。告诉她，他可以等她，等她自己把那颗刺拔掉。要她自己把痛苦的往事释放出来受的伤害才能最小。

他觉得自己把想法叙述得明明白白。那张迷离的脸却冷气袭人："王警官，你以为你是谁？救世主？普渡众生，众生都在垂死挣扎等着你救赎？我没事，你走吧。"

他愣在那里。

第一天他呆在家里把那个女人在心里骂了无数遍，有时还气得敲敲桌子，踢踢凳子。第二天，他把那个女人所有的可恶之处统统想了几遍，又在心里骂了几遍，觉得不过瘾，可他没敲桌子也没踢凳子，他觉得拿起电话把她的祖宗八代骂个遍会更痛快。电话都拿起多次了，又放了下去。他要是骂她，是不是显得他在乎她？屁，他在乎她？美得。

第三天，他不再骂她了，却想起她的种种行为来，一考证，好像自己挺喜欢她的一些言行的。

他暗骂自己贱，说服自己不要想她。到了晚上他就不安起来。不自觉地穿戴好衣服，他强迫自己不要往外走。后来还是说服自己走了出去。他要去迪厅，当然不是为了见她，而是为了锻炼身体。

他拼命地在噪音中蹦迪，看见熟悉的身影一闪而过。他在舞动的人群中跌跌撞撞，却怎么也找不到她。难道又看花眼了吗？最近他频繁地跟"菜包子"出去喝酒，总要求他多带几个女孩。没等和哪一个女孩发生点故事呢，就被"菜包子"拖拖拽拽送回家，并告诉他那些女孩生气了，再也不跟他出去玩了，一周之内他已经把三个女孩叫做唐棠了。

"是吗？唐棠又是谁呢？"他笑着问。

"完了，得了失心疯了。""菜包子"把他扔到沙发上，惶恐地跑掉。他哈哈大笑。

几天后，他终于从狂躁中平静下来，能思考问题了。他问自己如果以后的生命中没有那个女人，自己能不能活下去？答案是肯定的，自己肯定能活下去，但没有她的生活一定缺少色彩和乐趣。她在眼前，觉得什么都是亮丽的。蔡晓婷也没有嫁给自己的意思，可自己并不像唐棠拒绝自己那样撕心裂肺的难受。看清了自己想要的，再艰难，也要去追求。自己就要去征服那座险山峻岭。

他又开始给唐棠打电话。唐棠像什么事情也没发生过一样，该干嘛干嘛。只要有空，还会应约跟他出去玩，吃饭，蹦迪。他没再提婚嫁之事，一切随缘吧。也许真的是缘分未到。让他惊奇的是，两人自然而然地做了，做得一点隔阂都没有，就像一对相恋已久、情谊深厚的恋人。女人紧紧抱着他，想要把心贴给他，恍忽间，天地一片虚无，只剩下两个合二为一的人。完事，他把头深深地埋在枕头上，差点哭出声来。这种感觉太美好了，他都不敢相信是真的，她认定他了。他怕抬起头来发现这是个梦。

"菜包子"的迪厅被查封，人也被带走了。他的"野马"里有人嗑摇头丸，有人"溜冰"，被缉毒队抓个正着。

王晓阳给张斐然打电话，问他知道不知道今天晚上的行动。张斐然告诉他："今天晚上我值班，曹宪突然来到队里说有行动，把二大队的人都叫来，曹宪亲自带队。曹宪说不用我参加。我也是刚听二大队的人端了"野马迪士高"，正合计给你打电话呢！"

"你就合计吧，等你合计明白了，'菜包子'都让人剁成馅了！"他冲着电话喊道。之后把手机狠狠地掼到墙上，手机像爆炸的手榴弹，四散开来。把眼前能拿到的东西都摔出去，摔出去，踢倒，玻璃茶几变成大小不一的钻石在地面滚动，愤恨地用脚踩着，踩着……

坐在被自己亲手砸掉的更乱的狗窝里大喘气。突然，他像被狗咬了屁股一样冲出去，冲到缉毒队。

这是他离开缉毒队后头一次回到这里。虽然时间不长，可觉得是那么陌生，好像从没在这里呆过似的。来到三楼的队长办公室，曹宪在屋里，就大大方方地坐在这里，难道是在等他的到来？以前每当有什么案子的时候，估计该到有人说情的当口了，他都借故躲出去，把手机关掉。

他把来意跟曹宪说了，以前他自以为口才很好，最起码在同事面前讲点什么还是不费劲的。结果今天发现自己竟然不能清楚表达，曹宪还像没听明白他的意思问道："晓阳，你是以警务督察的身份来对案件进行监督呢？还是以朋友的身份来探听案情？"

"当然是朋友的身份，不过，我不会干扰你们正常办案的。"

"哦，那样最好，你也干过这行，现在案子没处理完，不大方便向外人透露具体细节，见面嘛就更不合适了。"他像挨了一巴掌似的，怔在那里不知说什么好。

不知怎么出的那间办公室，也不知怎么下的楼。到二楼他还要往一楼走的时候，被一只有力的手抓住胳膊给拽进了二楼最里面的一间办公室。进屋，把门锁好，耳朵在门上听了一会张斐然才回过身来。

"哎，你干什么呢，做贼么？这是在你们队里。"

"我当然知道这是哪儿，否则我还不这么小心呢。是不是碰钉子了？你也是的，电话都不听我说完就闯来了。人家现在是副支队长了，牛着呢，再说了'菜包子'的案子是他亲自带着二大队的人马抓的能轻易让你见着？"

早春的天气，白天还挺暖和，早、晚就又一样了，他不禁把夹克的领子往上提了提，两臂交叉抱在一起，这样暖和多了。他早早就到了督察支队办公室，盼着手下的几个人来，布置全程跟踪"野马迪士高"的涉毒案。

七点四十分，来了一个人。李明生。坐在他的对面，还是面无表情，不，绝对是比以前还面无表情。以他对李明生的了解，只能说明有什么严重的情况出现他才会这样。"你跟蔡忠宝怎么认识的？"口气跟平常没什么两样，越是这样他心里越是没底。

他掰着手指头："二十五、二十六、二十七，哦，我们认识二十七年了。"

"穿开裆裤的时候就认识？他的迪厅开几年了？把手拿下去，你离开手指头不会数数？"

他笑了，本来想数数的手合在一起搓了搓，不自觉地用右手掌拍着左手拇指、食指、中指、无名指，说："五年了"。

"五年，你刚当上禁毒支队一大队队长的时候？"

"你，这是什么意思？"

"意思很明显，你当上了禁毒支队的领导，你的铁哥们就开了暗中涉毒的迪厅，支队里的民警都知道你跟蔡忠宝的关系，虽然他们也有耳闻那里涉毒，可一次也没检查过那里。"

"等等，我不明白，他们都有耳闻那里涉毒？我总到那里去怎么会没有察觉？要知道，石城市能在迪厅里出现的那一级别的毒贩还没有能逃脱我的法眼的！"

"你经常去？"纪委书记轻笑起来。右手一挥，打断王晓阳要说的话。"正因为你经常去，别的缉毒民警不去，那里才是安全交易的地点。你是那里的保护伞。"

"谁说的，谁这么污蔑我？不信找"菜包子"对质！"说完他自己都泄了气。

"你没办过案？举报信有，且禁毒支队一抓抓个正着。人前脚被抓走，你后脚就赶到禁毒支队，还私下会见了当事人，你这不是自己作死吗？"扔过来一打照片和信件。

照片中的王晓阳意气风发地坐在一张椅子上，手里端着酒杯，付伟、"菜包子"还有两个打扮妖冶的女孩围在周围。"野马"迪士高的象征物一匹四蹄腾空的野马在他身后的背景墙上。照片上的人都目光迷离，神情暧昧，看来酒喝得不少。还有他在舞池里疯狂扭动身体的照片，动作那么夸张，他自己都看傻了，这会是自己吗？自己看了都吃惊，别人看了会怎么想？还有他和"菜包子"勾肩搭背的照片，任何看到照片的人都会觉得二人关系不一般。这几张照片不是同一天拍的，看来"有心人"注意自己有些时候了。估计是用手机拍的，只有那样拍才不会引人注目。

"现在党委研究决定，你先放下一段工作，接受调查。"

23. 真相就是一枚倔强的种子

王晓阳回到被自己砸烂的狗窝，扯掉电话线，手机已经砸坏了。他躺在床上一下子就睡了过去。后来他是饿醒的，醒来一摸嘴边，还有一抹口水。他仰天躺在乱糟糟的床上，望着房顶。搬进来快三年了，打扫的时候常常忘记房顶。现在有的角落竟然隐约飘着灰挂，灰挂在他的眼前飘来飘去，更像在他的心里飘来荡去，弄得他的心乱七八糟的。

是谁对自己有这么大劲呢？该从何处下手？他感觉自己像被蛛网缠住的飞虫，动弹不得，一动，世界摇晃，晃得他晕头。那个给他结网的蜘蛛到底在哪里呢？只有一举打落这个蜘蛛，自己才会脱身，否则自己没有喘息之机。坐下来好好捋一捋思路，顺着四面八方的蛛网，他仿佛看见了那只盘踞在网中心的蜘蛛。

是的，一切麻烦好像都是那件事情引起的。这些麻烦事只是遮挡在面前的障碍物罢了，烟消云未散。以为某件事完结了，可它的影响力足以发生以后的事。现在只有闪过这些障碍直奔主题而去，这些障碍就会像海市蜃楼一样消失。

自从上警校的第一天他就暗暗发誓，寻找事实真相是他从警的第一目标。什么也挡不住自己寻求公平、正义，哪怕是领导压制、金钱诱惑，甚至是生命受到威胁……可现在也许真相就在眼前的石头下努力地往外挣扎，自己却没勇气上前掀开那块石头。怕里面藏着毒蛇，飞快地咬着自己。一个人的勇气和坚贞在没真遇到事的时候千万不可高估。

王晓阳浑身发冷，打着哆嗦，不自觉地紧了紧衣服。太恐怖了，如果自己就当什么事都不知道，什么事都没发生，会怎么样呢？这件事能不能像风吹过一粒尘土那样无影无踪？恐怕不能。就像警界老前辈说鸟飞过都会留下痕迹。那么就等着盖子再也盖不住自动露出真相的那一天？

这些年的禁毒警也不是白干的，手下还有些耳报神，再发动下"冠军"和"专家"，当然不能让他们知道自己真正想查什么，他把任务分解，让一人完成一小部分就可以了，现在还是小心为妙。有些事一旦做了决定，心就宽敞多了。

王晓阳回到"狗窝"。一进门，门缝里掉下东西。低头一看，竟然是一个牛皮纸信封，信封里装着什么硬硬的东西。捡起，信封上没有邮戳、没有邮票。看来是什么人直接送到家里来的。他看了看密闭的防盗门，又诧异地瞅了瞅手里的物件，摇头。里面是一个U盘，还有几张打印的纸。可能又是什么非法宣传品。那种东西看多了闹得慌，还是不看为妙，随手把信封带里面的物件扔进纸篓里。

碗面刚泡上，李明生的电话就打进来了。"听着，不要讲话。不要开你自己的车，坐出租车先在市区绕两圈，然后到大世界商场后身的'百姓居'饭店的荷花厅找我。不要告诉任何人是我找你。"

怎么搞的，像地下党接头似的。他都想问问是不是应该化个妆、带个墨镜什么的。

他没听老李的话先坐车在市区兜两圈，他认为这方法一点也不高明。别看讲原则、讲道理讲不过李明生，盯个梢、甩个人他还真没服过谁。他先坐出租车到新玛特门口停车，下车就进了商场，飞快地坐上滚梯到三楼。斜穿过服装区到商场另一侧的电梯直接下到一楼，从商场的另一个门出去。上了另一辆出租车，来到"百姓居"门口。

在服务员的带领下来到"荷花厅",一张圆桌,靠门口坐着李明生。进到里面才看见桌子的两边各坐着一个人。李明生招呼他坐下,随手就把门带上了。他打量那两个人,都四十多岁,看起来精明干练。他见过其中的一个,这不是吹牛,一个人只要他见过一面,肯定有印象。虽然那人的秃顶显得更厉害了,可那双有穿透力的眼睛怎么能忘。他怎么来了?这次是哪个倒霉蛋掉坑里了?那两人稳稳地坐在那儿,既不跟他寒暄,也不自我介绍,也没要求李明生介绍。他看看老李的脸色,坐下来,见那三人的杯里都有茶,也没客气,给自己倒了杯。他也不说话,心想,跟我装大,我也不理你们,能怎么着,我即使犯了什么错误,也不能在这个场合审吧?

服务员上菜了。上来两道菜后,李明生看了看那两个人,那两人一笑,先吃吧。拿起筷子就吃。天哪,这是干什么来了,跑到这儿关起门来吃饭?谁也不熟悉,谁也不说话?

服务员又上了几道菜,上汤的时候,李明生告诉服务员没喊她就不要进来了。这次关上门后,觉得他们该说点什么了。果然,李明生对他说:"晓阳,这两位是咱们的同行,有案子需要你配合一下。"

"真的?什么案子?怎么配合?"他举着螃蟹腿两眼冒光不住声地问。终于听到案子两个字了。可能是他眼里的光芒吓住了那二位,他们笑着说是有些问题需要请教你。

"哦。"他又开始对付那只螃蟹腿。

很快他们就吃完了饭,谁也没喝酒,都是以茶带酒的。两位把筷子一推。其中那位秃顶说:"王警官,两年前你破获的李梦阳涉毒案是有人向你提供线索吧?"

他一愣,怎么会是问这个问题?还是回答:"一个我用了几年的线人报告说晚上有人进行大宗毒品交易。如果我没记错的话,两年前就这个问题我已经回答过您了。"

秃顶一笑,接着问:"你们对线报的准确性进行了分析没有?"

他也笑了:"分析了,这个线人我们用了好久,因为他也跟毒品沾边,给我们提供的几次情况都挺准。这次他说有交易,数量大。我们决定采取行动。我们就差打电话给要进行交易的人,向他核对是否确有此事。"还是两年前那些话，他要看看这秃头葫芦里卖的什么药。

那两个人倒没在乎他的态度，秃顶还是若无其事地问："向你提供线索的人后来怎样了？"

他听到咕咚一声。那是他的心从悬崖上摔下来，无遮无拦，没着没落。他盯着面前的螃蟹壳，它们挥舞着爪子横行的时候一定体会不到被放到锅上蒸的滋味。一旦体会到了，却再也不能向同类讲出感受了。要是有一个幸运儿从热锅里蹦出去，没死，他想它永远都活在恐惧、难忍的热气之中了。

"我来回答这个问题吧，向你提供情况的线人案后失踪了，在去年8月份你们搜歌舞厅的时候抓获一个嗑丸的叫张鹏的人，事后查明张鹏和张国庆应是同一人，整容了。他从你们缉毒队出去十分钟就被杀了，你对他的死怎么看？"

没死的螃蟹被抓回来又蒸一次。他瞅了瞅李明生，又看看那两位。

"是躲"八爪鱼"或是李梦阳的手下吧。"

"但愿如此。如果杀他的人不是这两伙人呢？"

王晓阳低头闷不做声。

"晓阳，实话给你说吧，这两位同志是省厅派下来的打黑除恶专案组成员。现在看来李梦阳的案子疑点很多，有线索表明此案可能涉黑，省厅决定深挖此案，把幕后保护伞挖出来。鉴于你一直参与那起案子，所以省厅领导要找你谈谈，希望你顾全大局，实事求是，配合他们查清这起案子。"

"省厅领导认为这起案子有疑点？"他不相信地看着那两个人。发芽的种子真的拱开石头要钻出来了吗？

他们点点头："我们想听听你对这案子的看法。"

他张大嘴好半天才合上。他决定保持沉默，看看这两个人都掌握了什么。

那秃顶说："李梦阳的保险柜被撬，丢了一些东西，你的线人整容后被人灭口了。你查与李梦阳有关的那个女人查出点眉目来了吗？

别否认，我们知道你在暗地里行动，否则也就不会找你了。还有，你听听这东西。"

秃头打开随身带的笔记本电脑，原来是一段录音："明明是你们约我到这儿地方来说有重要的东西交给我的嘛？你们怎么说话不算数！"另一声音："谁约你了，今天这次交易是你买方约的，定在这里，咱们一手钱一手货，货你放心，绝对正，我们哥们在道上干也不是一年、两年了。钱快拿过来，免得夜长梦多。""你说什么呢？拿钱买什么，我听不懂"第一个声音说。"大哥，这小子涮咱们玩呢。"这是第三个人的声音。就在这时，听到一声枪响。"大哥，这小子害咱们。"接着，枪声大作。

电视剧片段？整这么热闹。秃顶递给他两张纸。看完，他拿纸的手哆嗦起来，全身都哆嗦起来，大脑一片空白。

这就是李梦阳和那两个毒贩被你们击毙前的对话。信里这样写道：也许李梦阳当时觉得不对劲，就把电话拨出去了，我接听到，用手机录音功能录下来了。李梦阳死了，我个人认为他不该这么死，李梦阳是在我那里吃饭接到电话后走的。他告诉我说要去了断一件事，并说这关系到公司的命脉。走的时候让我开着手机，有什么事好随时联系。这才有了这份录音。

可能空调温度过低的缘故，他脊背都凉了。他记得李梦阳的手机当时是处于通话状态。如果这一切都是真的，李梦阳根本不知道要买什么。那就意味着：是精心策划的一场谋杀。毒贩和李梦阳分别去了交易现场。想想看，有多么可怕。"二疤瘌"在里面应该是最小的也是最有用的一颗棋子。这个人假手"二疤瘌"除掉了"八爪鱼"和李梦阳，又除掉了"二疤瘌"灭口。

王晓阳已经确定录音是真的。因为那晚枪响过后，他们冲到前面看现场情况，录音资料里有他们的声音，尤其张斐然的那声大惊小怪的叫喊，偶尔在梦里还会在他耳边炸响。

"举报人是个女人，是李梦阳刻意隐藏起来的女人。她在材料里说，这份录音资料在案发的第三天就送到了你们公安局。"

"这才是问题的关键。如果她说的是真的，她也没撒谎的必要，是谁接了她送的资料？为什么把这么重要的证据隐藏起来。这个问题要是弄明白很多问题都会迎刃而解。"

"你们是想让我找到她？"

两个人点点头。"找到那女人，找到密码的线索。"秃顶说，"但不要让他们知道你在查什么案子，帮我们查一些事情，有些事情你们出面也许不引起别人的注意。记住：除了你们两人包括你们局长都不知道我们的到来。希望咱们合作过程中也要保守秘密，减少不必要的损失，争取快速查清此案。"

"实际上你已经在查这个案子了，查那个女人，查"二疤瘌"的死，你察觉到有人也在查那些事，你就加快了脚步，赶到我们前面去了！正是你调查方向的正确，才引起了一些人的忌惮，你才会被诬陷，才会有"野马"的被查处。我们也早注意你了，说实在的，开始你还是我们的怀疑对象，可种种迹象表明，你对那个案件也怀疑了。我们商量了一下，还不如合作，省得撞车。"

"记住，我是你的直接领导，这次行动你只对我和厅里的两位同志负责，你听明白了吗？"

"局里领导要是问起来……"

"谁也不行。谁要是对你干的事感兴趣，及时告诉我。"李明生的话可以说得上斩钉截铁。那一刻，他有点喜欢上了这个爱小题大做的家伙。

其实破案就像从一堆乱线找出头绪一样。纠缠在一起，满是死结的乱线只要你找对了头，就会从层层缠绕中解困而出，清清爽爽的，一丝线都不会剩下。王晓阳有把握找出那根线头。

24. 唐棠很高兴

他站在她床前，看见她包着厚厚纱布的头，紧闭的双眼，耳边响起一个小时前她打电话给他的声音："今天晚上你要请我吃饭！""理由呢？"故意逗她。"今天我高兴。""好，这是一个很好的理由。"他笑道。几乎都是他打电话给她，她很少打电话给他，今天说要跟他一起吃饭，一定像她所说有高兴事。可没等分享她的快乐呢，就出了这么档子倒霉事。

真不知劫匪要从唐棠家翻出点什么，现场看，非常混乱，钱财到底损失多少她不醒来谁也不知道。警方勘验了二遍现场后，告诉他可以收拾屋子了。

他坐在柔软的沙发里，看着屋子里的一切。自己出过无数次更血腥的现场，这次一点也不相信是真的。唐棠只是在厨房里做饭而已，他在等着吃饭。就那么等啊，等啊，直到天黑透，屋子里什么也看不见，才明白等不回来她了。昨天她说有好事告诉自己，见到她怎么不早问呢，但愿上帝能给我这个机会，听听她的高兴事是什么。

谁会跟一个女人有这么大的仇恨呢？现金没动，银行卡没动。且她的银行卡还不少，工行的，建行的，农行的。不为财而来，还翻乱了东西，想找什么？

手里摆弄着那些银行卡，真纳闷，现在街头的提款机都通兑了，弄那么多卡干嘛，多麻烦。突然想知道她的卡里到底有多少钱，她是不是杂志上说的那种有多少花多少、一分不剩的"月光族"，要是那样的话他心里会好受些。

他拿着介绍信到银行查账。2014年10月24日存入80万，10月25日支出320元，还剩79万9千680元，之后这个卡就再没使用过。倒是第二张卡存入支出比较频繁，好像是她们公司的工资卡，按月存入，支出也比较频繁。

2014年10月24日，这个日子一定有什么特别之处，怎么如此熟悉。10月24日李梦阳出事，之后发现他的现金少了80万。这其中有没有关系呢？他被自己的想法吓了一跳，呸呸，忙把这霉头吐掉。这怎么可能呢？有那种想法就是错误的。那八十万一定放在保险柜里被"耗子"吃掉了。何况那时她还没来到石城，不可能认识那个人的。

王晓阳魂不守舍地往银行外走。"王队长，取钱来了？"一个站在门口的保安跟他打招呼。

他愣愣地站住了。前后左右瞅了瞅,"你是跟我说话?"

保安点了点头。"你不是公安局禁毒支队的王队长吗?我原来在公安局门口站岗来着。"

"哦。"不是王晓阳势力,不认识保安,实在是他们穿上保安制服长得都差不多。

"那你怎么到这儿站岗来了?"他实在没心情跟这个小保安唠嗑,没停住脚步,顺嘴问了句。

"去年我们公司轮岗,我就轮到这儿了。"

他站住了,转过身来,"你是什么时候从公安局门卫转走的?"

"我记得太清楚了。是2014年的10月26日,就是发生李梦阳的大案的第三天。我还记得那天上午一个女的到门卫交给我们一个U盘,说是与李梦阳的案件有关,让我们转交给办案民警。"

"你说什么,那东西交给谁了?你叫郭大年还是魏卓异?你是郭大年,魏卓异不出车祸没了吗?"听出租车司机张强说那女的在案发后第三天到公安局来过,他查了当天的登记簿。当天进入公安局大门的有几十人,查后都是到别的科室办事的,没有那女人的记录。当天值班的保安是郭大年和魏卓异,找他俩一核实,才发现魏已经死了。在值班的第二天,郭大年去向不明。

"我不叫郭大年,也不叫魏卓异。恰巧那天郭大年有事,要是跟公司领导请假是非常费劲的,我俩就偷摸换了班,但记录上还写他的名字,说好了,以后他替我一个班。那东西是小魏子送上去的,下班我们就都回公司了。"

从保安嘴里得知U盘送给了谁没在意料之外,还是吃惊不小。也猜测过,可没想到是他。"这件事不要跟别人提起了,你回去应该吃点好东西祝贺一下。"

"王队长你可真会开玩笑,我一个小保安有什么喜事可祝贺的。"

现在看来魏卓异的死很值得玩味。从魏卓异手里接过U盘的人一定不知道有人替郭大年的班。他隐瞒收到U盘,为什么那么做?

她的电脑设了开机密码。他现在非常想知道里面的内容。思来想去，找外面的人不放心，还得找"专家"来。

电脑设置了密码。她的生日，她名字的拼音字母，试了好多都不是。"应该是一个重要的日子。""专家"提醒他。想了一阵，他不情愿地说出一组数字"141024"。

"打开了。""专家"大喊，对电脑里一些数据进行恢复。几个小时以后，"专家"把电脑推到他跟前，眼里满是同情。

里面是她和那个男人的照片。照片中的她风情万种，灼灼笑颜生生地刺痛了他的眼。

"专家"不知什么时候走的，他也不知自己在这曾经觉得舒适无比的沙发上坐了多久。静，就是静，静得能听到自己的心跳声。他被自己的心跳声吵得不耐烦。四下看着，来缓冲这种声音。突然他从沙发上跳了起来，直奔那个精致的书柜。

那本看起来另类的书他一页页地翻，越看眉头皱得越紧。他把书扔在面前的茶几上，沉思起来。

他回到队里。小麦跟他打招呼他也没应，进屋就翻文件夹。他有个专门的文件夹放那些没线索的材料。找了好几遍也不见那几张纸。当初为了破解方便，他把三张纸复印、保存下来。真是的，为什么当用着的时候就会找不到，不用的时候就会冒出来。

好在禁毒支队的证据室存有原件。

保管证据的小吴翻得满头大汗，不见了那几张纸。是不是夹到哪里了？没了，怎么会没了？有没有记录谁动过这些东西？

"没有，除了我自己没人动过。"

"如果你没随手扔了的话应该找到了，再好好找找。"

下午，他接到小吴的电话："王队，你要找的那几张纸找到了，只是……"

"只是什么？"

"你来看看吧，看看还能不能认出点什么。"

他赶到禁毒支队证据室，看着那几张花花绿绿的纸只剩下叹气的份了。"这东西怎么能和掉色的衣物放在一起？"

"我记得纸制品是单独放着来的，不知怎么搞的……"

终于有好消息传来："耗子"在外省被逮住了，被押送回省城。省城一系列盗撬保险柜案子破获，现行大队那家伙第一时间就通知了王晓阳。

王晓阳想见一见"耗子"，有些细节求证一下。经李明生周密安排，他以私事请假为由赶到了省城。

"耗子"提了个要求：就是坚决不回石城受审。于是他知道了一个秘密。

于是"耗子"被抓的消息在公安局全体干警大会上宣布了。

25. A 面 B 面

电话铃声惊醒了他，以为又是做梦呢。原来是李明生通知他到局里开会。自从离开缉毒队，总是在梦中听到电话铃声。一看时间，半夜两点二十分。这个点开会？赶紧冲到卫生间洗脸，凉水擦在脸上有那么一会儿眼睛仿佛才睁开。

赶到小会议室，呵，烟熏火燎的，冷不丁进屋呛得人睁不开眼睛。他越过几个副局长和李明生，找一个角落坐了下来，又打量了一下会议室里的人，都显得心事重重的，低着头的，抽着烟的，没人说话。有特大案件了？也不像。

局长推门进来了，一脸秋霜，坐在那里。只见大局长破天荒地从一位副局长放在桌子上的烟盒里抽出一根烟，副局长忙探过身把烟点上。李明生咳嗽一下，拿起几张纸，"这是沈城公安机关发过来的传真。"他先递给局长。局长显然已经知道里面的内容了，大致翻了两下，眉头皱得更紧了，就甩给跟前的一位副局长。副局长看得挺仔细，面色也越来越沉重。传真最后传到他手上时，一看标题就把他吓了一跳。《关于石城市公安局副局长刘越山吸毒、嫖娼被我市公安机关抓获的情况》。

天哪，刘局长吸毒、嫖娼？他都不敢相信面前的文字是真的。那么严谨、精明的一个人怎么会出这事？怨不得大家都苦着脸，不知该说什么好呢。要知道，在座的各位，除了大局长是从外面调来的，其余的都从本局提拔，刘局长是资格最老的一位，谁跟他没点关系？

局机关里静悄悄的，人们走路都轻轻的，仿佛大理石地面下埋着地雷。机关大楼的空气里仿佛有一股强大的惶惶然不知该到什么方向去的洪流在打着转，疯狂地转着，试图靠疯狂转动的力量突破某一点，从而喷涌而出，摧毁一切。机关大楼成了漩涡的中心，表面看起来比水平面还低，只有置身其中的人才能感到平静下面涌动的力量能摧毁一切，甚至除了这一切外还不知能毁灭什么。

与公安机关内部的寂静正相反，这个消息大大刺激了石城市这个小城市居民，沸沸扬扬地传着公安局副局长因贪污腐化被抓起来了。什么公安局的副局长贩毒，是黑道上几个有名的大哥的干爹，他还包好多名"二奶"，这次被"二奶"告发的才露的馅……

现在小范围没有秘密，互联网的应用使大范围更没秘密可言。网上喧嚣尘起，超大的点击量，或者有幕后"水军"的功劳，刘越山的消息很快就登上一家知名网站的首页。在网络这个强大的绞肉机面前，任何血肉之躯都微不足道，很快就会血肉模糊、面目全非。世俗的职位越高，前世今生被扒得越详细。王晓阳在刘越山手下工作多年，好像第一次认识网络里的刘越山。他的工作履历，各个时期工作、生活照，家庭情况，平时喜好，甚至穿戴都会点评一番，让人越看越心惊。当那条消息在网上出现的时候，王晓阳明白，刘越山回不来了。原来有人扒出在他和妻儿名下共有房产十八套，有别墅、豪华商品房，还有商业网点，价值过亿。

已经有专家统计，你犯下一个错误，你就会犯六次同样的错误。刘越山开始私自留下缴获的毒品是有人托他弄点杜冷丁开始的。不知一些人怎样听到的风声，说他能搞到紧俏的东西。渐渐地，找他的人越来越多，其中不乏那些在"道上"混的人，都不让他白帮忙。这种事情做多了，也没见有人说什么，他的胆子也越来越大，从杜冷丁、摇头丸，到海洛因和冰毒。

开始以为是生活给他的奖赏，就像餐后甜点一样，奖给他这些年辛苦工作的回报。他没想过甜点吃多了一样致命。量变、质变，到后来事情就不是个人能控制的。终于魔鬼找上了门，一个家伙找到他。他也想拒绝，可是以前吃多的甜点还没消化呢！五十步都走了，害怕再走五十步吗？直到现在才知道那些所谓的奖赏是勒住脖子的绞索，稍一挣扎就越勒越紧。

"八爪鱼"给他提供线索，把别的团伙打掉。经他手打掉的贩毒团伙越多，"八爪鱼"给的他钱就越多。他成了缉毒英雄。

没想到王晓阳这么个死心眼、一心想立大功的家伙，弄得贩毒网络连连自断手足，弄得人人自危。内线告诉他王晓阳还在暗暗部署，一心想抓住"八爪鱼"，而且王晓阳的线人已经渗透到"八爪鱼"的手下。刘越山给"八爪鱼"的指令是停止一切在石城的活动。没想到那家伙在赌场输了一大笔，就背着刘越山出了次货。货被王晓阳截了，人马损失惨重，"八爪鱼"倒是侥幸逃脱，吓得刘越山出了身冷汗，于是杀机顿起。他觉得应该及早解决这一问题，夜路走多了总能碰到鬼，这他比谁都明白。他也好趁这机会金盆洗手，恰巧，李梦阳惹上了麻烦，让市委领导动了怒。

如何除掉李梦阳和"八爪鱼"他也想了很多办法。车祸？枪杀？都不行，那样的话会引起很多麻烦，弄不好会都漏出去。于是，他就使出这一箭双雕之计，亲自导演了一出击毙毒贩的好戏……

好戏得有人配合才行。他把消息巧妙地放给了王晓阳。李梦阳毕竟不是凡人，让王晓阳去出这个风头好了。设伏的时候，刘越山计算好时间给曹宪打了电话，告诉他自己刚得到消息今晚出货的是"八爪鱼"本人，可不要放过立功的机会呦。

"八爪鱼"及手下都死在那场混乱中。"二疤癞"易容潜回石城，没想到在一次小行动中被捞了进来。趁看守警察不注意，他传出了讯息，很快通过特殊网络消息传到刘越山那里。

人算不如天算，没有太阳照耀不到的地方。

没想到现场会有录音。他一直在追查那个女人，终于让他发现了。

"你怎么发现的她？"王晓阳逮到一个机会问他。

一声冷笑。"当局者迷。几番考察下来，唐棠最可疑。我找人暗中辨认真的就是她。她通过手机隐约知道现场的情况，是她报的'110'。"

那个在派出所里耍赖的家伙也找到了，说是受人之托才告他的。经查证，那个人就是唐棠。

26. 你真爱我吗？

王晓阳现在挺愿意跟李明生唠嗑的，有点啥事就想跟他说说。跟李明生闲聊的时候就把自己郁闷的事说了。好不容易找到的也许就是密码本，可那密码纸没了。

李明生听说他怎么找到的密码本当时就兴奋了，从没见过这小老头这样控制不住自己。"你等着。"李明生摆手打断他。小老头在自己的书柜里翻出一本厚厚的书，小心翼翼地翻动着，终于找到里面夹着的几张纸。

他的眼睛瞪得大大的："这东西你怎么会有？小吴说除了他自己没人动过，你怎么会有复印件？"

"没人动过怎么掉到作为证物的衣服堆里了？你的复印件怎么丢了？当时从李梦阳的保险柜里出来这么稀奇的东西会有人不知道？任何人都会有破解密码的心理。"

他拿着这本书轻松地翻出了里面的内容，纪委的同志看着这些内容乐坏了。

有时他去看看唐棠。没办法，习惯了。他看着病床上那张婴儿般的恬恬的脸，只有躺在那里，闭上眼睛，她的脸上才没有让人迷惑、心疼的不知所以的迷离表情。这个人，从小就承受了太多不该承受的东西，才会做出那么多可怕的举动吧。人的大脑好像对自己不喜欢的事物会天然屏蔽，尽管这个女人对自己有种种恶行，自己就不愿意想那些事，满脑子都是她的笑脸。还是想看到她，忍不住，成了习惯。

王晓阳又去看她的时候,长长的美丽睫毛忽闪了几下,水汪汪的眼睛睁开了。他激动不已,忘了她的背叛,忘了她的出卖,所有的恨在那一刻都烟消云散。

"你醒了?你活过来了?"

女人艰难地把头转过去。

她怀着复仇的目的来到眼前这个俊朗、富有朝气的大男孩身边,第一次就被他清澈眼底里的爱意狠狠撞了一下。没有司空见惯的男人们常见的赤裸的欲望。看见她,眼里满是欣喜、爱意,好像见到多年失散的宝贝。他是真的喜欢自己。

后来渐渐喜欢他的拥抱,喜欢他清新的口气,以至于喜欢上了他年轻的身体和有力的拥抱。在觉得自己再也不会爱上任何人之后,她觉得是彻底背叛了自己原来的爱情。

原来爱着的那个人没有年轻身体,有的是成熟男人的心机和稳重,还有阅人过多的智慧,当然对她有包容。他对她像对待孩子般有耐心。从小就缺少父亲的疼爱,她太喜欢被疼爱、宠爱的感觉。渐渐地,她也真的爱上了那个老男人。不管外界怎么评论他,说他是十恶不赦的毒贩也好,说他是榨尽百姓骨髓的奸商也罢,她都不信。她就信自己看到的那个疼爱她、充满生活智慧的老男人。

一个人不在了,会越发想起他的好。她决定为他做点什么。开始她尝试着把知道的情况向公安机关反映,可都泥牛入海,不仅如此,还招来追杀。她从报纸中知道那次行动是这个叫王晓阳的大男孩领导的。于是她来到他的身边,暗地里收集他的材料,到时抛出去。什么都算计到了,就没算到自己会爱上他。

最后看清王晓阳是可以托付的人,就决定做个了断,把材料送给王晓阳,让他去查会更好些。她完全信任他,当然是爱他的。

"我把录音的U盘和说明材料送了你一份,夹在门上的。"他记得自己当非法宣传品扔在废纸篓里的信封。

回到他那凌乱的"狗窝",废纸篓被他一下子倒扣在地上,他以半跪半趴的姿势搜寻着属于自己的东西。